ちくま文庫

第8監房

柴田錬三郎
日下三蔵 編

筑摩書房

目次

第8監房

平家部落の亡霊

一

初夏の夕陽の、残照をあびた渓谷に沿うて、白い帯のようにうねる坂道を、いま一台の黄色いバスが、走っていた。

ここは飛驒《ひだ》の、平湯《ひらゆ》から高山市へむかって下る山中——地誌風《ちしふう》に形容すれば、遠近《おちこち》の連山を望めば霧が一面に掩《おお》い籠《こ》め、稍《やや》あらわれた峻峰《しゅんぽう》が、茜《あかね》色の夕焼空に、くっきりと稜線《りょうせん》を切り抜き、宛然《さながら》、お伽噺の島を見るごとく、幻想的であった。

が——それも束の間、乗鞍嶽《のりくらだけ》の頂上から、むくむくと盛りあがった黒雲の巨塊《きょかい》が、あっという間に、空のなかばを掩いはじめた。いわば、これは、渓谷を走る可憐なバスを、ひと摑みにしようとするおそろしい悪魔が、不気味な黒マントをひろげたかたちであったろう。

そのために、夕闇が、一瞬にして、バスのまわりをおしつつんだ。

断崖の、はるかな下の、小八賀川の、岩を嚙む水泡《みなわ》だけが、ほの白く暮れのこって、見おろせたが、それもたちまち、樹林を薙《な》いで、宛然、黒幕を引くように、ざあっと降りそそいで来た雨の中に、消えてしまった。

バスは、目玉を光らせて、いじらしく、よたよたと進んで行く——。

尤も、かりに、悪魔の爪にひっかけられて、千丈の断崖をころがり落ちたところで、このバスに乗っている連中で、新聞紙上見出し活字になりそうな名前を持った者は一人もいるわけではない。いずれも、そこいらに、ざらにころがっている平凡な顔つき、風態の人間ばかりである。

ただ、強いて目立つとすれば、一番奥の片隅に腰かけている廿一二歳の学生であろうか。彼の眼眸《まなざし》は、あきらかに焦点をうしなっているくせに、何故か、膝にひろげたおのれの十本の指を、さき程から、じっと凝視しているのであった。顔面は、血の色をうしない、時々、片眉《かたまゆ》を、ぴくっぴくっと痙攣させている。

「ちょいと、あんた――」

隣りの、三十五六の、小股の切れあがりそこなったような、一見して、長年かけて酒の香をしみ込ませた皮膚を持った女が、怪訝そうに（さっきから気になっていたのだが、たまりかねたように）学生へ顔を寄せた。

「どうしたのさ。あんた、誰かによっぽど、手相が悪い、と云われたんだね」

学生――木村参一は、ぎろりと、女――津田とよを、睨んだ。

「おお、怕《こわ》い！」

肩をすくめてみせ乍ら、とよは、笑った。

「ねえ、どうして、そんなに、しげしげと、自分のてのひらばかり見ているの？」

木村参一は、何かこたえようと口をひらきかけたが、病的な発作にでも襲われたように、はげしく片眉を痙攣させると、ぷいと顔をそむけてしまった。

前の座席には、この二人とまったく対蹠《たいしょ》的な男女が、ならんでいた。

男は、薬罐頭《やかんあたま》で、でっぷりと肥えて、出来損いの布袋《ほてい》さまの焼物を彷彿とさせる。大阪の問屋街などに、チヂミのシャツに、白ネルの腰巻といういでたちのオッサンを見かけるが、この男などは、さしずめ、そのスタイルが最も似合いそうである。ところが、この男は、英国製らしいダブルをつけて、赤い蝶ネクタイをしめている。馬淵圭介《まぶちけいすけ》、四十八歳。女の方は、廿歳《はたち》を越えたばかり、描き眉、つけまつげがかえって不自然に思われる程、両親からもらった顔立ちは古風に整っている。組んだ脚のかたちのよさが、彼女の職業を暗示している。ダンサーである。名前は、浅岡ふみ子。

「東京へ帰ったら、骨休めに、ひとつ、釣にでも行こうかね、ふみ子さん」

馬淵は、何が愉しいのかにやにやし乍ら、云いかけた。

「いいわね」

そらぞらしい相槌をうつふみ子の視線は、むかいの座席にそそがれている。そこには、三十歳前後の青年がいた。サラリーマン映画に出て来るような、のんびりした顔つきで、体格はスポーツで鍛《きた》えたらしくがっしりしている。彼は、漫画のサザエさんを見乍ら、しきりに、くすくす笑っているのであった。

――牧野太郎の阿呆！

ふみ子は、肚《はら》の中で、青年を罵《ののし》った。

――あたしは、このデブちゃんに誘惑されようとしているのよ。あなたは、それでもいいの。漫画なんか、見ている場合じゃないわよ。

「あんたさえよかったら、一艘したてて、思いきって、大島沖まで出るんだな。ひょっとしたら、鯨がひっかかるかも知れん。はっはっは」

——あんなことを云っているわよ、きこえないの、牧野阿呆太郎！

ふみ子の苛々している表情に反応をしめしたのは、牧野太郎ではなく、その横にいた男であった。古びたボストンバッグを膝にのせた、どこといって取柄のなさそうな、小柄な四十男であった。バッグにつけられた鉄道荷札に、吉沢敏《よしざわとし》と記してある。吉沢は、新生をふかし乍ら、雨がうちつけて滝のように流れる硝子窓を向いていたのだが、その窓に映ったふみ子の顔から、どんなみだらな連想を起したか、にやりと北叟笑《ほくそえ》んだものだった。

牧野たちの前の座席には、五六歳の少女連れの中年夫婦が乗っている。

N大学文学部東洋史学科助教授とその妻子であった。栗林《くりばやし》洋といえば——残念乍ら、ジャーナリズムにその名を発表したことがなく、せいぜい、某学術専門出版社から出しているパンフレットに、あまり上手くない文章の研究余滴《けんきゅうよてき》などを載せているにすぎない。但し、その亡父は、あまりにも高名な国史学の泰斗《たいと》で、遺した万巻の書は、斯道《しどう》のやからの垂涎措《すいえんお》くあたわざるところで、その所有者として、栗林洋の存在は無視できないということになる。妻の芳枝は、良人とひとまわり下の、三十歳だが、どうしたのか、ひどく老けてみえる。妙に沈んだ面持は、疲れているだけではなさそうだ。良人の栗林は、妻の様子など一向に気にからないらしく、こくりこくり舟を漕いでいる。

乗客は、そのほかに、運転台脇に、湯治《とうじ》帰りらしい、村の老婆と、その老婆から皺と白髪をとり除いただけの、造化の神さまはこうもよくまあ似せたものだとおどろかされる娘が、ならんで腰かけていた。娘のお腹は、あと幾日も持たない程、ぷっくりとふくれあがっていた。程なく、瓜三つめが、この世に出現するに相違ない。

以上に、運転手、女車掌を加えて十三人を乗せたバスは、刻々と激しさをくわえる風雨を衝いて、大きく小さく揺れ乍ら、山を下って行く……。

二

それから、約二十分あまり過ぎて――。

木村参一は、また再び、おのれの十指を眺めつづけていた。もし、その心中の呟きを耳にしたならば、乗客たちは、ぎょっとなったに相違ない。――この手で、この指で、おれは……あの女の頸《くび》を締めたんだ！　ああ、おれは、とうとう、この手で、この指で、あの憎い女を殺してしまったんだ！　と、呟いていたのだから。

津田とよは、この陰気くさい、神経衰弱のかたまりみたいな学生のことなんか、もう忘れた顔で、小唄を口ずさんでいた。――粋《いき》な浮世を、恋ゆえに、やぼに暮らすも、心から、梅が香そえる春風に、二枚屏風を押しへだて、おぼろ月夜の薄あかり……、と、三味線のかわりに、膝で手拍子をとり乍ら――。

馬淵圭介は、釣の話から食物の話に移って、東京中の料亭の板前が、ぜんぶ自分の舌の先でキリキリ舞いしてでもいるかのごときおしゃべりをつづけ乍らも、いつか、ふみ子の白い手を握っていた。

浅岡ふみ子は、今はもう牧野太郎から視線をはずしてひどくぼんやりした表情になってい た。若い女性が、こういう表情になるのは、自分の良心に責任を持たなくなった証拠である。

牧野太郎は、依然として、サザエさんに夢中になっている。

吉沢敏は、これまた依然として、窓に映るふみ子の姿態《したい》から、よからぬ妄想をたくましくしている。

栗林洋は、膝にのせたわが子洋子に目を覚させられて、キャラメルを与え、自分もまた、もぐもぐやっていた。

その妻の芳枝は、頭を窓に凭《よ》りかけて、目蓋《まぶた》をとじていた。その脳裡に描かれているのは、つつましやかな人妻にあるまじき振舞いにおよんでいる自分の姿であった。彼女は、良人の弟子である研究室助手の青年を愛していたのである。「奥さんは不幸です。今日まで、本当の女のよろこびを知らなかったのです。人を愛するよろこびを知らなかったのです。世の中の多くの妻たちは、恋というものがどんなよろこびであるかを知らずに、可哀そうに年老いてしまうんです。奥さんもその一人だったのです。しかし、今日からはちがいます。奥さんは、今日から、本当に、生きるのです」とささやかれ、苦しいまでに強く抱きしめられた——あの日あの時の、しびれるような陶酔《とうすい》、心臓の疼《うず》き……ああ！

突然——。

バスが、ギギギギッと悲鳴をあげて、走るのをやめたおかげで、一同は、それぞれの想念から解放され、共通の乗客意識にもどった。

若い運転手は、あわてて、スイッチをひねくり、ギアをかけたが、エンジンは、断末魔の顫《ふる》えみたいに、ぶるぶるん、ぶるぶるんと車体をゆさぶって、ぱったりと息をひきとってしまった。

「ちぇっ！　しょうがねえな」

いまいましげに舌打ちした運転手は、車掌に懐中電燈を照らすように命じて、風雨の中へ出て行った。

「こんなところでエンコされたんじゃ、さっぱりワヤじゃが――」

馬淵圭介が、お国訛りで云ったが、これは、他の乗客たちも同感であった。

五分経っても七分過ぎても、運転手と車掌が一向に戻って来る様子がないので、馬淵は、皆を代表するかのごとく、ぶつぶつ云い乍ら立って行って、折たたみドアをひらいた。とたんに、唸りをあげて、風雨がとび込んで来た。馬淵は、うおーっと悲鳴をあげて、たじろいだが、立って来た手前、外へ首をつき出して、

「おーい！　運ちゃん、どうしたんだ？　あかんのか？」

その催促を待っていたかのように、運転手と女車掌が、ずぶ濡れになって、とび込んで来た。一同は、てっきり、故障が直ったものと思って、ほっとした。

ところが――。

「すみませんです。動きません」

と、若い運転手は、ぺこんと頭を下げたではないか――。

「おいおい、動かないじゃ、すまされんぞ。こんな山の中で、どうやって夜を明かすんだい」

憤然となってくってかかる馬淵代表者に対して、運転手は、なんとかがどうとかして、なんとかを持って来なければ直し様がない、と弁解した。

それに対して、猶も、馬淵が罵声をあげると、こんどは、せいぜい十八九の車掌が、けなげにも、

「そんな無理なこと云ったかて、無理です。人間が病気するように、機械も故障します。機械だって、こんな山ン中で故障したくはないでしょ」

とやりかえした。

「なにを云うか。出発前に、ちゃんと点検せなんだのがいけんのだ。わしは、四十八の今日まで、日常の心掛けがええから、いっぺんも病気したことはありゃせん」

「このバスは、もう小父《おじ》さんより年寄りなんです。小父さんだって、明日、脳溢血でコロリといくかも知れませんよ」

「こらっ、貴様――車掌のくせに、生意気ぬかすな。お前のような女子を女房にするから、亭主は、一生苦しめられて、脳溢血になるんだ。……要するにだ、これだけの客を乗せとるちゅう責任感があるかないかの問題だぞ。お前ら二人だけなら、故障をええことにして、よ

ろしくやるかも知れんが――」

「ちょいと、旦那」

津田とよが、声をかけた。

「動かなくなっちまったものを、いくらじだんだふんだって仕様がないじゃありませんか。それよりも、寒さしのぎに、ウイスキーを皆さんに廻したらいかが？」

馬淵は、布袋腹をゆすって何かやりかえしかけたが、ふみ子が、はいどうぞ、とばかりウイスキー瓶を、とよにさし出すのを見て、しぶしぶ、怒鳴り声をその腹にひっこめた。

村の老婆が、ここはどのあたりかと訊ねた。

「根方《ねがた》の附近です」

と、車掌がこたえると、老婆は、孕《はら》み娘に、こそこそ耳うちしはじめた。

「高山までは、どれくらいあるんだい？」

と、訊ねたのは、ボストンバッグをかかえた吉沢敏であった。

「三里ぐらいです」

「三里か……この嵐じゃ、歩けねえな」

吉沢が、なげ出すように云うと、車内に、一瞬、暗然たる沈黙がこもった。

「僕の云う通り、平湯《ひらゆ》で一泊すりゃよかったんだな」

栗林助教授が、妻の芳枝に云った。

「でも……洋子が、明後日からバレーのお稽古ですもの」

「お前も、なんだか、こんどの旅行は、面白くなさそうだったからな」

芳枝は、その言葉に、ぎくっとなって、良人を、ちらとぬすみ見た。栗林は、しかし、もうその時のびあがって、

「運転手さん、このあたりには、宿はありませんか?」

と訊ねていた。

「宿は……あいにく、ここらには――」

「べつに、旅館じゃなくてもええじゃないか。普通の民家で――さがす責任があるぞ君――」

と、馬淵が云った。

すると、車掌が、

「この辺りじゃ、あの谷間の平家部落しかないんです」

「平家部落? 平家の残党か――そこでええじゃないか」

「でも、これだけの人数が泊れるような家は一軒も――」

と云いかけて、車掌は、なにを思い出したか、急に、ひどく真剣な表情になると、

「駄目なんです! あそこは駄目なんです!」

と、かぶりをふった。

「なんだ? 平家の亡霊でも出るちゅうのか?」

馬淵は、軽口癖からこの言葉を口にしたのだったが、なんと、運転手が、大真面目な顔で、

「そうです。出るんです」

と、合点してみせたではないか。

「え？　おいおい、冗談を云っている場合じゃないんだぜ」

「いいえ、本当なんです。あそこの部落は、どれもこれも乞食小屋みたいなのばかりなんですが、一軒だけ、これだけの人数をゆっくり泊められる大きな家があるんですが、そこに、幽霊が出やがるんですよ」

これにあわせて、老婆が、恐怖の色を泛《うか》べて、

「平家館《へいけやかた》はいけねえなア。ありゃ、いけねえなア」

と、はげしく手をふってみせたので、一同は、息をのんだ。

「幽霊って、どんな恰好しているんです？」

と、牧野太郎が、老婆に訊ねた。

「知らねえな」

老婆は、想像するだけでも真っ平だというように、顔をそむけてしまった。

吉沢敏が、にやにやし乍ら、牧野太郎にささやいた。

「こういう嵐の夜に、幽霊屋敷に泊るのも、ちょっと乙なもんですな」

牧野は、これに至極健康な微笑をかえすと、

「ひとつ、幽霊をつかまえてみますか」

と云って、ふみ子をふりかえると、

「ふみ子さん、行ってみようじゃないか」

「あなた、退治する度胸あるの？」

ふみ子は、故意に冷たく云いすてた。

この時、馬淵が、決然として、

「幽霊結構！　ここで夜を明かすよりは、ましじゃないか」

と、叫んだ。

「わたし、怖くて、いやだわ」

と、車掌は、運転手の腕をとらえた。どうやら、この二人は、まんざらではない仲らしい。

老婆と孕み娘は、おそろしく緊張して、額をつき合せて、相談をぶっている。

芳枝は、良人に、

「大丈夫なのかしら？」

「幽霊なんて、この原爆時代にいるわけがないじゃないか」

栗林は、落着きはらってこたえた。

「それよりも、そこへ辿りつくまで、洋子をずぶ濡れにして、風邪をひかせやしないか、その方が心配だね」

後の座席では、とよが、木村をからかった。

「学生さん、あんた、一丁、その手で、幽霊の頸でも締めあげて、悪手相の厄払いをするんだね」

するど、木村が、凄じい形相で、

「よせ！」

と、怒鳴った。とよは、あっけにとられて、一尺ばかり身を引いた。

ふいに、孕み娘が、

「おらんたちは、あるいて帰るだア」

と、運転手に云って、老婆とともに立ちあがった。

「しかし、お婆さん――」

運転手は、この母娘の恐怖感が充分に納得されるだけに、当惑してしまった。

「おいおい、あんたたち、途中で、お腹の子が、はい出して来たらどうするんだい？」

と、馬淵が、声をかけると、老婆は、腹立たしげに、

「幽霊が出て、腰を抜かして生むよりはましですがな」

と、やりかえした。

皆は、啞然として、嵐の中へ出て行く母娘を見送った。

この折、こんどは、木村が、すっと立ちあがって、無表情のまま、母娘のあとにつづいて、出て行こうとした。

「ちょいと！　学生さん！」

とよが、血相変えて、追いかけて、上衣《うわぎ》の端をつかんだ。

「どこへ行くのさ？　どこに泊るところがあるのさ？」

だが、木村は、無言で、とよがあっと顔をしかめる程の力で、したたかその手を叩き払って、すばやく、ステップを蹴って、外へとび出していた。

「畜生っ！　ひとが親切にとめてやるのに……死んじまえ！」

と、罵るとよへ、馬淵が、

「あの学生、いま流行のノイローゼってやつだな」

と、云った。

「生き残って、三十年も経てば、旦那のように、脳溢血だとおどかされただけで、むかっとなる程、死ぬのが怕《こわ》くなるのにね」

「ご挨拶だ、はっはっはっ」

三

左は袖屏風《そでびょうぶ》のような見上げる絶壁、右は、切りたった見下す断崖――その危険な山道を、一列縦隊《じゅうたい》で辿る十名にむかって、――お前たちをたたきつけるためにこうしているんだぞ、といわぬばかりの豪雨が、真正面から襲いかかった。時たま、轟然《ごうぜん》と天を裂く雷鳴とともに、一瞬、フラッシュがあたりを白昼と化したが、皆の足もとではねあがる飛沫は、宛然《さながら》、うちよせる大波のように凄じかった。

十名のうちで、この風雨行に、最も難渋しているのは、浅岡ふみ子とそのすぐうしろにつづく吉沢敏であった。

ふみ子は、うっかりして、ハイヒールをはいたままあるき出したために、一歩一歩に全神経を集中しなければならなかった。今となっては、車軸を流す川と化した路上で、片脚立ちで脱ぐわけにいかなかった。前の人間につかまらせてもらいたかったが、あいにく、五米も先である。尤も、跣《はだし》になったところで、海綿のように柔かな足の裏では、ものの十米も進めまい。

吉沢敏は、ひどい跛《びっこ》であった。のみならず、どんな大切な品が入っているのか、ボストンバッグを、赤ン坊を抱くような恰好で、両手にかかえているので、よけいに姿勢が歪形《いびつ》になって、背後の殿《しんがり》をうけたまわる牧野太郎の目に、ひどく危かしいものに映った。

ふみ子は、

——牧野阿呆太郎、こういう時にこそ、あたしに肩を貸してくれたら、さっさと接吻ぐらいゆるしてやるのに！　デブちゃんだってそうだわ、いざとなると知らん顔で、すたこら行っちまうんだ。おぼえているがいいわ。

と、肚裡《はら》で、呪《のろ》ったとたん、足もとがおろそかになった。

きゃっ、と悲鳴をあげて、のけぞったふみ子が、距離を置かずにあるいていた吉沢の肩へ、背中をどしんとぶっつけた。

はずみをくらって、吉沢のからだが、くるっと廻り——断崖からわが身をかばう反射的な自己擁護本能で、絶壁の方へ跛の足をつっぱった瞬間、ボストンバッグが、つるりとすべり落ちた。

「うわっ！」

吉沢の叫びは、バッグが、断崖をころがって、小八賀川《こはちががわ》へ消えたために発しられた。

「ご、ごめんなさい」

と、あやまるふみ子の声もきこえないように、吉沢は、谷底をのぞいて、呻いた。

「駄目だな、あきらめるんですね」

ともに首をのばした牧野太郎が、なぐさめたが、吉沢は、顫《ふる》え声で、

「い、いや、あれは……あれを、失くしたら、お、おれは……」

と呟いてから、急に、大声をはりあげて、

「おーい！　運転手さん！　運転手さん！　ま、まってくれ！」

と、呼び乍ら、上半身を悲惨に、時計の振子のように揺れさせて走り出した。

しかし、吉沢から、どこか谷底への降り口はないか、ときかれた運転手の返答は、極めて冷淡であった。

「降りるところはどこにもありませんな」

「それは、困るんだ。あれには……大切な……設計図が、観光ホテルの設計図が、入っているんだ！　あれを失くしたら、おれは……おれは、会社を、く、くびになってしまうんだ！」

吉沢は、気狂いのように喚いた。

「明日、晴れてから、なんとか工夫すれば、降りられんこともないでしょう」

と、栗林が云った。

「しかし、明日は、水嵩《みずかさ》が増すし、流れが速くなるからなア」

「それは、だ、だめだ！」

吉沢は、悲鳴をあげた。

といって、協議してもはじまらぬ話だった。皆は、一分間も早く、風雨からまぬがれたかった。他人の不幸に対して、残忍な快感をおぼえるのが、隣人の常である。

一同が、歩き出すと、吉沢は、藁《わら》にもすがりたい哀れな形相で、牧野太郎をつかまえて、

「あ、あんた、降りられませんか？　お礼は、出します！　一万円――いや、三、三万円、出します！……いや、五万円でも――」

牧野は、こんな貧弱な男に、果してそんな大金が出せるのかと、半信半疑だった。

「おれは、いや僕は、持っているんです！　本当に持っているんです！　あ、あのボストンバッグの中に、持っているんです！」

と、哀願されて、牧野は、あらためて、断崖を目測してみた。が、結局、

「こりゃ、生命がけの仕事ですよ。昼間、晴れてでもいれば別だが、今は、とても、駄目だな」

と、首を横に振らざるを得なかった。

こうした小椿事《しょうちんじ》のあった後、ようやく、平家館なる幽霊屋敷に、一同が到着した時、雨は小やみになっていたが、風はかえって強くなっていた。とっぷりと暮れて、互いの顔も弁じ

がたい。

成程、十名の客を容れるに足る宏壮な屋敷であった。塀のかわりに、いただきを剪《き》られた檜《ひのき》の生籬《いけがき》が、びっしりとたちならび、その奥に、切妻合掌造《きりづまがっしょうづく》りの藁屋根が、巨大な塔のように、くろぐろとそびえていた。あたりに、人家があるのかどうか、見わけがつかなかった。

幸いなことに、激しい風雨にたたかれたおかげで、誰も、幽霊に対するおそれを抱くよりも、休息の方を、よりつよく求める気持になっていた。

格子戸《こうしど》を開けて、広い土間に入った一同は、屋内の珍しい構造を、きょろきょろと見まわした。

おどろかされるのは、この地方でオエ（客間）と呼ばれる、およそ二十畳敷きもある板の間であった。中央に一間の炉が切ってあり、天井の角笛型《つのぶえがた》のアマから自在縄《じざいなわ》がつるされて、二尺余もある銅製の鯉の鉤《かぎ》に、大鉄瓶《てつびん》がかけてある。炉のそばに、大きな熊の皮がひろげてある。チョウナで削った梁と太柱、垂木《たるき》の上の小舞。土間の壁にかけられたオイコやミノや一位笠。そして、片隅に掘りぬかれて、石がためにした生もの貯蔵の室《むろ》。ひとつとして、幾百年の使用に耐えた色と形をとどめぬものはない。

文武天皇朝の大宝令《たいほうれい》に、飛騨工《ひだのたくみ》という工匠のことが記されてある。いわば、その古代からの伝統を、柱や板戸や自在鉤《じざいかぎ》の黒光りがしめしているようだった。

「ご免下さい。ご免なさい」

運転手の大声にこたえて、かなたの板戸を開けてあらわれたのは、腰の曲った老婆であった。

運転手のたのみは、かんたんに受け入れられて、一同は、オエ（板の間）へあがることが出来た。

「やれやれ、たすかった」

まず、一番に、馬淵圭介が、洋服をぬぎすてて、トランクから浴衣を出してひっかけると、炉ばたに大あぐらをかいた。

「ほう、こりゃ、でっかい薪だな」

炉にくべてあるのは、直径一尺もある丸太だった。

「この火は、二百年も三百年も絶やさずに燃えているんです」

車掌が、わが郷土を誇るがごとく、云った。どうやら、来てみれば、幽霊に対する恐怖は薄れたらしい。

栗林夫婦もふみ子も着換えて、炉ばたにならんだ。牧野と吉沢は、上衣とシャツを脱いだ。異彩をはなったのは、とよであった。彼女は、着たきり雀らしく、きものを脱いで、ピンク色の肌襦袢に腰巻姿で、

「みなさん、ごめんなさい」

と、しゃがみこんで、両手をかざし、むかい側からの馬淵の不遠慮な視線をあびるや、

「旦那、なるべく、上か下か横を見てて下さいな」

と、云ったものだった。

ここで、あらためて、偶然にひとつ家に泊ることとなった乗客たちの分類をしておかねばなるまい。

一人旅をしているのは、津田とよ、吉沢敏の二人。それから、嵐の中へ消えて行った木村参一。組になっているのは、運転手と車掌、栗林夫婦は断るまでもないが、馬淵圭介と牧野太郎と浅岡ふみ子の三人はコンドであるということである。

銀座のある小路の木造ビルの二階に、『宣伝広告写真――プランナークラブ』という看板をかかげた会社がある。これは、全国の観光地へ出かけて行って、県庁観光事業部やバス会社や旅館などにわたりをつけて、宣伝写真を撮ってやって、雑誌に紹介したり、ポスターをつくって駅やデパートなどにばらまいたりしてやる、かなり目新しいサービス会社であった。馬淵圭介が、社長であった。といって、社員は四五名しかいないのだが――。牧野太郎は、カメラマン。浅岡ふみ子は、臨時やといのモデルであった。つまり、景勝の山頂に彳《たたず》んで片手をあげてニッコリしたり、旅館の浴場で、湯へ片足つけて胴をくねらせたりする役割であった。

馬淵は、今夏は、もっぱら、中部高原の温泉旅館をくどきまわるべく、牧野とふみ子をひきつれて出かけて来たのであった。

一同が、老婆のはこんで来た茶道具で、のどをうるおし、やれやれと人心地ついたところから、いよいよ、この物語は、本舞台となるのである。

四

「運転手さん、この家に幽霊が出るについては、なにか故事来歴があるのじゃありませんか」

と、栗林がきり出したので、皆は、急に、緊張した表情になった。

「よくは知りませんが……この家は、三百年ぐらいむかしは、白川郷で一番の分限者《ぶげんしゃ》だったそうですが、どういう事情があったのか、部落から追い出されて、ここへ移って来たのだそうです」

「ああ、あの大家族の部落だね。一軒に三四十人も住んでいる――」

「そうです、あそこから、ここへ移って来たので、平家館と呼ばれているんです。十五年ばかり前までは、ここにも、四十人も住んでいたそうです」

ここで、栗林は、自分の学識を披瀝《ひれき》する機会を得てうれしそうに、運転手の話をひきとって、皆にむかって、「つまりですね、大家族制度というのは――」と説明してみせた。耕地のすくないこの高原にあっては、分家がゆるされないために、トト（家長）が天皇的地位を保ち、近親の経験者が鍬頭《くわがしら》となり、次男以下は全部下男になって、正式に妻を持つこともゆるされなかった。そして、三階にも五階にもなったこの切妻合掌造りの家に同居して、それぞれ血縁同士で内縁関係をむすんでいたのである。

「ところが、十五年前に、トトがカカをつれて東京見物に行って、自動車に轢《ひ》かれて死んでからは、ろくなことが起らずに、四十人がちりぢりばらばらになってしまって……ジジとババと孫だけが残ったそうです。それから十年すぎて——二十歳になった孫息子が、ある嵐の晩に、突然、気が狂って、あばれ出して……この囲炉裏《いろり》へ、首を突っ込んで——」

と、運転手が指さすや、一同は、愕《ぎょ》っとなって、炉を見た。

「焼け死んで以来、幽霊になって出る、ちゅうわけか」

と、馬淵が、言葉をひき継いだ。

なんともイヤな静寂が、一同をおしつつんだ。外は、雨はやんだらしいが、風が相変らず唸りをあげて、樹々をゆさぶっていた。

牧野太郎が、このなんともやりきれない陰気な静寂をはねちらすように、

「僕には、そんな阿呆くさい話は信じられんな。この家には、お爺さんとお婆さんしかいないわけでしょう。孫息子が化けて出る理由がないじゃありませんか。もし出るとすりゃ、よほどの不孝者だな」

「そこが、気ちがいのあさましさ——」

と、とよが明るい声でまぜっかえして、皆を少々ばかり笑わせた。

「いや、幽霊というやつは絶対に存在せんとは断言出来んな」

と、馬淵が云った。

「わしは、暁部隊《あかつきぶたい》の中隊長として、輸送船を指揮して、南方へ行った時、ある島へ寄ったんだが、ある夜、甲板から眺めていると、海岸を、一個大隊ばかりが、行進して行くじゃない

か。ざっくざっくと砂を踏みしめる音も、きこえるんだ。……ところが、翌朝になって、上陸してみると、なんと、守備隊は、十日前の空襲と艦砲射撃《かんぽうしゃげき》で、一人のこらず全滅しているじゃないか」

聊《いささ》か眉唾《まゆつば》の話も、この場合、女性たちの脊筋を寒からしめるのに役立った。とたんに、ふみ子が、妙な声を発して、馬淵にすり寄った。彼女の視線を追った一同もまた、ぞっとなった。

土間のむこうの厩《うまや》のわきの板戸が、すうっと開いて、黒い影が、のそりと入って来たのである。しかも、異様な恰好をした者が。

固唾《かたず》をのむ人々の方へ、ひょこりひょこりと近づいて来たのは、ひどい傴僂《せむし》の老人であった。

「お客様、ようこそおいでなすた。……なんのおもてなしもできませんが、どうぞ、ごゆっくりおやすみなすてな。……風呂がわきましたでな。どなたからでも、お入りなすてな」

老人は、ほっと安堵した客たちに、そう云いのこして、内陣と呼ぶ仏壇のある部屋へ入って行った。

「どうもいかんな。こう陰気になっちゃ、かなわん。ひとつ、陽気にさわいで……そうだ、隠し芸大会はどうじゃろうな」

と、馬淵が提案すると、運転手が、

「しげちゃん。唄えよ」

と、車掌にすすめた。

「このひと、声がきれいだから、きっとうまいわ」

と、とよがほめた。

「うまいんです。この正月に、高山でＮＨＫのど自慢が開催された時、鐘三つ鳴らしたんです。しげちゃん、唄えよ。——月がとっても青いから、をよ」

パチパチと拍手がおこった。

すると、しげ車掌は、もじもじしていたが、急に、泣きべそをかいた。

「どうしたんだい？」

と、運転手がのぞき込むと、しげ車掌は、細い声で、

「あたし、便所へ行きたいのよ」とこたえた。

どっと笑い声があがって、ようやく、このだだっ広い屋内に、やわらかな雰囲気がただようた。断っておくが、ボストンバッグを谷底へ落した吉沢だけは、口もきかず、笑いもせず、しょげきっていたのである。

運転手につき添われて、しげ車掌が、便所へ行くのをきっかけに、牧野が、

「風呂に入ろうじゃありませんか」

と、立ち上がった。

ところが、当然、まっ先に入りそうな馬淵が、

「さあさ、あんたがた入って来なさい。わしは、この家の中を見物させてもらうとしよう」

と、云ったものであった。

五

内陣では、いちめんに透《すか》し彫《ほり》のある豪華な仏壇の前で、ジジとババが、黙然として対座していた。奇怪なのは、両名とも、客にみせた愛想のよさとは、うってかわった、ある非常な不安の色を、その皺のあいだに泛《うか》べていたことである。

どちらも、互いの目を避けて、ジジは、煙管《きせる》でキザミをふかしているし、ババは、おのれの膝をそろそろとなでさすっていた。

片隅の数珠掛けに、およそ五六十もの数珠がさがっているのが、かつての繁栄ぶりを偲ばせる。

「お爺さん――」

思いきったふうに、ババが怯《お》ず怯《お》ずと呼びかけた。

「出なければよいがのお……」

「…………」

ジジの口の両脇に刻まれた深い皺が、苦しげに、ぎゅっと歪んだ。

「も、もし、出たら……どうするぞな?」

「そんなこと、わからん!」

ジジが、ふりきるようにこたえた時――。

唐紙《からかみ》が、無断でひきあけられて、ひょいと馬淵圭介の顔がのぞいた。

老夫婦は、びくんとなって、見あげた。

「すまんがな、わしは、こういう別荘をひとつ造ってみようと思うんで……ひとつ、あっちこっち見せてもらえませんかね？」

ぶしつけなたのみを、老夫婦は、ありありと当惑した面持できいた。

「わしら二人だけなもんで……ほこりまみれにしてありますがな」

「いや、かまわんかまわん。こういう合掌《がっしょう》屋根で、二階も三階も造ってあるのは、実に珍しいからな。参考のために、是非──」

そう云う馬淵へ、ジジは、さぐるような目つきをなげたが、しぶしぶと、

「下二階（二階）までならええが……空二階（三階）は、物置にしてありますでな、ガラクタがつまっとりますからのお──」

「いや、その下二階とやらまでで結構──」

ジジは、ババへ、意味ありげな一瞥をくれてから、案内してあげろと顎をしゃくった。

ババは、立ちあがると、馬淵を案内してまわりはじめた。奥のちょうだ（家長の寝室）奥のでい（男子寝室）ただのちょうだ（女子寝室）と──。ところが、馬淵は、わざわざたのみ乍ら、一向に造り方に関心をしめさずに、ババよりさきに、さっさと次の間へ足をふみ入れている気ぜわしさであった。馬淵には、ほかに、こんたんがあったのである。

この頃、浴場では、栗林と牧野と吉沢が、交互に、丸風呂を出たり入ったりし乍ら、みず

、やでからだをあらっていた。

栗林が主となっておしゃべりをし、牧野がきき役、吉沢は終始むっつりとおし黙っていた。

栗林は、大学助教授の面目を発揮して、牧野を感心させることに得意になっていた。

「……つまりですね、あの囲炉裏《いろり》のある板の間を、オエというでしょう。ところが、瀬戸内海方面でも、岡山などでもやっぱり、座敷のことをオエというんですね。すなわち、平家の落人が遺した言葉ですね。ここでも、語尾に、「な」をつけるが、瀬戸内海方面でも、同様、語尾が「な」ですよ。……つまりですね、この飛騨《ひだ》には、木曾義仲に敗れた平家の落人が住みつき、瀬戸内海方面には、源義経に敗れた平家の落人が住みついたというわけですよ」

「なるほど——面白いもんですね」

と、相槌をうち乍ら、牧野は、さっぱり面白くもない顔つきだった。彼は、そんな考証よりも、サザエさんの方にはるかに興味を持つ単純な頭脳の持主であった。

栗林は、それから、たてつづけに、大化改新によって飛騨の文化が一躍どうとかしたとか、幕府天領時代は、なんとかが江戸に重大な影響をおよぼしたとか、しゃべりつづけて、いい加減、牧野をうんざりさせた。

吉沢と栗林をさきにあがらせて、牧野は、やれやれと、ゆっくりと湯につかり、正調黒田節などを唸ってから、浴場を出た。

すると、うすながと呼ばれる板張《いたばり》に馬淵が待っていて、

「牧野君」

と、呼んだ。

「社長、ひと風呂あびると、さっぱりしますよ」

「それよりも、君。ちょっと相談があるんだ」

馬淵は、すっと近寄って、真剣な表情でささやいた。

「君、ふみ子から、手を引いてくれ。たのむ！」

唐突にきり出されて、牧野は、咄嗟に返辞の仕様がなかった。

「わしは、ふみ子が好きなんだ。どうしても、わしのものにしたい」

「馬淵さんには、奥さんがあるじゃありませんか」

「それとは別問題だ。わしは、しんそこからあの娘に惚れとるんだ。君、ゆずってくれ、な、たのむ！　そのかわり――」

「ご免ですな。僕も、ふみ子さんを好きなんです」

牧野は、馬淵を社長と呼ぶが、別に、『プランナークラブ』の社員ではなかった。スタジオといえる程のものではないが、一戸をかまえたカメラマンである。そして、イヤなものはイヤだとはっきり云いきれる生一本な正義漢でもあった。

「そんなことをいわずに、わしのたのみをきいてくれ。たのむ！　この通りだ。（と頭をさげてみせる）ふみ子だって、君の目さえなければ、わしの誘いにまんざらでもないんだからな」

「どうして、そんなことがわかるんです？」

牧野は、憤然となって、ききかえした。

「わしに、平湯で、接吻をゆるしているんだぜ。バスの中では、ずっと手を握らせて居ったしな」

「嘘だ！　そんなことがあるもんですか！」

「本当だよ。……おい、ともかく、今夜、この二階で、わしとふみ子が一緒に、なにするのも、目をつむってくれんか。そのかわり、かねて君が提議しとる、仕事のことは、歩合制にするから、な――」

「ふみ子さんは、あなたについて、ノコノコ二階なんかに行きませんよ」

「いや、ついて来る。わしは自信をもっているんだ。あいつは、君が考えているような純情な娘じゃないんだ。わしのような熟練者が鍛えてやれば、高橋お伝以上のスキ者になる女なんだぜ。いっぺん味を知ったら、君なんかの手におえる代物じゃない」

ここまできくや、牧野は、からだ中の筋肉がむずむずして来た。彼は、柔道三段だし、拳闘では、アマチュア全日本で、バンタム級第二位になったこともある。

馬淵は、牧野の筋肉のむずむずを、本能的に察知すると、にわかにおびえて、

「お、おい。牧野君、誤解しないでくれ。わ、わしは、本当に、心から、ふみ子が、好きで――」

牧野は、くるりと踵《きびす》をまわすと、オエへむかってあるき出した。

ふみ子は、炉ばたで、しげ車掌と、映画スターの品さだめやゴシップ話をとりかわしてい

くりした。

たが、肩をたたかれて、ふりかえり、意外にも牧野が大層険しい目つきをしているのにびっ

牧野は、ふみ子を、二階へ昇る階段のところへつれて行くと、おし殺した声で、

「ふみ子さん、きみは、馬淵にキッスをゆるしたのか？」

と、詰問した。

女の心理は、ふしぎなものである。牧野が血相を変えて、こんなことを訊くのは、自分をふかく愛している証拠なのだ、と読みとる前に、ふみ子は、牧野の態度に反感をおぼえ、その言葉にひどい侮辱を、おぼえてしまった。

「なに云っているの！　バカバカしい！」

「おい、本当にキッスさせたのか？」

「もし、キッスさせていたらどうだというの？」

「君は！」

牧野は、かっとなった。こうなると、もう冷静な判断などできるものではない。

「僕は……君が……好きなんだぞ！」

「あなたは、阿呆だわ！」

ふみ子の方は、反対に、落着きはらった。

「女なんて、しっかりと、強い力でつかまえてもらっていなくちゃ、身も心も弱いんだから、どっちへ傾くか、知れやしなくってよ。あなたは、あたしが、好きなのなら、なぜ、はっき

りと口や態度にあらわしてくれなかったのよ」

「い、いま、云ったじゃないか」

牧野は、へどもどしてしまった。

「おそいわよ。あたし、男なんか、信じられなくなっているんだわ」

ふみ子は、愛する男をじらせることに、天性的な快感をおぼえた。これは、神からさずけられた女性の唯一の武器みたいなものである。

「じゃ、どうすりゃいいんだ？」

「あたしを愛している証拠をみせてごらんなさい」

「馬淵をなぐるのか？」

「バカね、あなた――。あなたが勝つにきまっているじゃないの。……たとえば……」

「たとえば？」

「たとえば、あなた、あの跛の小父さんから、ボストンバッグをひろって来てくれたら、五万円やるといわれたでしょう。あなた、もし、あたしが、たのんだら、やる勇気があって？」

「あるとも！」

牧野は、肩を昂然とそびやかしてみせた。

「じゃ、やってごらんなさい」

「よし！　やってみせるぞ！　五万円もらって、きみに、ダイヤの指輪を買ってやる。

婚約指輪《エンゲージリング》だぞ！」

「有難くいただきます」

「待っていろ！」

騎虎《きこ》の勢いというやつで、牧野は、つかつかと、吉沢のところへ寄って行った。

「あなたは、あのボストンバッグをひろったら、五万円くれると云いましたね」

これをきくや、吉沢は、ぱっと顔をかがやかした。

「ひ、ひろって来てくれますか？」

活きかえったように、声をはずませた。

「ひろって来ましょう。しかし、くどいようですが、五万円はまちがいないでしょうね？」

「まちがいありません。あれの中に入っているんです。すぐ、さしあげますよ」

そばできいていた津田とよが、なにか口をはさもうとしたが、思いかえして、肩をすくめた。

牧野が、土間に降り立つや、ふみ子は、遽《にわか》に、心配になって、走り寄ってひきとめたい衝動に駆られた。しかし、それは、ふみ子の勝気がさせなかった。

六

外に出ると、先刻の豪雨は嘘であったかのように、流れの速い雲の間から、十六夜《いざよい》の月がのぞき——その月もまた、走っているようであった。

「この月光がありゃ大丈夫だ」

と、呟いて牧野は、すたすたとあるき出した。

と——。

牧野は、はたと足を停めた。

どこからか、女の忍び泣く声にも似たギターの音が、きこえて来たのである。

かなり弱まった風の唸りに乗って、その音は、肥料溜小屋のまん前の檜《ひのき》の生籬《いけがき》の蔭のあたりからひびくようだ。

牧野は、不審に堪えぬままに、跫音《あしおと》をしのばせて、一歩一歩つき進んだ。

月がのぞいているとはいえ、絶え間なく雲がかぶさっているので、視力が惑わされて、かえって、樹蔭《こかげ》などはよけいに暗く感ずる。

牧野は、車掌から借りた懐中電燈を左手に握りしめて、生籬に二米あまりまで接近した。

いる！　黒いものが、ごそりと蠢《うごめ》いた。

瞬間、牧野は、懐中電燈のスイッチを押し、ぱっと、黄色い光の輪を、そいつにあびせた。

「おっ！」

思わず、牧野は、反射的に一歩さがった。

光の輪の中に浮かびあがったそれは、世にも奇怪な、醜悪きわまる、なんとも形容を絶する形相だったのである。人間の想像した鬼の面よりも、もっと、それは陰惨で兇悪で無慚《むざん》だった。

次の刹那、そいつは、無言で、牧野におどりかかっていた。もし、牧野が、きもをつぶしていなければ、ごさんなれとばかり、間髪を入れずに、アッパーカットをくらわせて、難なく組伏せていたに相違ない。あまりの凄じい形相にひるんだ隙をとびつかれて、牧野は、あっけなくひっくりかえった。

怪物は、馬乗りになって、牧野の頸《くび》をぐいぐい締めつけた。

苦しまぎれに、無我夢中でふるった技がきまって、怪物のからだは宙を舞って、牧野の頭のむこうへ、どさりとなげとばされた。しかし、牧野が、とび起った時、すでに、怪物もはね起きて、飛鳥のごとく走り出していた。

牧野は、四五米追って、あきらめた。

相手の速さは人間業とは思われなかったからである。

――あいつが、幽霊の正体か！

牧野は、ずっとむこうの生籬の蔭へ、忽然として掻消すごとく見えなくなった怪物の形相をもう一度思い出して、かすかな身顫いをおぼえた。

それから、牧野は、すぐに、皆に知らせなければならぬ、と思ったが、

「いや、待てよ」

と、考えなおした。

何も知らない女たちを恐怖させることはない。あいつが、必ず、オエへ侵入して来るとは限らないではないか。こちらが近づいて、懐中電燈で照らしたから、とびかかって来たので

あって、なにもしなければ襲いかかっては来まい。ギターをかなでる程の風流心をもっているのだから——。

牧野は、女たちを知らぬが仏で静かにやすませてやる親切心から、黙って、出て行くことにした。

——それよりも、こっちは、生命がけの冒険をやらねばならんのだ。

牧野は、先程の運転手が語ったこの館の不幸な出来事を思い出して、怪物が何者であるか、ほぼ見当がついていたのである。極楽とんぼにあるまじき慧眼《けいがん》というべきだった。

牧野が、出て行ってから、ものの十分もすぎると、また、ギターの音が、月光の中を流れはじめた。

そして、それが、浴場の窓から、そっと、しのび入った。浴場には、女が三人——芳枝とふみ子としげ車掌が入っていた。とよが一緒に入っていないのは、かたぎの女たちに、崩れはてた肉体を見られるのをきらったからであろう。

「あら……あれは？」

と、きき耳たてたのは、風呂桶に沈んでいたしげ車掌であった。

みずやで、何か話しあっていたふみ子と芳枝は、

「え？　なに？」

と、しげ車掌を見あげた。

「なにか……妙な音が、きこえます」

と云われて、二人は、耳をすましてみた。しかし、きこえるのは、風の音ばかりであった。

「なんにもきこえないわ」

と、ふみ子が、云った。

「気のせいよ。へんな噂なんか。もう気にしないことね……。それよりも、ねえ、奥さま、このひと、きれいなからだじゃありません？　モデルのあたしが、はずかしくて、穴があれば入りたいみたい」

「ほんとに、きれいですわ」

と、こたえ乍ら、芳枝は、またしても、ふっと、秘密の愛人のことを想わずにはいられなかった。

愛人は、自分をかき抱き乍ら、ささやいてくれたものだった。

「奥さん、あなたの肌は、処女そのままの美しさなんですよ。結婚して、洋子ちゃんまでお生みになり乍ら、あなたは、情熱を燃やすことを知らないために、まだ薔薇のツボミの色艶をもっているんです」

肉体関係など粘膜と粘膜の接触でしかないと割切っている現実派の戦後娘などがきいたら、噴飯《ふきだ》すようなキザな殺し文句も、芳枝の耳には、なんと甘美な、恍惚たるひびきをつたえたことだろう。左様、その意味においては、三十歳の芳枝は、十代のマンボ族よりも、はるかにウブだったのである。愛人は、およそ鼻もちならぬ、くだらん男だったのだから——。

芳枝が、急に黙り込んだので、ふみ子の方も、しぜん、口をつぐまざるを得ず、そうなると、牧野のことが心配になって来た。

――もし、大怪我でもしたらどうしよう？

――いいえ、あの人はスポーツマンで、岩みたいに頑丈《がんじょう》なんだもの。きっと成功するわ。あたし、帰って来たら、皆の前でもかまわずに、とびついて、接吻してやるわ！

この時――。

突然、しげ車掌が、きゃあっ、と声をかぎりの悲鳴をあげて、風呂桶に首までつかってしまった。

「どうしたの？」

ふみ子と芳枝は、おのおの想念をふきとばして、からだをちぢめた。

しげ車掌は、わななく人差指を、窓へ向けて、

「ゆ、ゆ、ゆうれいが……」

と、声をふるわせた。

ふみ子と芳枝は、どうっと全身に悪寒をおぼえて、ごくっと生唾をのみ込んだ。

しかし、もう、窓には、なんにも映ってはいなかった。

「どうしたんだ？」

板戸のむこうから、馬淵のどら声が掛けられた。

芳枝が、あわてて、

「いいえ、なんでもございません。開けないで下さい」

と、とどめた。

ふみ子は、いそいで、しげ車掌を、風呂桶から、かかえるようにして、つれ出した。

「しっかりなさい。あなた、まぼろしを見たのよ。怕《こわ》い怕《こわ》いと思っているものだから……」

「い、いえ！　ほ、ほんとうに……窓から……窓に、映って――」

しげ車掌は、譫言《うわごと》のように口走った。

七

ところで――。

バスから、ただ一人、嵐の中へとび出して行った学生木村参一は、どうしたろう。

木村は、風雨に打たれ乍ら、何処をうろつきまわったか、月が出た頃、魂も抜けはてたような――幽鬼がこの世にあるものならそれではないか、と思わせる蹌踉《そうろう》たる足どりで、ふたたびバスのところへ戻って来て、がらんとした内部へ入っていたのであった。

ずぶ濡れのからだを、奥の座席へ（奇妙なことに、先刻腰かけていたと同じ場所へ）ぐったりとおろして、ふかくうなだれていた。

不幸な若者であった。

彼は、母のために復讐をしたのであった。

某製糖会社の重役である父は、母を二十余年間、苦しめぬき悲しませつづけて来た。木村は、物心ついて以来、母の晴れ晴れと笑う顔を見たことがなかった。

父は、一週のうち、三日は外泊していた。帰って来れば、些細なことに逆上して、母を擲《なぐ》りつけた。六尺ゆたかの父の暴力には、二十一歳の木村の若さもかなわなかった。

ついに——母は、悩みもだえぬいた挙句、一年前に、服毒自殺をとげたのであった。木村は、その霊前で、父を永久に許すまい、とひそかに誓ったのであった。

しかし、流石《さすが》に、父も、母の自殺はかなりこたえたとみえて、放蕩をつつしむかに見えた。木村は、父がこれからの後半生を懺悔の起居ですごしてくれることを、どんなにのぞんだであろう。

駄目だった。父の神妙は、母の一周忌まで保ち得なかった。新しい放蕩が、はじまった。木村は、私立探偵社に依頼して、父の行状を調べあげた。父の相手は、結核の良人を持っている銀座の酒場のやとわれマダムであった。

木村が、女を殺してやろうと決意したのは、父が、母の形見の一カラットのダイヤの指輪を女にくれたことを知った時であった。

ひきつづいて、私立探偵に父と女の行動を監視探索させた木村は、女が、自身の故郷である飛騨の平湯《ひらゆ》の温泉旅館を買収しようとしている事実をつきとめた。女は、女学校卒業頃まではその旅館の娘であったのだ。没落して、人手に渡ったその旅館を、わが手で買い戻すことを、女は、一生の念願としていたのだ。

平湯滞在の女から、父に電報が届いたのは三日前であった。

「ハナシツイタオカネモツテオイデコウ」（話ついたお金持っておいで乞う）

いきかせた。

父より先に、その電文をぬすみ読んだ木村は、ついに決行の機会が来たことを、自分に云

父が、二百七十万の現金を持って出発するのを見送って、翌日、あとを追ったのであった。

いま——。

木村は、おのれの犯した殺人の現場を、どんよりと濁った頭の中に甦らせていた。

東の空がそろそろしらむ頃、木村は、もぐり込んでいた床の下から抜け出て、父と女の寝んでいる別棟《べつむね》の離れに忍び入ったのであった。

どうしたのか、父の床は、もぬけの殻であった。木村は、むしろ、それを僥倖として、夜具を額までかけて、すやすやとねむっている女におどりかかって、その頸を締めあげたのであった。

女の右手には、母の形見の指輪があった。それを、ひきぬいた時、廊下に跫音《あしおと》がして——、父が戻って来た、と直感した木村は、影のように、裏庭へ逃げのびていたのであった。

形見の指輪は、上衣のポケットにある。

木村は、手をつっ込んで、そっと握ってみた。

——ママ！　僕は、とうとう、とりかえしましたよ！

そっと、口のうちで呟いており、木村は、前方の路上に光る二つ目玉を見た。自動車が走って来る！

木村は、本能的な素早さで、座席の下へ身をひそめた。

自動車は、鋭いクラクションのひびきとともに、バスに衝突せんばかりの勢いで急停車した。とび出して来た三つの黒影は、高山警察署の刑事たちであった。

「こんなところにエンコしてやがったのか。帰って来ない筈だ」

ぱっと懐中電燈を照らしたのは、刑事生活三十年の敏腕をもって鳴る坂本警部補であった。

「おい！　中に誰かいるのか？」

と、どなってみて、返辞《へんじ》がないと知るや、坂本刑事は、ぐるりとまわって、ドアを引いた。

そして、ステップへ足をかけて、一呼吸して、すっと車掌台へ立っていた。その一分の油断もみせぬ身ごなしに拘らず、坂本刑事は、懐中電燈をぐるりと一廻転させて、座席に一人もいないのをたしかめると、あっさり、ひきさがった。どんな老練にも、盲点はある。坂本刑事は、外から声をかけた時、すでに、乗客はどこかへ宿をもとめて出て行ってしまったな、と直感していた。そして、がらんとした内部を見わたして、やっぱりそうだ、と思ったのだ。いわば、この場合、直感そのものが盲点となった。

「このあたりで、泊るところといえば、平家部落だな」

坂本刑事は、部下たちに云った。

「そうですな。幽霊屋敷でしょうな」

「犯人が、神岡町方面へ逃げたのでないとすりゃ、このバスに乗っていたという公算大だな」

「私が、平家館へ行ってみましょうか？」

「いや、君は、ご苦労だが、平湯へ走ってくれ。それから、君の方は、車をそこいらでまわして、ひきかえして、あと四五人応援をたのんで、坊方あたりで網をはってくれ。バス会社にも、故障のことをつたえてやってくれ。おれは、平家部落へ行って、乗客たちを洗う」

と、坂本刑事は、キビキビとした口調で命じた。

平湯からの急報で、ただちに車をとばして来たのだが、電話の声が昂奮しきっていて、他殺だか心中だか、断定できず、取敢えず、刑事三人が先発して来たのである。尤も、死んだ女の手から、一カラットのダイヤの指輪がなくなっていることを、発見者の旅館の女中がみとめた、というから、他殺ときめてほぼまちがいはないであろう。おそらく、女が、女中に、これは、ほんもののダイヤだと自慢していたので、女中は、死んでいるのを見つけて動転しつつも、その指輪の有無だけはたしかめたに相違ない。流石は、女性の本性というべきである。

「じゃ、たのむ」

三人が、三方へ散って、二三分過ぎてから、木村は、座席の下から、緩慢な動作で、身を起した。

完全に虚脱したもののごとく、何処へ行こうとするのか、死のうとするのか、ふらふらと、またバスを出て行くのであった。

八

「おい、ふみ子さん。ええものを見せてやるから、ちょっと、二階へ来んかい」

オエの片隅で、トランクの中を整理していたふみ子に、馬淵が、こそこそとささやきかけた。

「なあに？」

「御殿女中が着たらしい絢爛豪華な裲襠《うちかけ》やなにかだ。婆さんに二階へ案内してもらった時、長持の蓋をちょっとあげて、のぞいてみたのだ。すばらしいものだ、……こっそり、見物しようじゃないか。爺さんのやつ、どうも、二階へあげるのをいやがったわけがわかったよ。……爺さん婆さんをくどいて、あの衣裳を、あんたに着せて、この家をバックにして、牧野君に撮らせようじゃないか。すごい宣伝写真がつくれるぞ」

女は、衣裳のこととなると、つい、あたかも、ビスケットをホラホラとかざされた犬みたいな状態になる。

馬淵とふみ子が、そっと、階段を昇って行くのへ、炉ばたで立膝《たてひざ》を抱いた卑俗な恰好の津田とよが、白い目を向けた。

――ふん、あんな何食わん処女面をしてやがってさ。

栗林は、ながながと寝そべって、肱枕《ひじまくら》で、うたた寝していた。芳枝は、洋子を膝にのせて、じっと炉の火を瞶《みつ》めて、遠い想いに耽っていた。吉沢は、絶えず落ち着かない様子で、片脚を貧乏ゆすりさせつつ、新生をふかしていた。運転手としげ車掌は、額をつきあわせて、牧野の持参したサザエさんを見て、くすくすと笑っていた。但し、しげ車掌は、笑ったあとで、はっと怯えて、あっちゃこっちへ目をくばる変化をみせてはいたが——。

そこへ——。

格子戸を、がらっと開けて、

「こんばんは——」

と、入って来たのは、坂本刑事であった。

一斉にこちらを向いた顔・顔・顔・顔を、すばやく、一瞥で、瞳孔におさめた坂本刑事は、靴をスポッスポッと脱いで、オエへあがった。

「バスの人たちですな？」

「そうです」

と、こたえる運転手へ、

「あんたが、運転手さんだね？」

とたしかめてから、坂本刑事は、警察手帳をさし示した。

「乗っていたお客さんは、これで全部ですか？」

「いいえ、二人は、二階へあがっています。それから、もう一人は——」

と、云いかけて、運転手が、訝しげに小首をかしげるのを、とよがひきとって、

「この人（と吉沢を指さして）が谷底へボストンバッグを落したのを、ひろいに行ったんで

す」

「しかし、あそこへ降りるのは、容易じゃないが――」

「五万円さしあげる、とこの人が約束したものですからね。わたしも、男だったら、ちょっと、冒険してみたくなるわね」

吉沢は、余計なおしゃべり女め、ととよを睨んだが、あわてて、

「そ、その……観光ホテルの設計図が入っているものですから、あれを失くしちゃ、私は、会社をクビになってしまいますんで――」

坂本刑事は、頷いてから、あらたまった表情になり、

「実は、平湯で、殺人事件が起りまして、失礼ですが、一応皆さんをも、職務上、調べさせていただきたいのです」

と、云った。

皆は、どきっとなり息をのんで、まじまじと、坂本刑事を見あげた。

「荷物を検査させてもらいますから、おかくしにならずに、出していただきます」

「いったい、誰が殺されたのですか?」

栗林が、訊ねた。

「東京からおいでになったご夫婦です」

「二人とも殺されたのですか?」

「そうです。ピストルでやられていますから、犯人は、まだ、それを持っているということ

になりますな」

　この時、二階の薄暗い、埃まみれのちょうだ（女子寝室）では――。

「いやよ！　卑劣だわ、騙してつれて来るなんて」

　憤然《ふんぜん》となったふみ子が、つかまれた手をふりきって、逃げ降りようとしていた。

　御殿女中の絢爛豪華な衣裳がつまった長持なんて、影も形もありやしなかったのである。

「悪気で騙したんじゃないんだよ。ふみ子さん、たのむから、わしの話をきいてくれんか、な――」

「はなして下さいっ！　あたし、嘘つきと乱暴する人、きらい！」

「わしは、女房を離縁する肚《はら》になっとるんだ。真剣なんだ。女のことでわしは真剣になったのは、生れてはじめてなんだ。ふみさん、あんたのためなら、わしは、全財産を――」

「あたしは、牧野さんと結婚するんです！　はなしてえっ――」

　馬淵は、いくらなだめすかしても、ふみ子が軟化する気配がないと見てとるや、もはや問答無用、と矢庭に、その口を片手でふさいで、片手で、ぐっと抱きしめた。

　押し倒そう、押し倒されまい――と、必死の争いが開始された。

　生れて、いっぺんも病気したことはない、と脂ぎった十九貫の精力を誇る馬淵の猛攻に、所詮、ふみ子が、かなう筈がなかった。片隅に重ねられた畳（この地方では、不用の部屋の畳は全部、積まれてある）に、押しつけられ、そのまま、ずるずると板の間へねじ伏せられた。スカートのどこやらが、ベリベリと裂けた。馬淵は、布袋腹の下で、よく撓《しな》り柔軟な胴がくねくねとのたうつ感触を愉しみ乍ら、女性の大切なところを、膝頭でぐりぐりとやりはじめた。

と——突然、どうしたのか、馬淵の運動が停止した。

ふみ子は、渾身の力をふりしぼって、両腕を自由にすると、馬淵の巨体を押しのけた。すると、馬淵は、他愛なく、起上小法師《おきあがりこぼし》みたいに、つうつうと上半身を持ちあげてしまった。

ふみ子は、夢中でとび起きて、馬淵へ平手打ちをくわせようとしたとたん、なんと、その面には、驚愕と恐怖の色が発疹チフスみたいに拡がっているではないか。

馬淵の、ぱっくり瞠《みひら》かれた双眼が向いている方へ、首を曲げた刹那、ふみ子もまた、馬淵と同じ面相になった。

そこに——。

現世にふたつとは存在しない凄惨な形相の怪物が、のっそりと佇《たたず》んでいたのである。額も片目も鼻も頬も唇も、ぐしゃりと踏みつぶされた無花果《いちじく》のように、赤むけの肉のままを、凸《でこ》凹《ぼこ》にねじまげひきつらせて、まったく原形をとどめてはいなかった。わずかに、片目だけがもとのままであったが、その光の、なんたる狂おしさ——。

「きゃあっ！」

咽喉がひき裂けるような悲鳴をあげて、ふみ子は、気を失った。

その悲鳴をきいて、坂本刑事を先頭に運転手、栗林、とよたちが、二階へかけのぼった時は、もはや、怪物の姿は消えうせて、ぽっかりと開いた窓の中央に、額縁にはめられた水彩画のように、まんまるい月が、ちぎれ雲をあしらって、美しく冴えていた。

「どうしたのです?」

坂本刑事が、鋭く訊ねると、馬淵は、ひどく痴呆的な腑抜け面で、窓を指さして、

「幽霊です……出、出、出やがったんです!」

と云った。

「幽霊?」

坂本刑事は、つかつかと進み入って、窓の外を見やった。どこにも、それらしい影はへばりついてはいなかった。

「どんな男だったのです?」

振りかえって、坂本刑事は、馬淵に訊ねた。

「それが……なんとも、はや——人間じゃありませんでしてな。化物——化物でした。本当です。あ、あんな化物は、絵でも芝居でも、見たことがありやせん」

「ふん。鬼の面でもかぶっていやがったか。……ここへ、かくれていたんだな」

坂本刑事は、ひとり合点して、あらためて、この窓から降りた跡を目で追ってみたものだった。

九

二階から駆け降りた坂本刑事は、すぐさま、靴をはいて出て行こうとした。

だが、格子戸をあけるやいなや、坂本刑事は、反射的に、ぱっと跳びすさっていた。

数米むこうに、月光をあびた妖しい孤影を発見したのである。

「誰だっ？」

その一喝に対して、孤影は、およそのろのろした動作で、あゆみ寄って来た。

坂本刑事の凝視をあびて、ひょろりと土間に入って来たその人間を見たとよが、われを忘れてかけ寄った。

「学生さん！　お前さん、どこをうろついてたの？」

まるで、弟でも戻って来たかのように、とよは、おどろきとよろこびをこめて、胸をはずませたのであった。

——生きていてよかった！　ほんとによかった！

そんな気持であった。

「あんたの知りあいかね？」

坂本刑事が、とよに訊いた。

「いいえ、ただ、バスの中で隣りあわせただけなんですけどね。なんだか、ひどい神経衰弱みたいなんで、心配してたんですよ」

「一緒に、ここへ来なかったんだね？」

坂本刑事は、返辞をしぶっているとよと悄然たる木村を見くらべ、次に、しげ車掌に声をかけて、この学生がたった一人だけ何処かへ姿を消したことをきき出すと、

「荷物は？」

と、木村を見据えた。

木村は、俯《うつむ》向けていた顔を、きっと擡《もた》げると、

「あなたは、警察の人ですね？」

とたしかめておいて、なげ出すように、

「平湯の殺人犯人は、僕です」

と、云った。

一同は、あっとなった。就中《なかんずく》坂本刑事は、心臓がひと刺しされたような表情になった。

坂本刑事は、すっと一歩出るや、馴《な》れた手つきで、木村のからだをしらべた。そして、ダイヤの指輪を、発見した。

「これを盗むために、殺したんだね？」

「盗むためじゃありません。盗まれたのを奪いかえしたのです」

「盗まれたのを？　まあ、いい。あとでゆっくり、事情をきこう。それより、ピストルをどこへすてた」

「ピストルなんか、僕は、持っていませんよ」

「だって、君は、ピストルで、殺《や》ったんだろう？」

「ちがいます。僕は、あの女の頸《くび》を、締めたんです」

「夫婦とも、ピストルで射たれているぞ！」

「夫婦とも？」

木村は、愕然となった。

「ふ、ふたりとも、殺されて、いる、と、いうんですか？」

「そうだ。君が、殺ったことじゃないか。落着け」

「ちがうっ！」

木村は、気が狂ったように、はげしくかぶりをふった。

「ちがうっ！　僕は、殺さない！　僕は、親爺の方は、殺さないんだ！　僕が、殺したのは、あの女だけなんだ！　この手で、締めたんだ！」

怜度、この時であった。母親の膝に乗った洋子が、持っていた大きなママ人形をとりおとした。そして、それが、炉の中へころがり込んだので、洋子は、母親の膝からおりて、手をのばして、ひろいあげた。

すると、人形のレースのスカートに、何か黒いものが、くっついて、灰の中からあがって来た。

「あっ！　ピストル！」

と、運転手が、叫んだ。

数秒と置かず、坂本刑事が、

「かくしていたなっ！」

と、怒鳴った。

その視線は、まっすぐに、吉沢に当てられていた。わずか数秒の間に、坂本刑事は、灰の中へピストルをかくしたのは、自分たちが二階へあがっているあいだであったこと、そして、二階へ来なかった男は、吉沢だけであったのを、思い出していたのである。

——しまった！

吉沢は、人形のスカートから、ピストルをもぎとった。

「動くなっ！」

坂本刑事もまた、コルトを摑んで、大喝《だいかつ》した。

しかし、坂本刑事は、次の瞬間、ぎくりとなって立ちすくんだ。

吉沢は、洋子の小さな肩を鷲摑みにして、その桜色のかわいい耳朶《みみたぶ》へ、銃口を擬《ぎ》したではないか。

「貴様っ！　卑怯なまねは、よせっ！」

「な、なにをっ——そっちこそ、下手なまねをしやがると、このガキのいのちはねえぞっ！　刑事《デカ》っ！　ピストルをすてろ！」

吉沢は、泣きさけぶ洋子を、ぐいっと小脇に抱きかかえると、ピョコンと立ちあがった。

上半身が、ひどい傾斜をみせて、それは、むしろこの場合は、凄味になった。

「ママ！　ママ！」

と、手足をバタバタ振って、自分をもとめるわが子にむかって、芳枝は、両手をあわせた。

「お、おねがいです！　ゆ、ゆるして！　洋子をゆるしてっ！　おねがいです！」

父たる栗林もまた、蒼白《そうはく》になって、

「ゆるしてくれ！　こどもは、な、なんの罪もない！　た、たのむ！　ゆるしてくれ！」

と、哀訴《あいそ》した。

吉沢は、せせらわらいつつ、血走った眼光をくばり乍ら、横へ横へと、蟹這《かにば》いしはじめた。

「ふふふふ、皆さん、幽霊も見たし、殺人犯人も見たし、いい経験ですぜ。……おい、学生、ついでだから、教えておいてやる。おめえは、べつに、人殺しはやりやしねえんだ。おれが射ち殺して、布団をかぶせておいたのを知らずに、ごていねいに、頸を締めたんだぜ。その時、親爺の方は、便所の中でお陀仏になっていたんだ。わかったか！」

これをきいて、木村は、ぶるぶると唇を顫わせたが、何ともこたえなかった。

吉沢は、じりじりと遠まわりして、土間をめざした。

坂本刑事は、生涯のうち、この時ばかりは、まったく途方に暮れてしまった。

「外には、警官が二十人もとりまいているんだぜ。あがいたって、無駄だとさとったらどうだ！」

と、云いかけてみたが、すでに吉沢の神経は、なかば狂っているので、すこしも効果はなかった。

あとになって、考えれば、むしろ、吉沢を外へ逃がした方がよかったのである。

ふいに――。

木村が、影のように、すっと前へ出た。

「よしなさいっ！」

とよが、あわてて、ひきとめようとした。

木村は、しかし、吉沢を睨んだまま、一歩一歩近づいた。

ひきずられるように、とよは、くっついて行った。

「おいっ！　学生！　なにをしようとしやがるんだ！　動くなっ！　動きやがると、このガキの頭に、穴があくんだぞ！」

「射てるものか？」

木村が、冷然として、云いかえした。

「なにをっ！」

「人質を殺せば、君の負けだ」

そう云いはなって、さらに一歩、木村がふみ出した刹那、吉沢は、さっと銃口を木村に向けた。

「あぶないっ！」

とよが、あらんかぎりの力で、木村をつきとばすのと、銃声があがるのと、同時だった。

とよは、いったん、ぐうっと胸を張ると、片手で乳房の上をおさえ、それから、徐々に肩をまるめて、その場へ崩れ込んだ。

一同が、仰天する隙に、吉沢は、身をひるがえして、階段を、だだだっと駆け昇って行った。

とよは、木村に抱き起されると、すでに死相を呈した顔に、かすかな微笑を泛べた。

「生命は、大切に……するものよ。……あんたは……大きな、未来が……あるんじゃ、ありませんか」

「どうして、僕を、たすけてくれたんです？」

「あんたは……わたしの、弟に……わたしが、淫売にまで、なって……音楽学校を……出してやった、弟に……戦死した、弟に……そっくり、だった……」

「………」

木村の双眸《そうぼう》が、みるみる潤んだと思うや、じっと泪《なみだ》があふれ出た。

とよは、もう一度、木村の顔をよく見ようと、大きく目をひらいたが、もはや、瞳孔がひらいて、視力をうしない……そろそろと持上げた片手の指先を木村の頬へふれさせたとたん、その手をばたりと落して、静かに目蓋をふさいでいた。

十

合掌屋根が、高い槍が、乳色の空の下に、くろぐろと浮かびあがり、一番鶏が、澄みきった静寂の空気をつきやぶった頃合、ボストンバッグを携《さ》げた牧野が、疲労困憊したからだを、靄《もや》の中から現わした。

のっそりと土間に入った牧野にむかって、弾丸のようにとびついたのは、ふみ子であった。

「大変！　大変なのよ！」

牧野は、一睡もせぬ異様な顔つきの一同が、ふみ子の叫びを肯定して、自分へ視線を集中したので、あっけにとられた。

坂本刑事が、近づいて来て、手短《てみじ》かに、事情を説明して、ボストンバッグを受けとった。

牧野は、はげしく舌打ちすると、

「奴は、まだ、三階で、がんばっているんですね？」

「そうです」

「どうするつもりなんですか」

「持久戦ですな。待っているよりほかに、方法がありません。そのうち、条件を出すでしょう、自分を外へ逃して、どのあたりまでは追って来るなとか、いうような条件を――」

「こどもが可哀そうだな」

牧野は、栗林夫婦を、いたましげに眺めた。夫婦は、膝をならべて、がっくりとうなだれていた。

坂本刑事が、木村を立会わせて、ボストンバッグの中に、二百七十万円あるかどうかしらべはじめた時、塑像《そぞう》のように微動もしなかった芳枝が、びくっと肩を痙攣させるや、

「あなた！」

と、良人の腕にすがった。

「ゆるして下さい！　わたしが、悪かったのです！　洋子が、こんなひどい目に遭っているのも、わたしの罪なのです！　罰があたったのです！」

「芳枝！　しっかりするんだ！」

栗林は、妻が狂ったのではないか、と狼狽した。

牧野が、突然、何を決意したか、

「よし！　僕が、イチかバチか、やってやろう！」

と、独語《ひとりごと》すると、

「刑事さん、そのボストンバッグを借して下さい」

と、手をさし出した。

「どうするんです？」

「こどもをとり戻すんです」

「しかし――」

「自信があります！」

牧野は、きっぱりと云いきった。

「牧野さん！」

ふみ子が、とりすがった。

「五万円の婚約指輪《エンゲージリング》はだめになったね」

牧野は、わざと明るい笑顔をつくってみせた。

「だ、だいじょうぶなの？」

「せっかく、このボストンバッグをひろって来たんだからな、役に立ててやるのさ」

牧野は、それを携げて、階段へ足をかけ、ちょっと、上の気配をうかがってから、ゆっくり昇りはじめた。

いくら跫音を消そうとしても、階段の方が、みしっみしっと軋《きし》った。

中段まで昇るや、上から、

「昇るなっ！」

と、吉沢の怒号が、降って来た。

牧野は、穏かな声音で、

「君のボストンバッグをひろって戻って来たんだ。どうだ、これと、こどもを交換する相談に乗らないか？」

と、呼びかけた。

返辞は、なかった。

牧野は、かさねて、呼びかけた。

一分、二分……。やがて、

「上って来い！」

と、応答があった。

吉沢は、下二階を越えて、空三階にひそんでいた。

頭のつかえる屋根裏の板の間へ昇り着いた牧野が、

「どこだ？」

と訊くと、板戸のむこうで、吉沢が、

「ここだ」

「入ってもいいか？」

「戸だけ、開けろ」

牧野は、戸をギーッと引いた。

吉沢は、窓ぎわに、あぐらをかいて、洋子をそばに寝かせていた。

銃口の前に立ち乍ら、牧野は、冷静に距離をはかった、――四米。

「そこへ、ボストンバッグを置け！」

「こどもを起して、こちらへ寄越してくれ」

「莫迦野郎っ！　この拳銃《ハジキ》が見えねえか！　置けといったら置け！　置いたら、さっさと、降りて行け！」

その文句は、牧野が、予期したところだった。

牧野は、両手で、そうっとボストンバッグを置くとみせかけて、突如、ラグビーの送球《パス》よろしく、吉沢めがけて、ぱっと投げつけた。

狙いあやまたず、バッグは、吉沢の胸へ、だんとぶつかった。

間髪を入れず、牧野は、猛然と、敵の右手のピストルにむかってタックルした。

作戦功を奏して、牧野は、見事に、ピストルを奪いとった。しかし、なにぶんにも、断崖の下降登攀《かこうとうはん》で、疲労困憊の身であった。

ぐわんと、あごへ、一撃をくらって、くらっくらっと眩暈《めまい》が来たところを、さらに、また一撃をくらって、どさりと、後頭部を板の間へぶちつけた。

吉沢は、得たりとばかり、馬乗りになった。

牧野は、摑んだピストルを、窓へ投げた。

ピストルは、きらっと、朝陽を撥ねて、窓外へ飛び去った。

「野郎っ！　畜生っ！」

吉沢は、牧野の眉間へ、鉄拳をたたきつけておいて、ピョコンとおどりあがるや、窓をまたぎ越えた。

牧野が、ぐらぐらっと頭を揺って、起き上った時には、吉沢は、庇をつたって、藁屋根へ移っていた。

「屋根へ逃げたぞっ！」

牧野の絶叫《ぜっきょう》で、坂本刑事以下一同は、なだれをうって、外へとび出した。

吉沢の最期は、悲惨であった。

ブカブカに腐った藁の急勾配を、ずるっずるっと、降りかけたとたん、裏側の合掌から、ぬっと出現したのは、例の世にもいまわしい怪物だったのだ。

怪物は、ぴょんと、棟の上へ立つや、つつつつと走って来て、いきなり、吉沢の上へ掩いかぶさった。

「ぎゃあっ！」

野獣の断末魔の咆哮にも似た恐怖の叫びをほとばしらせた吉沢は、怪物とひとつになって、ごろごろところがり落ちたのであった。

×

夏雲のふわりと浮いた青空の下――ブルーノ・タウトをして、

「これはスイスの幻想だ」

と三嘆させた、広闊《こうかつ》で且深い峡谷《きょうこく》の中を、黄色いバスは、かるやかに走って行く。

木村参一は、昨日と同じ後尾の座席に腰をおろして、窓の外へ、遠いまなざしを投げていた。そのまなざしの中には、わずか乍ら、青年らしい生気が甦っている。

「生命は大切にするものよ」

その言葉が、脳裡に刻みついていた。

しかし、そう云ってくれた津田とよの姿は、彼のかたわらからは、消え去っている。

浅岡ふみ子は、牧野とならんで、小声でささやいた。

「あのお化けは、死んだ方が幸せだったのね」

息絶えた怪物に、ジジとババが、よりすがって、泣いていた光景を思い出して、ふみ子は、かすかに戦慄した。五年前に、気が狂って、炉に首を突っ込んで死んだといわれていた孫息子《こ》は、ふた目と見られぬ形相になって、生きていたのだ。空二階のさらに上に設けられた小室《しつ》に起居していたのである。日頃は、猫のようにおとなしいのだが、嵐になると遽《にわか》に狂暴性《きょうぼうせい》を発揮する癖があった、と、老夫婦は、皆に告白したのであった。

牧野は、腕を組んで、仰向いていたが、ふと真剣な顔つきになると、ふみ子の耳に口を寄せて、

「君、ほんとうに、社長にキッスをさせたのか？」

「バカね。サザエさんなんか読んでいるひまがあったら、もっと女心を研究なさい」

と云って、ふみ子は、牧野の手をぎゅっと握った。

前の座席では、栗林助教授が、昨日と同様、こくりこくりと居眠りをしている。となりの妻の芳枝は、いとおしくてたまらぬといった表情で、洋子に頬ずりしていたが、ふと気がついて、良人の頭を、そっと自分の肩へもたせかけてやった。

馬淵圭介は――彼は、一人だけはなれて、昨日村の老婆と孕《はら》み娘がいたところに腰かけて、むっつりとしていたが、ふみ子と牧野のむつまじそうな様子を一瞥すると、急に、大声で、しげ車掌に声をかけた。

「おい、車掌さん、ひとつ、いい声をきかせてくれや」

運転手が、笑い乍ら、

「しげちゃん、唄えよ」

と、すすめた。

やがて、バスの中から、鐘三つのきれいな唄声が流れ出て来た。

おらがさ、よう
お瀬戸《せと》のしょろく山に
むかしゃ、蛇《じゃ》が住む、今亀《いまかめ》が住む
亀も亀じゃが
人取る亀よ
昨日は、よったり取った
今日は、五人取りやった
そやに取ってくれちゃ
人の種が絶える
　　　　ささよう……

盲目殺人事件

一

屍骸《しがい》とおれとの無言の闘争は、数時間もつづいていた。

通夜の客は引きあげてしまい、知子夫人と小森という画家とおれとの三人だけがとりのこされて、沈黙が多く占めるようになってから、おれのたたかいは、もはや、のっぴきならなくなっていたのだ。

おれは、デスマスクにかけられた白布《はくふ》から、視線をそらさずに、ものの半時間も、じっと、身じろぎひとつしなかった。

こっちが、指ひとつ動かすのも、白布のかげから、じいっと凝視されているような気がして、おれは、ともすれば、背すじに走る悪寒や胴顫《どうぶる》いを抑えて、——くそ、まけるもんかと、いつまでその白布を睨みつづけて居られるか、ためしてみよう、とほぞをかためたのであった。

殆ど、その下に、人間の肉体がよこたわっていようとは思われぬくらい、平べたい掛布団が、六畳の中央いっぱいに、ひろがって居り、裾のところに、知子夫人がうずくまり、おれと画家は、枕元ちかくに、火のない火鉢をへだてて、坐っていた。

したがって、線香が、切れかかると、つぎ足すのは、おれか画家の役割であったが、画家は、先刻から火鉢のふちをつかんで、こくりこくりとやっているので、いまは、否応なしに、おれと屍骸との対決になっていたのである。

このおれの態度が、知子夫人に気づかぬわけはない。

「あの……国屋さん、もう、あちらで、おやすみになったら……。小森さんにも、お引きとりねがって――」

促されて、画家は、ねむそうな目をあげると、

「やあ……そろそろ、おいとましますかな。国屋さんは、どうしますか？」

「僕は、起きています」

「じゃ、おさきに――」

画家は、そう云い乍らも、それから、まだ四五分、ぐずぐずしていてから、ようやく、腰をあげた。どうも、この男は、このせわしい時世に、珍重したいほどのんびりしている。

画家が、出て行こうとしかけ、知子夫人はそれを送ろうとして立ったとたん、ふいに、眩《め》暈《まい》におそわれたらしく、ぐらぐらとなった。

「おっ！」

ふりかえって抱きとめようとした画家の腕へ、崩れかかったが、倒れる中途で、硬直が来て、下肢をぐんとつッぱると、画家のやせ腕では、ささえきれず、夫人のからだは、どさっと、畳の上へのびてしまった。

そして、思いきり、びくんびくん、と脚を蹴った。

裾がみだれて、紅い下着のかげからのぞいた、そのふくらはぎの、なま白さが、妙になまなましく、いやらしい印象をのこした。

おれも、彼女をたすけようと立ちあがりかけて、ふっと、くらくらとなった。

――しまった！

と、火鉢にかけていた両手を、顔へもっていったが、全身をつらぬいた戦慄は、おそろしいものであった。――しまった、しまった、と心で叫びながら、おれは、ぐりぐりと、両手で、顔をこすった。心臓は、おそろしい迅《はや》さで動悸をうっていた。

「しっかりなさい、奥さん、どうしました？」

画家の方は、膝へ、夫人の首をのせて、ゆさぶったが、一種の瘧《おこり》に見まわれたように、夫人は、ことばにならぬ呻《うめ》きを発して、びくんびくんと、四肢を痙攣させるばかりであった。場所が場所、時刻が時刻、しかも、先刻来――いや、ここ数日間、兇悪な精神闘争をつづけて来たおかげで、おれの恐怖は、狂おしいものになった。

もし、おれの坐った向きがわるく、この刹那、白布が目に入っていたら、おれは、ひょっとすると、悲鳴をあげていたかも知れぬ。辛うじて、声を出すのを、怺《こら》えたおれは、もう、枕元に坐っている勇気は、なかった。おれは、夢中で、ずるずると匍《は》った。

二

屍骸――須藤武夫氏は、行年五十二歳、戦時中、マレーの行政官として在った時、土民の狙撃を受けて、失明していた。

昨日、日課の散歩に出て、この町のはずれの国道で工事中の穴へ、墜落して、不測の横死をとげた――ということになっている。

じつは、過失死ではなく、殺されたのである。犯人は、おれであった。

おれが、須藤氏を殺そうと思いたったのは、つい、五日前である。それまでは、みじんも、そんな了簡を起してはいなかった。

おれは、せいぜい、おとなしい知子夫人が密通の不安におびえるさまを眺めて快感をおぼえる程度の残虐さしか持っていなかった。

(勿論、知子夫人から、月に三四万ずつ、まきあげていたが)

二十三歳のおれが、どうして、自分よりちょうど倍の年齢の人妻と、いまわしい関係になったか。動機は、きわめて、かんたんである。

たったいま、起ったような現象が、丸ノ内の映画劇場で、起ったのである。

すなわち、知子夫人が、貧血をおこして、ぶっ倒れたのだ。

ちょうど、そのおり、おれは、がらんとした待合室で、苛々し乍ら、莨《たばこ》をふかしていた。

逢曳《あいびき》の約束をした池袋の喫茶店の娘が、一時間すぎても、あらわれなかったからである。

ふいに――どさっ、というにぶい音が、うしろでしたので、ふりかえったおれは、中年の婦人が、紅い絨毯の上へ俯つ伏しているのを見た。

おれは、いそいで、抱きおこして、案内係の女の子を、大声で呼びたてた。

走って来た女の子が、

「保護室がございますから——」

というので、落ちたハンドバッグをひろわせておいて、おれは、ぐったりとなった婦人をかかえおこした。

おれが、保護室で、連れのような顔つきをして、ずうっと、婦人——知子夫人につき添っていてやったのは、ケチな野心があったからだ。つまり、その服装から推察して、ハンドバッグの中には、かなりの札が入っているらしい、と目をつけたからである。おれは、なんとかして、うまく、ちょろまかせないものか、と考えたのだ。

ふと——、おれの目に、寝台の端から、だらんと垂れた片脚の白い肌が、映った。

おれは、紅い下着のかげに、しろじろと浮き立ったふくらはぎから内股へかけての、なめらかな曲線を、じっと睨んでいるうちに、遽《にわか》に、烈しく鼓動が高鳴るのをおぼえた。

おれは、そうっと、仰臥像《ぎょうがぞう》へ、かぶさって行き、なかばひらいた唇へ、じぶんのものを押しつけた。

知子夫人が、目をあけた時、おれの片手は、すでに、彼女の下肢の奥を占領していた。

もちろん、抵抗があった。

おれにとって、幸いだったのは、知子夫人が、ふたたび、貧血をおこしたことだった。

おれは、遂行した。保護室のドアには、内側から、鍵がかけられるようになっていたから——。全く、おれにとって、知子夫人とその家庭は、なにもかも好都合にできていた。

良人の須藤氏は、まえに述べたように盲目であった上に、性的不能者であった。知子夫人は、むかしの良家の箱入娘がなんとなく年をとった、世間智にうとい、なんのかけひきをもたない、正直な女であった。こうした女は、性欲を抑圧された世界から、自ら進んでとび出す勇気は絶対にない。しかし、ひとたび、官能の異常な快楽《けらく》を経験させられると、浮気なマダム連よりも、はるかに、凄い情熱を燃やすし、こちらがたじたじとなる程、大胆不敵になる。

おれは、M大を中退した不良で、そうなった経緯《いきさつ》を、せいぜい、彼女の母性本能を活動させるように、悲痛なものに作りあげてみせ、彼女の庇護によって、立ち直る可能性をほのめかしてやったし、立ち直ったように見せかけることにも成功した。もともと、おれは、父親が死ぬまでは（中学二年の時までは）かなり裕福な中産階級の躾《しつけ》を、おっとりした貌《かお》にしめしていたのである。だから、警察などの奴等の目からはたちまち見抜かれるとしても、知子夫人のような女の前で、氏素性のいい純情な表情や振舞いを装ってみせることは、そんなに不自然ではなかったのだ。

おれは、知子夫人と、十日に一度ぐらいの割で、都内の旅館で逢曳《あいびき》しはじめた。夫人は、家へやって来ることは、かたくこばんだが、そのうち、おれが、突然、訪問すると、困惑すると思いのほか、何食わぬ顔で、盲人の良人へ、紹介したし、廊下の隅で、じぶんから、唇をもとめて来たものだった。

以来、おれは、須藤家へも、わがもの顔で、しばしば出入するようになっていた。

おれも、知子夫人も、たしかに、うまくやった。誰ひとり、気がつく者はなかった。

三

五日前の朝のことだ。

おれは、早急に一万円の金が必要になって、八時すぎにアパートをとび出して、須藤家へ急いだ。

須藤家までは、ちょうど、一時間かかる。

おれは、人通りもない、やや坂道になっただだっ広い往還を大股で、のぼって行きかけたおり、彼方の曲り角から、シェパードに曳かれた須藤氏の姿が、あらわれるのを見出した。

日課である朝の散歩が、このあたりであることは、知子夫人からきいていた。

この往還は、須藤氏があらわれた地点から、かなり急傾斜して、公園（といっても、篠懸《すずかけ》が十二三本ならんだほかに、遊動円木《ゆうどうえんぼく》と、ベンチが三つあまり散らばっているきりだが）の中をまっすぐにつらぬいて、おれの立っている地点へ至る。

——これは、うまいぞ。

須藤氏が留守の家へあがり込んだなら、いきなり、知子夫人を抱きすくめて、おし倒してやれば、二万円ぐらいはせしめられるだろう——その時は、ただそれだけの野心をもって、おれは、そ知らぬふりで、須藤氏とすれちがう肚《はら》をきめたのである。

さっさと行交《ゆきか》って、十米あまり離れてから、ふりかえってみると、須藤氏は、同じく犬をつれた男と、篠懸《すずかけ》の下で、立話をしていた。

その男が、画家の小森であった。須藤氏の家で、おれも、一度、ぶっつかって、紹介されたことがあった。くしゃくしゃの頭に、ひどく白髪がまじっていたが、まだ年齢は、それ程でもなさそうであった。どことなく飄飄《ひょうひょう》としていて、鹿児島訛りの抜けぬ泥くささと、二十年間のパリぐらしのエキゾチズムが、奇妙にまざり合った、ちょっと得体《えたい》の知れぬ雰囲気の持主だった。つれている犬は、雑種も雑種、ひどいやつであった。須藤氏の犬が令嬢とすれば、画家の犬は日傭労働者専門のパンパンだった。おとなしく、おすわりしているシェパードのまわりを、雑種は一秒間も、じっとしていないで、かぎまわったり、のぞきこんだり、ちょっかいかけたりし乍ら、まったく軽蔑され無視されていることが、一向に気にならぬていであった。

須藤氏と画家は、すぐに会釈しあって、わかれた。シェパードは、忠実に先に立ってある き出したのに、雑種は、未練たっぷりに、いやらしく吠えたり、がりがりと土をひっかいたりしたものだ。

おれが、ふいに、

——そうだ！

と、殺意を起したのは、須藤家が先方に見えるところまでやって来た時だった。

——彼奴《あいつ》は、あの道を、ぐるっと、ひとまわりするんだな。よし！

須藤氏のコースでいえば、公園をぬけ出て、ちょうど平坦な地点にさしかかるちょっとてまえが、幅をひろげるべく、工事中であった。大きな穴が、ふたつばかり掘りおこしてあった。それは、もう数百年にもなろう樟《くす》の巨樹を、除くためであった。

予算が足りなくなったのかどうか知らないが、工事は、やりかけのまま中止されて、もうかなりになる。

さいわいなことに、工事中のために、車が、殆ど通らないのであった。

学生やサラリイマンが通りすぎてしまうと、二時間あまり、嘘のように、人影が絶えることも、おれは、知っていた。

片方は、けずりとられた高い絶壁になり、片方は、灌木のしげった断崖になっている。その下方に、人家が密集しているのだが、往還の光景を仰ぎ見ることは不可能である。

——やっつけるぞ、ひとつ！

おれは、ほぞをきめた。

次の日の朝から、四日間、おれは九時きっかりに、そこへあらわれて、自分の計画が、まちがいなくなしとげられるであろう自信をふかめた。

須藤氏も、きちんと、規則正しく、シェパードをつれて、あらわれた。ただ、甚だ邪魔であったのは、画家もまた、ちゃんと姿を見せて、須藤氏と挨拶を交すことだった。しかし、画家は、須藤氏がやって来た方角へ歩くコースをとっているのが、おれにとって好都合だった。もし、そこで、立ちどまって、須藤氏の行方を見まもっていたとしても、工事の地点は、カーブしていたので、みとめることは不可能であった。

おれは、シェパードのやつが、樟《くす》の巨樹の下へ来ると、くんくんと、かいで、片脚あげて、しゃっ、とひっかける様子をみとめて、

しめた！

と、心で叫んだことだった。

まったく、思う壺ではないか。

で――。

ついに、不幸にも、須藤氏は、昨日の朝、工事中の穴へ、墜落して、頭蓋を柘榴《ざくろ》のように割って、死んだのである。

×

おれは、ずるずると、必死の力で匍って、やっと、布団の裾まで辿りつくと、そのまま、ぐったりと、へたばってしまった。

家政婦を連呼して、二人で、げんなりした知子夫人をかかえあげた画家は、ひょいと、おれのざまに目をとめて、

「おや、国屋さん、どうしました？」

「ぼ、ぼくも、つい、眩暈《めまい》がしたもんですから……どうも――」

「いかんな。部屋が、こもりすぎたな。わたしも、胸がつかえている。家政婦さん、奥さんをはこんだら、この部屋の窓をみんなあけて、線香のけむりを出しなさい」

おれの脳裡の片隅を、おれも同じように、倒れたことを、夫人は、どう思ったろう、という意識が、かすめた。しかし、そういう不安などに、いまは、かかずらわっている余裕もなかった。

一人、とりのこされると、畳へ、べったりと頰をくっつけたまま、一度ふさいだ目蓋《まぶた》をまたひらいて（目をとじていると、何物かに、ずんずん、暗闇の奈落の底へ、ひきずり込まれるような幻覚がおこるので）大映しになった布団の端へ、しばらく、視線をすえて、

――へん！　負けるもんか！

と、自身をけしかけていた。

と――、布団が、ごそりと動いたような、いや、たしかに動いた！

その戦慄は、名状しがたかった。

刹那《せつな》、おれは、白布の下の土色の唇が、ぴくっと歪《ゆが》み、窪《くぼ》んだ眼窩《がんか》が、ぱくりと開いて、額に醜悪《しゅうあく》な皺《しわ》が寄り、にやっと……あっ！　嗤《わら》った！

おれは、バネ仕掛の人形のように、はね起きた。

声こそ立てなかったが、全身で、喚いて、おれは、その動かぬ白布を睨みつけた。

四

葬式には、おれは、加わらなかった。

おれは、それから、三日後の宵、須藤家をおとずれた。

おれは案内を乞い、家政婦が出て来ると、ちょっと頷いておいて、さっさと茶の間へ、通ろうとした。

すると、茶の間から、すっとあらわれた若い女が、おれの前に立ちふさがった。

――百合子だな。

おれは、さとった。一人娘が、八幡製鉄の技師にとついでいて、博多にいることは、きいて知っていた。

「国屋さんでいらっしゃる?」

「そうです」

「ちょっと、応接間の方へ、いらして頂けません?　ご相談が、ございますの」

「承知しました」

おれは、さきに、応接間に入って、壁のマルケのセーヌ河を眺め乍ら、

――あの女をごまかせば……もう、この家は、おれのものだ。

と、心で呟いていた。

数分間待たせてから百合子は、入って来ると、微笑し乍ら、

「国屋さん、わたくし、須藤家の娘として、貴方に、おねがいがございます」

「なんですか?」

おれも、にこにこして、見かえした。

「二度と、この家へ、いらして下さいませんように――」

おれは、どきっとしたが、

「どうしてでしょうか？」

さも、気弱な卑屈を、顔へ滲《にじ》ませて、怯々《おずおず》と、訊ねた。

「理由は申上げません」

「で、でも、わけをおききしなくちゃア——」

百合子は、それにこたえず、手にした部厚いハトロン封筒を、卓上に置いた。

「三十万円ございます。どうぞ、これを、お受けとりになって——」

「し、しかし……」

「ね、おねがいですから、もう二度と、この家にいらっしゃらないと、約束して下さいませね」

表情も声音《こわね》も、やさしいにも拘らず、その芯《しん》が、おそろしく強靭なものであるのを、おれは、押問答のうちに、いやでも、みとめざるを得なかった。

知子夫人は、通夜の席で、自分もおれも、ぶっ倒れたことを、死者の怒りと呪いをあびたためだと、受取ってしまったのだ。良心の苛責にたえきれずに、娘へ、すべてを告白してしまったのだ。

——まアいいや。三十万円とは、わるくねえじゃねえか。

おれは、自分に云いきかせてから、しおらしい態度で、ハトロン封筒を受けとると、すごすごと、おもてへ出た。

おれは、ものの半町も、ふらふらと歩いたろうか。

突然、おれは、足をとめた。

——くそっ！　あの家には、二千万円以上の財産があるんだ。三十万円ぐらいのはした金で、ひきさがれるか！

全身に、狂暴な力がみなぎるや、おれは、くるりと踵《きびす》をまわしていた。

家へ近づくにつれて、おれの胸は、怪しく踊った。

玄関を避けて、板塀に沿うて、ぐるりと露路をまわった。台所へ通じる潜り戸は、すぐひらいた。おれは、靴を脱ぐと、跫音《あしおと》を消して、砂利を踏んで行った。おれは、台所の戸を、音をたてずに、開閉するのに、二十分間も要した。

台所を抜けると、廊下を左へ——。

女中部屋のむかいの部屋へ、すっとしのび入った。そこは、納戸になって居り、その奥の部屋に、知子夫人は、寝ているのであった。

おれは、納戸で、しばしためらった。

もし音もなく、徐々に襖がひらけば、ただでさえ神経を病んでいる知子夫人が、それをみとめて、どんな鋭い恐怖の悲鳴をあげるか知れぬ。

——ええい、くそ、いちかばちか、やっつけろ！

おれは、覚悟をきめて、襖へ手をかけた。

幸運であった。

知子夫人は、むこう向きに横たわっていた。スタンドの豆電球をともして――。

おれが、枕元へ跼《かが》みかかった時、はじめて、夫人は、あっとなって、がばとはね起きようとした。

すばやく、おれは、両手で、彼女の口をふさいだ。

「しずかに！　自分の娘の前で、恥をかくことはないんだ！」

おれは、耳もとで、威《おど》しつけてやった。

……おれは、上衣をぬいで、どっかと、あぐらをかいた。

知子夫人は、目蓋《まぶた》をふさぎ、死んだようになった。思いなしか頬が殺《そ》げ、皮膚の年齢の色が、あらわになっていた。そして、おれは、乱れたその頭髪の臭気をかいで、思わず、嘔吐を催しそうになった。

こんな婆さんを愛撫することなど、まっぴらだった。しかし、おれは、やらねばならなかった。

おれは、ズボンもぬぐと、ごそごそと、牀《とこ》の中へもぐり込んで、死んだような四十六歳の肢体を抱いた。

唇をふれ合せて、ぼそぼそと囁きかけたが、夫人は、殆ど返辞をせず、時おり、苦しげに、目蓋のまわりに、ぎゅっと、皺をよせていた。

おれは、この窶《やつ》れはてた顔を、眺めている不快さに堪えられなくなって、いきなり、乱暴に、彼女の前をめくって、のしかかろうとした。

一方では、脳裡の一隅は、あくまで冷酷に冴えかえり、周囲の物音に、鋭い神経をはりめぐらせていた。

ものの五分もすぎたか。おれが、ようやく、かたくとざした下肢をひらかせることに成功したところへ、おれの危懼《きぐ》し予感していた跫音が、廊下にひびいたのであった。

一瞬――おれたちは、そのまま、石のように、凝結して、お互いの顔を、慴怖《じようふ》の眸子《ひとみ》で見交したのであった。

跫音は、部屋の前で、とまった。

もはや、万事休すだ。

「ママ――」

ひくい、百合子の声であった。

おれたちは、固唾をのんだ。

「ママ、もうおやすみ？」

「ええ――。おねがい、今夜、ひとりにしておいて頂戴。頭が、割れるように痛くて……」

「お薬もって来ましょうか？」

「いいえ、よろしいの。かまわないで下さい」

「じゃ……明日、ね」

「ええ、明日――明日になったら、気持も鎮《しず》まります……。御免なさい」

「おやすみなさい」

「おやすみ――」

おれは、知子夫人の顔を眺め乍ら、その落着きはらった口調に、自分のことは夕ナにあげて、なかばあきれ、なかば、感歎し、そして、ひどく愉快な残忍な喜悦を、胸にこみあげさせた。

跫音は、遠のいた。

――ふん、ざまをみろ！

おれは、こんどこそ、力いっぱいに、夫人のからだを抱きしめてやった。

五

一時間後、おれは、ふたたび死んだようにぐったりとなった夫人をすてて、牀からぬけ出すと、手ばやく、身なりをととのえて、忍び入った時と同様、細心の注意をはらって、台所から、屋敷外へ、ぬけ出て行った。

足早に、露路を過ぎて、表通りへ出ると、おれは、

――やれやれ。

と、静かな夜気を、胸いっぱいに吸いこんで、肩をはった。

とたん――。

「やあ。国屋さん」

背後から、声をかけられて、愕《ぎょ》っとなって、ふりかえると、画家が、うっとりと、月光を

あびて、立っていた。雑種のくさりをつかんでいる。

雑種は、おれのそばへ寄ると、しきりに、くんくんとかぎまわった。

おれは、蹴とばしてやりたい衝動を怺《こら》えねばならなかった。

「別れのなごりは、充分惜しみましたか！」

「…………？」

おれは、画家の云う意味が、咄嗟にのみこめずに、瞶《みつ》めかえした。

「いや、奥さんとですよ」

「なにを云っているんですか、貴方は？」

「ははは、そう目くじらたてないでもいいでしょう。……むしろ、このわたしに、礼を云って頂きたいくらいのものですよ」

「…………？」

「わたしは、君が、奥さんとなごりを惜しむのを、辛抱づよく待っていてあげたのですからね。これで、なかなか、粋をきかせる男だとお思い下さい。まあ、歩こうじゃありませんか。ゆっくり、お話ししよう」

画家は、おれにより添うようにすると、足をはこび出した。

「どのあたりから、ひとつ、話しましょうかね。……そうだ、まず、通夜の席で、大変失礼したことを、お詫びしておきましょう。奥さんが倒れて、つづいて、また君が倒れたのは、べつに線香の煙のせいじゃありませんでした。わたしが、ある別の薬を、部屋にこもらせたので、お二人は、気分が悪くなったのです。わたしは、その薬には、免疫《めんえき》になっているので平気でした。

君は、わたしが、奥さんをつれて行ったあとで、なんだか、ひどく驚愕したり、恐怖したり、ひとり芝居を演じていましたね。わたしは、すぐに、ひきかえして、隙間から、見物していたのですよ。君も、相当な不良青年のようですが、案外、気質には、脆いところがあるんですな。はははは……」

高く笑ってから、画家は、おれが手に携げているハトロン封筒を見て、

「国屋さん。そんなもの、すててしまいなさい」

「なに？」

「中身は、新聞紙ですよ。千円札の型に切ってたばねた新聞紙ですよ。三十万円でも、なんでもありゃしない」

おれは、あわてて、封をきって、つかみ出してみた。

すかさず、画家が、懐中電燈で、おれの手もとを照らした。画家の云った通りだった。

「畜生っ！」

おれは、呻《うめ》いて、地べたへたたきつけた。

それから、おれは、いきなり、画家をつきとばして、逃げ出そうとした。

それは、叶わぬことだった。画家は、柔道の心得があるらしく、すばやく、おれの片手くびをねじあげると、

「じたばたしないことですな。前後を、よく見てごらんなさい。私服の刑事君が、二人ずつ。ピストルをしのばせて、歩いているじゃありませんか。もう、君は、逃げ出すことは不可能なのですよ。

そうだ、君は、まったく、うまくやりましたよ。たったひとつの秘密を見破れなかったことを除いてはね。……君は、あの樟《くす》の樹にのぼって、大きな石をかかえて待っていた。須藤さんが、その下に来て、愛犬の小便のおわるのを待つために、立ちどまったところめがけて、そいつをなげおろした。そして、倒れた須藤さんを、工事穴へさかさまにつき落した。

……わたしが、変事をきいて、かけつけた時、君も、すでに、そこへ来て、いかにも、いたましそうな顔つきで、穴の中をのぞき込んでいましたね。警察の連中が、盲目《めくら》のくせに、こんな危険な場所を通るからだ、と云うのをきいて、君は、会心の笑みをうかべましたね。そうです、じっさい、須藤さんが、本当の盲目であったなら、君の会心の笑みに対して、神さまもしかめ面をし乍ら、ひきさがったでしょうよ」

「な、なんだと！　あ、あいつは、本当の盲目じゃなかったのか？」

「そう……普通の視力をとりもどしたわけじゃなかったが、ちゃんと、そこに穴があり、ここに木があることぐらいは、見わけられましたよ。新聞の大見出しぐらいは、読めるまでに、恢復していたのですからね。……ただ、須藤さんは、だれにも黙っていたんですよ。奥さんにさえもね。いいかね、須藤さんは、奥さんが、君と密通していることを、その目で見とどけていたんだ。しかし、須藤さんは、それを、黙って、ゆるしていた。須藤さんは、奥さんが、それまで、どんなに貞淑で、盲目の自分のために、心身をけずって、つくしてくれたか——それに対してふかく感謝していたし、性的不能者である自分が、むくいてやれない悲哀を抱いていた。だから、視力をとりもどし乍らも、依然として、盲目を装って、文字通り、見て見ぬふりをしていたのだ。

……須藤さんが、もはや盲目でないことを知っていたのは、このわたしだけだった。……国屋君、君は、そのように寛大な、立派な人を、むざんにも、殺してしまったのだ。……わたしが、兇悪無比な君に、なお、奥さんとのなごりを惜しませてやったのは、たぶん、君が、死刑になるであろうことを予測したから、せめて、この世のなごりに、愛人との最後の思い出をつくっておいてやろうと考えたからにほかならんのだ。

これが、仏蘭西的《フランスてき》ダンディスムというやつだ、とおぼえておいてくれたまえ。……では、さようなら」

――

私（疋田《ひきだ》壮二）は、のろい足どりで難波橋を渡って、夜の銀座に入っていった。今夜で、もう十日もつづけて、私は、銀座に来ている。何をしようとするのか？　何を捜しているのか？　左様、私は、ただ「何か」を求めている。それだけだ。

私が、この十日間で調べたことは、まことに、くだらないことだ。

最近、西六丁目の電通別館の脇に、キャバレーが開店した。五十坪の家賃が月四十万、権利金五百万、敷金三百万、二年間契約ということだ。そんなことを調べた。銀座には、キャバレー及び酒場が約千軒ある。喫茶店も同数ある。これらの店で、儲かっているのは西五丁目、六丁目、七丁目、八丁目の各通りにある店で、西四丁目から北、東銀座などはまるっきりあがったりだ。そんなことを調べた。

私は、そんなことを知りたくて、銀座に通って来ているのではなかった。私の知りたい「何か」は――強いて云うならば、難波橋を渡りがけに耳にした声の中に含まれているものだ。

「ヘイー、ハロー、グップレイス（いいところがあるぜ）」

日本へ上陸して来たばかりらしいGIに、しつっこくつきまとい乍ら、くりかえしていた

銀座ジャングル

ポン引の声の中に含まれている「何か」――それを、私は知りたいと欲していた。

　私は、しかし、一介《かい》のレポーターでしかない。私は、バクロ雑誌や三流新聞に、無署名の原稿を売って食っている男だ。ネタ屋だ。大きな意欲など持合せてはいない。せいぜいその日その日に、安酒にありつければ満足している。そんな私が、遽《にわか》に、志をあらためて自分の血をわかしたり、肉をおどらしたりする世界にふみ込んでみようとする野心を抱く筈がない。

　白状すると、私は、私自身、この十日間の自分の行動を怪訝に思っている。動機はある。二週間前に、私は、中野駅の南口のうす穢《ぎたな》い酒場で、したたか酔って、立川行終電車に乗るべく、ふらふらと戻りかけた際、大扉の降りた映画館の前に、ぽつんと店を出している手相見に、ふと見てもらう気になったのである。

「貴方の人生は、いつまで経っても、下積みだな」

　五十年配の、痩せこけた貧相な手相見は、無愛想に、云ったものだ。

「お互いさまにな」

　私が、にやりとすると、

「尤も、心掛け次第、最近のうちに、面白い目を見ないとも限らんが――」

と、相手は、思わせぶりに、手製行燈《あんどん》の灯を逆にあびていよいよミイラじみた顔に、冷たい薄ら笑みを泛《うか》べた。

「宝くじでも買え、と云うんかね？」

「金には縁がないよ、貴方は――」

「じゃ、どういうんだ？」

「貴方は、ものを書く商売だろう？」

「ほかに使い途のない人間だからな」

「ひとつ、銀座の裏面の生態というやつを調べてみるんだね」

手相見は、どういうつもりか、私の右のてのひらを、軽く、ぽんとたたいてみせた。

「銀座の裏面か？」

私は、苦笑した。こんなルポルタージュはそれこそ、ジャーナリズムでは、垢にまみれたテーマだ。さも、もったいぶって、告げた手相見に、一杯食わされた腹立たしさをおぼえて、

「銀座の裏面にゃ、バラックがひしめきあっているだけだぜ」

と、やりかえすと、

「貴方が知らないだけさ」

と、平然として、新生に火をつけていた。

「例えば、銀座の裏面にゃ、どんな代物がころがっているというんだい？」

「自分で捜すさ」

にべもない返辞であった。

「教えてもいいだろう」

「ふふふ、実は、私にも、何があるのか、よくわからんのさ。……兎も角、貴方は、銀座へ行ってみることだな。但し、すこしばかり、生命の危険をともなうが――」

――なにを寝言をほざきやがる！

私は、百円損した胸くそのわるさを、あくびで吐きすてて、手相見から離れたのであったが……。

翌朝、高円寺の場末のボロ・アパートで目をさました私は、枕元の莨《たばこ》をさぐろうとしたとたん、右のてのひらに、ひとつの触感を甦らせたのであった。

――はてな？

私は、てのひらを、じっと眺めた。このやたらに走っている縦皺横皺に対して、私はいまだ曾て、一片の迷信を抱いたおぼえはない。しかし、いま、ありありと甦った触感、――あの貧相な手相見が、にやにやし乍ら、軽く、ぽんとたたいた触感は、私を、はっとさせるに充分のねうちがあるではないか。これはどういうことなのか？

私は、てのひらを眺めつづけ乍ら、いま流行のノイローゼというやつを考えた。

――おれも、そろそろ、仲間入りする頃だな。

四十に手がとどいて、女房に逃げられ、新聞社をヘマをやって馘《くび》になり、もう今では、安酒よりほかはなんの愉しみも喪《うしな》ってしまった小心者が、当然、ずるずるとすべり込む陥穽《かんせい》を、私は、自分のてのひらの中に見たような、かすかな戦慄をおぼえたことだった。

というわけで、私は、なんとなく、銀座にかよいはじめたのであったが……。

不愛想な銀行の建物の前に、四五人、男娼が並んで、客を待っていた。

こんな人間の屑は、おれの欲している「何か」じゃない。

「ひいさん——」

一人が、私の肩をたたいた。

返辞もせずに行き過ぎる私に、

「サリイが慍《おこ》っているわよ。ひいさん、あんたも切られちまうわよ」

と、あびせた。

サリイという男娼のことを、三流新聞に書いてやったのだ。浅草のもぐり医者に頼んで男根を切ってしまった話を——。

私は、パチンコ屋の手前を曲った。

洋品店、バア、レストラン、染物屋、中華料理、喫茶店、キャバレー、寿司屋、割烹《かっぽう》、仏蘭西料理、銭湯、パーマネント屋、洋装店、そばや、バア、バア、バア、キャバレー、バア、バア……。

私は、銀座随一のキャバレー『アスター・ハウス』の、巨大な牛蒡《ごぼう》を横たえたようなデザインの建物の前に来た時、おや、と目を光らせた。

悪趣味な黄八丈の着物に、藤色の茶羽織をまとった女が、向いの中華料理店から、ふらっと出て来た。

——すっかり化けやがった。

常の私なら、くるりと踵をめぐらしたろう。今夜の私は、こういう珍らしい邂逅《かいこう》を避けてはならないようだ。

「おい――」

「あら――」

女――私から逃げ出した妻は、にっこりした。この落着きはらった態度は、どうだ。

「代議士好みだな」

「そう、代議士のお客が多いわ」

「お前さんは、サシミじゃなくって、ツマの方なんだろう」

「サシミになれる年頃には、貴方に、ぶったり蹴られたりしたものね」

さり気ない、淡々とした会話を、私たちは半年ぶりで交すのだった。妻は、二年前から銀座の街娼になっていた。仲間は、二十人ばかりいた。八時頃から十一時頃まで、七丁目から五丁目までの並木通りを流すのである。妻の相棒は、二十歳を出たばかりのみゆきという、小柄な、色の白い、すこし阿呆の娘だった。妻が、四十にもなって、二年間も、この商売をつづけていられるのも、みゆきに自分を抱き合せて、客に売りつけているおかげらしかった。

二人乃至三人をいっぺんに買う趣向は、金を持った中年男たちの話題に叶っていた。

私と妻は、なんとなく、肩をならべて、みゆき通りへ折れて、並木通りに出ると、「バリモア」という喫茶店に入った。

私と、妻とみゆきが、この店で話合うことを知っていた。

「貯金は、いくらになった？」

「三十二万円」

妻は、正直にこたえた。

「みゆきの分をちょろまかしているんじゃないだろう?」

「あの娘は、もう五十万もためているわ。金のことにかけては、絶対に間抜けじゃないわ。それより、貴方は、どうして、近頃、毎晩、銀座へ出て来るの? ゆうべも見かけたし、さきおとといの晩もいたじゃありませんか」

「うむ。なんとなくだ」

「なんとなくうろつく趣味が出来たの?」

私は、妻のきつい眸子《ひとみ》を、眩しいと感じた。——この女は、三十二万円も、持ってやがる。三十二万円の自信で、別れた亭主を見下してやがる。

私は、正直、奇妙な劣等感をおぼえずにはいられなかった。

不意に、私は、おのれの劣等感をはねかえすために、にやりとして、変なことを口走った。

「今夜は、おれを客にしろよ」

妻はきたないものでも眺めるように、描き眉をひそめて、

「正気なの?」

「正気さ。ちゃんと、お代はさしあげます」

妻は、顔をぷいとそむけて、

「莫迦《ばか》々々しい」

と、吐きすてた。

「すこしも、莫迦々々しくはないね。いっそ運命的な悲壮味をおびているよ」

「貴方が、毎晩、銀座へ出て来ていたのは、わたしを買うためだったの？」

「いや、そうじゃないんだ。もっと、別の、ある目的で——いや、こりゃ説明してもはじまらん。……いま、咄嗟に思いついただけのことさ。いやかね？」

「いやですよ」

このおり、みゆきが、ふらりと入って来て妻の横へ腰をおろした。挨拶もせずに、ただにやにやした。

「おい、みゆきちゃん、相談があるんだがね。おれは、今晩、ひとつ——」

「よしなさいよ！」

妻は、いまいましげに、私を制した。すると、私は、ますます、この思いつきを、自分にふさわしいと云いきかせて、かすかな胸のときめきさえおぼえつつ、

「おれを、客にしないかね、みゆきちゃん、どうだい？」

「おねえさんと一緒で？」

みゆきは、ちらっと妻の顔をうかがった。

「そうさ、いつも、二人が組で売るんだろう？」

突然、みゆきは、きゃっきゃっと笑い出した。たしかに、その笑いかたは、なんともおかしくてたまらぬ正直さをぶちまけたものだった。

私は、みゆきの笑いのおさまるのを待って真面目くさった顔つきで、

「なにがおかしいんだい？」

と、訊いた。

「だって、奥さんをさ――お金出してさ、変じゃない？」

みゆきは、また、声をたてて笑った。

「すこしも変じゃないね。宮子は、もう、とっくに、おれの女房じゃないんだからね……売りものを、正当なねだんで買おうという取引が、なにが変なものか」

私が、そう云うと、妻が、すっと視線を向けて来て、

「たとえ貴方だって、わたしたち、割引はしませんよ」

と、切りつけるようにあびせた。

「結構。そんなケチな根性はないよ」

「じゃ、ためしに、お買いなさい」

「おねえさん――」

みゆきが、不安そうに、見やったが、妻はもはや、冷然として、完全に娼婦の表情をつくっていた。自分を十年間虐待しぬいた良人に対する、最もむざんな復讐方法は、これだったのだ、とさとったのか。

二

私が、つれて行かれたのは、虎ノ門の、とある横丁の静かなホテルであった。決して安っ

ぽくはない構えで、ひっそりと人の気配をひそめた雰囲気は、私たちの取引場所としては聊《いささ》か高級にすぎるようだった。

私は、部屋に通ると、肱掛椅子に就いて、莨をくわえ、しばし、憮然たる面持をつくった。私は、買った以上、もう、妻のご機嫌をとりむすぶ必要をみとめなかった。

私は、ベッドの裾で、衣服を脱きはじめた女たちを、冷やかに見まもった。特に、妻の仕草に対して、私の視線は、残酷だった。

妻の片手が、白ネルの腰巻を、抜きとるのを眺めた私は、一緒にくらしていた頃、やはりそれを巻いていたのを、

「婆アくさいものをつけるな」

と叱りつけたことがあったのを思い出した。

私は、自分の心に、かすかな憐憫の情がきざすのに気がつくと、のろのろと立ちあがって、ネクタイをはずし、上衣を脱いだ。

私と妻とみゆきは、同じ縞柄の浴衣をまとって、ひとつベッドにならんで仰臥《ぎょうが》した。

ふた言み言交した後、私の両手は、左右へのびていた。

それから、二時間あまり、私は客であり、妻とみゆきは娼婦であった。お互いの心と心は、蜘蛛の糸ほどのつながりもなく、それはわれ乍ら、見事というほかはなかった。

妻が、かつて、これ程、親切に奉仕してくれたことがあったか。そして、私が、これ程精根傾けたことがあったか、加之《しかのみならず》、かつて妻にとって想像するだに嫉妬の炎が燃え狂った良

人と他の女の営みを、妻自身が応援することに、なんの精神的な苦痛をもともなわない、完全な取引の壮快さ――。

みゆきがトイレットへ行くと、妻は、片隅の陶器の洗面台へ行って、コップに水をくんで来て、私に渡した。

「貴方、どうして、奥さんを貰わないの？」

「また逃げられるのはご免だからな」

「逃げないような奥さんを貰えばいいじゃありませんか」

私は、浴衣をきちんと着直した妻をじろじろ見まわして、たった今のみだらな恰好とは全く無関係な冷たく固い姿に、かすかな焦躁《しょうそう》を感じた。

「それよりも、君は、金をためたら、なんの商売をするんだ？」

「こんなホテルを建てたいわね」

「少々手おくれだな」

「そうね。貴方と一緒にいた、十年が惜しいわ」

――くそ！

私はいきなり、猿臂《えんぴ》をのばして、妻の腰をかかえると、ベッドへひき倒した。

妻は、唯々《いい》諾々《だくだく》のことば通りに、私の上へかぶさって来た。

この時、あわただしい跫音《あしおと》がして、ドアが開かれると、みゆきの驚愕の色をあおらせた顔がとび込んで来た。

「だれかが……自殺したらしいわ」

「大変！」

妻は、咄嗟に、自分たちの身の危険をおぼえて、はね起きた。二人が組で客を取ることは、売春だけとは看做《みな》されないのだ。罪は、もっと重くなる。

「早く逃げましょう」

「あわてるなよ。自殺なら、こっちまでとばっちりは蒙《こうむ》らんさ」

「でも、いやだわ。なんだか、おそろしい」

「みゆきちゃん、女中にきいたのか？」

「そう――。女中さんがマネージャーをつれて二階へあがって行ったわ。もう冷たくなっているとか、なんとかって――」

「ともかく、早く、逃げましょう」

妻は、みゆきをせきたてて、大急ぎで、着換えはじめた。

私も、しぶしぶ、身なりをととのえた。

私たちの部屋は、玄関の隣りにあった。

最後に部屋を出た私は、いったん、靴をはきかけて、ふと、その手をとめた。

――待てよ。おれは、興味のある出来事から身を避けるべきではないのだ。

急に、また、のっそり赤い絨緞《じゅうたん》の上へあがった私を、妻は、怪訝そうに見あげて、

「どうしたのさ？　早くなさいよ」

「君たち、先に帰れ」

「貴方は、何をするの?」

「おれは、野次馬だ」

「莫迦ね。よしなさいよ。帰りましょう」

「ほっといてくれ」

妻は、舌打ちすると、みゆきの手を摑んでドアの外へ消えた。

私は、ゆっくりと階段をのぼりはじめた。

この静けさは、このホテルが、こうした椿事《ちんじ》に処する心得がある証拠であろう。

女中が、急ぎ足で、降りて来て、私に目をとめて、ちょっと不審の色をみせたが、何も云わずにすれちがって行った。

私は、二階の廊下の端に立つと、灯の入っている部屋をふたつ、見出した。

それは、廊下をへだてて向いあっていた。

私は、跫音をしのばせて、その前に近寄ると、耳をすました。

どちらの部屋も、しいんとなっている。この寂寞《せきばく》は、なんという生甲斐を感じさせる鋭さを含んでいることだろう。

私は、ポケットから、十円玉をとり出すとぽんとなげあげて、右のてのひらにうけとめた。裏が出た。私は、ためらわずに、左側のドアの把手《とって》を摑んだ。

私が、そこのベッドに見出したのは、死体の代りに、暗紅色のルパシカをつけて、葉巻の煙を、ゆるやかに立ちのぼらせている男の姿だった。

「失礼しました」

私が、あわててひきさがろうとするや、間髪を入れずに、

「待ちたまえ」

と、ひくい声が、麻綱のような強靭さで私の下肢を動けなくした。

やおら身を起した男は、じっと私を見た。睨みつけたというのはあたらない。大きな澄んだ眸子を、ただ、まっすぐに、私へあてただけだった。にも拘らず、私は、全身に水をあびせられたような戦慄を受けた。

まだ、三十半ばに達したばかりとおぼしい若さで、彫のふかい好男子であった。しかし、インテリゲンチャ特有の陰翳《かげ》は、みじんもなかった。敢《あ》えて形容すれば、その貌《かお》は、試合を前にしてリングの一隅に腰を下している拳闘選手の無表情に似ていた。

「ドアを閉めたまえ」

私が、云われた通りにすると、男は、ベッドから降りて、大きく両手をひろげて背のびした。それから、テーブルの上のスコッチ・ウィスキーを、ふたつのグラスに注いだ。

「私に何か？」

と、私が訊ねると、男は、グラスをさし出した。

「一人で退屈していたんだ。やらないか」

「それは、どうも——」

私は、自分で自分のくそ落着きぶりに少々あきれ乍ら、グラスを受けた。

男は、グラスを、私のグラスに、カチリと合せると、にやりとして、ぱっとあおった。

「もう一杯どうだい？」

「遠慮しませんが、しかし――」

私が、もじもじすると、男は、

「まあ、そこへ腰を据えたらいい」

とすすめてから、

「さて――」

と、呟《つぶや》いた。

その「さて――」は、ひどく、私を怯《おび》えさせた。いったい、この男は、なんのために、私を呼びとめて、ウィスキーを飲ませたりするのか。さて――、どうしようというのか？

私は、しかし、避けてはなるまい。私は、私の期待する「何か」が、愈々《いよいよ》私の目の前に現われたことを、怯え乍らも、はっきりと予感したのであった。

「自殺した者がいるそうですね？　このむかいの部屋ですか？」

男は、それにこたえる代りに、

「僕たちは、友達になれそうだね。名刺を交換しようじゃないか」

と、云って、洋箪笥を開いて、上衣から名刺入れを持って来た。私も、内ポケットから名刺をとり出した。

「篠原修太郎」

肩書もなければ、住所もなく、ただ、局番のちがう電話番号が、三つ記されてあった。

私と、篠原は、互いに、名刺を眺めて、にやにやした。名刺交換は、相手の素姓調べには、なんの役にも立たなかったのだ。

「さて――と」

篠原は、また、云った。私は、黙って、自ら、グラス三杯目を注いだ。

「僕たちは、友達になったんだから……まあ暫く、こうして、飲んでいようか?」

「そうですな」

「あんたは、女たちを先に帰してしまったんだろう」

「よく、ご存じですな?」

「いやあ、さっき、あんた達がここへ入って来るのを、窓から見下していたんだ」

「あの女たちの一人は、私の別れた女房でしてね。なんとなく、買ってみたんです。人間という奴は、実際、いい加減なものですな」

「ふうん」

男は、鼻を鳴らしてから、新しい葉巻に火をつけた。

「あんたは、自殺した女が守屋与詩子《よしこ》ということを、誰にきいたんだね?」

「え?」

私は、おどろいて、目をひらいた。

こりゃ、面白いですね」

「いいえ、ただ、男だか女だかも知らずに、ちらっとね。しかし、守屋与詩子だとすりゃ、

「なんだ、あんたは、守屋が自殺したときいたから、覗きに来たのじゃないのか？」

「守屋与詩子？　自殺したのは、守屋与詩子ですか？」

守屋与詩子とは——、匿名ネタ屋の筆法で紹介すると、四五年前までは、スクリーン・ラジオ・舞台に、八面六臂の活躍をしていた大スター。そのくせ、その前歴は、中国生れというだけしか知られず、戦後、彗星のように出現した妖女。前歴を、謎につつむとともに、スターとなってからも、私生活は、いかなる老練なジャーナリストにも尻尾をつかまれない孤独を厳しくまもっていたのだが、突然、来日したニューヨークの一流玩具メーカーと知り合って一週間目にはスピード結婚をし、一切の契約を破棄して、さっと太平洋を越えてしまっていたのである。ところが、今年早々、人目を忍んで帰国した彼女は、ジャーナリストの追求をたくみに躱《かわ》して、行方を断った。そのために、かえって、ジャーナリズムの揣摩臆測《しまおくそく》は、愈々、喧《かまびす》しさを加えていた。豪奢な結婚生活が二年足らずで破局を来したことに疑う余地はなかったが、何故そうなったか、与詩子の傷心の程度も、こん後の身のふりかたに就いての肚の裡も、誰も窺知《きち》した者はいなかった。また、何人も、彼女の相談相手となっていなかったのである。

もともと、神秘めかした私生活を送って来ていたので、親しく交っていた者は、一人もいなかったのである。かつて、マネージャーとして、彼女の公の行動一切を把握していた某な

る人物さえも、その本心を覗く隙はなかったと述懐しているくらいである。まして、渡米以後は、日本人で、彼女と交った者は皆無なのである。帰国しても、心を憩《いこ》わせてくれる相手がなかった。と云った方があたっているかも知れない。

レポーターたる私が、自殺したのが、雲隠れの守屋与詩子ときいて、じっとしていられないくらい、尻がむずむずして来たのは当然のことである。

私が、ただちに向いの部屋へ乗り込んで行かなかったのは、そうはさせない、篠原の目に見えぬ圧力を受けていたからである。私はやむなく、悠然と落着きはらった態度をとるより仕方がなかった。

「こんなところに隠れていたんですかね。ふうん……明日は、新聞屋が上を下への大騒ぎだ……ところで、篠原さんは、べつに、この部屋で、守屋与詩子を監視していたわけじゃないでしょうね？」

「ひょっとすると、そうだったのかも知れん、どっちにしても、死んでしまった以上、もう、おれとは、無関係さ。それよりも、こうやって、君と友達になったことを、こん後は、役に立てたいね」

幾人かの跫音が、廊下を近づいて来て、向いの部屋へ入った。警察の連中に相違ない。

「行かなくていいんですか？」

私が、訊ねると、篠原は、

「おれとは無関係だ、と云ったじゃないか。無関係――これは、世の中で、一番さっぱりしていて、いいことだよ。はははは」

と、愉快そうに笑ったものだった。

私は、なんとも、奇妙な喜劇の第一幕目の舞台に、知らないうちにひき出されたような、ふと、途方にくれた気持に陥入《おちい》った。

向いの部屋では、一世を風靡《ふうび》した妖艶の大スターが、絶望の果に自らの生命を断って、ベッドに横たわっている。

こちらの部屋では、得体《えたい》の知れぬ、見知らぬ二人の男が、その自殺をサカナにして、平然と飲んでいる。

これは、いったい、どういうことなのだろう？

三

翌朝――といっても、十一時すぎだったが、私は、中野新町の安待合の一室で、目を覚し数種類の朝刊をひらいて、三面トップにでかでかと書きたてられた守屋与詩子自殺事件を丹念に読んだ。どの記事も、これまでの揣摩臆測に尾鰭《おひれ》をつけたものにすぎなかった。ただ、私の興味を惹いたのは、与詩子が、大方の自殺者が用いる青酸加里をつかわずに、妙な毒薬をつかっていることだった。彼女は、全身、ブルーブラックのインキ色に染まって死んでいた、という。
――畜生っ！　やっぱり、昨夜は、覗いてみるべきだったな。

私は、大いに後悔せざるを得なかった。

A紙に載せられたK大の法医学の権威者談によれば、解剖してみなければ早計に断定し難いが、昨年、アメリカの農夫が皮膚をくまなくブルーブラックに変色して死んでいるのを調べたところ、農事試験場で、痩せた土壌の地味を、人工的に豊饒にするために使用する新化学肥料の原薬であることが明らかにされたが、これは、動物が燕下《えんか》しても苦痛をともなわずに死に至るを得、同時に肉が腐蝕《ふしょく》しないが、実に不気味に変色する――ということであった。

しかし、考えてみれば、神秘的な美貌をもった謎の大スターとしては、これは、まことにふさわしい自殺ぶりというべきではなかろうか――。

私は、むっくり起きあがって、あぐらをかくと、

「さて――」

と、呟いた。

とたんに、この口調が、あの篠原修太郎をそっくり真似たものであるのに気がついて、苦笑した。

次の瞬間、私の表情はひどくこわばった。

――待てよ！

私は、ぱっとひらめいたひとつの直感が、そのまま、脳裡に、左様、ブルーブラックのインキが散ったように、べっとりと汚斑《おはん》と化すのを意識した。

――あるいは？　いや、いや……、おそらくそうにちがいないぞ！

私は、大急ぎで、また各紙へ目を通した。

守屋与詩子の遺書は、その便箋を凸版にして、かかげてあった。ごくありふれたそっけない文句がならべてあるだけだった。宛名は、

「わたくしの死体を処理なさる方々へ」

とあった。

——いかにも、守屋与詩子らしい遺書だ。だが、この、らしいが曲者だぞ。らしい過ぎるのではないか。全身をブループラックに染めて死んだことも、個人宛の遺書を一通も残さなかったことも、

「死体を焼いた灰は、そこいらの道路へおまき下さいましても一向さしつかえございません」

などと書きすてていることも、百二十万円相当の為替通帳を持ち乍らそれに就いて一言もふれていないこともなにもかも、あまりに彼女らしいやり口が、かえって、疑いを抱かせる。名画の贋作は、それがあまりに、その画家の癖を誇張しすぎた為に、屢々《しばしば》識者の首をかしげせしめる。

私は、腕を組んで、この疑問へ、篠原修太郎の悠々たる言辞挙動を、むすびつけた。

で——、私は、上衣のポケットから、篠原に貰った名刺を抜き出すと、三つならんだ電話番号のうち、まん中の数字によって、こちらの電話のダイヤルをまわしたのであった。尤も、彼は、昨夜、別れ際に、明日（すなわち今日）自分に電話するように、私をさそっていたの

である。朝十時までは、右側の電話番号に、午後五時までは中央のへ、夜なら左端のへ——掛けてもらいたいと。

「もしもし……篠原さんは、いらっしゃいますか？」

「僕です」

「あ——、私は、昨夜の、疋田壮一なんですが……」

「ああ——」

なんという冷淡な口調だろう。

「お会い出来ますか？」

「来たまえ」

「どこへ、おうかがいすればよろしいでしょう？」

「銀座東四丁目。○製紙株式会社の隣りの、亜南ビルの六階、桜菊商会というのがある。エレベーターは動く、そこへ、八時に——」

「承知しました」

私は、電話を切ると、こんどこそ、はっきり、篠原の口調を真似て、

「さて——と」

と呟きつつ、両手をこすり合せた。

私が、このように、情熱を、全身にみなぎらせたのは、幾年ぶりだろう。

今でこそ、斯くの如く落魄《らくはく》し果てているがそのむかし、私こそ、日本になくてはならぬ存

在だったのだ。決して、誇張ではない。私は、海軍軍令部附の日本ブラック・チェンバーの要員であったのだ。大陸で戦火が拡がった頃は、メキシコの首都メキシコ・シティに設けられた機密室分室にあって、ワシントン、バルボアのアメリカ海軍放送電波、大西洋艦隊の動静をさぐり、アメリカがイギリスの窮状を救うために、護送船団の護衛部隊を編成したことも、いちはやくキャッチしたものであった。米海軍が、全無線通信を戦時体制にきりかえてしまってからも、あのストリップ・サイファなる暗号を、見事解読してみせたのは、私ただ一人であった。

太平洋戦争となって、参謀本部へまわされた私は、たちまちにして、高度のソ連側暗号をいくつか解読してみせたものだった。それまでは、ソ連側暗号のうち、せいぜい、三文字もしくは四数字組合せの作戦暗号しか解き得なかったのを、私は、最もむずかしい外交暗号を解いてみせたのであった。

左様、日本において、ソ連参戦を、最初に知ったのは、この私であった。私は、モスクワ――東京間の外交暗号電報の一通を、解読し、これが明確に、満洲侵攻を意味するものであることを、勇躍して、上司に進言したのであったが、あっさりにぎりつぶされてしまったのであった。私は、躍起になって、ソ連商船の退避命令が「ヴィヨルカ」（栗鼠《りす》の意味）という隠語で打電され、ウラジオストックの哨戒機《しようかいき》が、沖の島あたりまで姿をみせているのこそ、参戦を裏書きするものだと、主張したのであったが、軍閥の勢力争いに血眼になった軍刀野郎どもは、一顧《こ》だにしようとはしなかったのだ。

——勝手にしやがれ。

私は、不貞腐《ふてくさ》れて、無断で、田舎へ逃亡してしまったのであった。

どたん場に於て、私は、自分のやった努力が、すべて水の泡であったことをさとったのだが、すくなくとも祖国の浮沈にかかわる敵の機密をさぐるという仕事に対しては、ありったけの情熱を傾けても足りないくらいであった。

今——もとより、ブラック・チェンバー時代の情熱には程遠いとはいえ、私は、ひさしぶりで、「謎」を解く一念にかりたてられたのであった。

午後八時、きっかりに——。

私は、銀座東四丁目の裏通りにあるビルのエレベーターを、自分で操作して、上昇させて行った。

薄暗い廊下を辿って、「桜菊商会」と金文字を浮かせたドアの前に佇《たたず》んだ時、私の四肢を、かすかな戦慄が走った。

——この中へ一歩、入った瞬間から、おれの生命は、他人の手の中に握られることになるだろう。

その予感だった。

私は、右のこぶしをあげて、一呼吸してから、ノックした。

鍵がはずされ、ドアが開き、りゅうとしたなりの篠原が、無表情で、私を迎えた。

内部は、広く、片隅に巨大なテーブルがひとつ、でんと居据っているほかは、机一箇もなく、空間を取って、こちらの壁ぎわに、真紅のソファとストールが、豪華な緞通《だんつう》の上に乗っていた。窓は、暗紫色のカーテンで掩われていた。

篠原は、無言で、私にソファを指さしておいて、自分は、いままでやっていた行動を継続させるべく、テーブルへ歩み寄ると、ひょいと、腰かけて、小型の拳銃を握り、ドアのわきの壁へむかって、その腕を水平にあげた。壁には、円型の標的が、とりつけられてあった。

――ははあ、この部屋は、防音装置が出来ているんだな。

と、私は、考えた。

そうではなかった。

篠原が、撃鉄を引いた刹那、フォーカルプレーン式のカメラのシャッターを切ったような、ひくい音が鳴っただけであった。ドイツ製無音のやつであった。

標的は、どういうしかけになっているのかくるっと一廻転するとともに、その上につけられた小箱の蓋がパタンと開いて、小鳥がひょいとあらわれて、ペコンとおじぎをした。それが、円心に当ったことを意味した。

私が眺めている間に、小鳥は、三度に一度は、姿をみせた。

篠原は、およそ、三十発を射ったろうか、ふと、私の方を振りかえって、

「どの新聞も、守屋与詩子を、自殺ときめてしまっているようだな」

私は、内心、ぎくりとなって、咄嗟《とっさ》にかえす言葉がなかった。

「しかし、守屋与詩子が、もしかすれば、殺されたかも知れない、と疑っている者が一人い

る」

そう云いはなってから、篠原は、ゆっくりと、右手をあげて、銃口を、ぴたりと、私の顔へねらいつけた。

四

「ははは……」

篠原が、干《かわ》いた笑い声をたてて、拳銃をさげるや、私のわきのしたから、たらたらと冷汗が流れ落ちた。

「疋田さん、おれは、むかし、あんたと会ったことがあるんだ」

篠原は、私の前のストールに就くと、そう云った。

「むかし？」

「うん。あんたは、おぼえてはいないだろう。おれは、特務機関要員の少尉で、あんたのいた部屋へ三四度入ったことがある。あんたはすばらしい解き屋だったね。アメリカの天才ヤードレーとまではいかなかったろうが、ともかく、敵の人工頭脳に太刀打ち出来るのはあんただけという噂だったぜ」

「無駄なことをやりました。実際、くそにもならぬ徒労でしたね」

自嘲する私を、しかし、篠原は、鋭く見据えて、

「こんどは、あんたは、何者にたのまれたね？」

「いや、べつに、何者にもたのまれませんよ……あ、そうですか。あなたは、私が、誰かの手先になっていると疑ったんですね」

　そこで、私は、急いで、自分の立場を説明した。

　篠原は、相槌《あいづち》ひとつ打たずに、私の饒舌をきき取った。

「……つまり、現在の私の行動は、奇妙な云いかたですが、無目的の目的を持っているんです。手相見にそそのかされた、と云えばそれまでですが、必ずしもそのために、銀座をうろついているわけじゃないのです。ただ、何かを求めていることだけはたしかですが、その何かも、私自身にわかっていないのだから困るのです。女でもないし、金でもないし……凄じいスリルを欲するにはもう私は若くないし——、生命も惜しいし——。どなたかに自分のことをききたいぐらいの気持ですね——。それにしても、銀座というところは、たしかに、私のような人間が、何かを求めるには適していますね。東西八丁あわせて二十四丁の銀座に、昼間は三十万の群集がどっと集り乍ら、夜は、わずかに一万四五千人しか残らない。その一万四五千人の正確な素姓も、はっきりとはつかめない。飲食店の従業員の九割までは前科者だとか、一枚一万円のハンカチを売る店があったり、茨城の田舎から出て来て十年間に十二億の財産を摑んで、ビルやキャバレーを経営している男がいるが、どうしてそんな大金をつくったのか誰も知らないし、本人も口を割らないとか——。いや、この私自身にしたところで、普通の家庭の人々から眺めたら、全く得体の知れない人間ですからね。こういう人間をうようよと泳がせている銀座の中から、私は、何かをさぐり出したいのです」

篠原は、私の口が噤《つぐ》むのを待って、すうっと立つと、窓へ寄って、カーテンを引き、しばらく、ネオンのきらめく銀座を見下していたが、やがて、

「疋田さん、実は、おれはこの銀座で生れたんだ」

と、云った。

こんどは、篠原の語る番であった。

「銀座の西側の、裏通りから裏通りへ抜ける人一人やっと通れるか通れないくらい細い小路に、一年中陽のあたらないしもたやが、ぽつんぽつんとあるだろう。おれは、あの一軒に生れたんだ。西六丁目の、並木通りから入った小路の中の一軒に、ね。……おれの親爺は、表通りの露店商だったんだ。いまはあのでかい小松ストアーになったが、その頃はちっぽけな小松食堂だったが、その前の舗道でガラクタ骨董を売っていたんだ。唐の葡萄海獣鏡《ぶどうかいじゅうきょう》という代物が、ほんものだったとわかって、親爺が、腰をぬかしたことをおぼえている。……おれは、いまでも、露店で、親爺のそばにうずくまっていた小僧の頃の銀座を、はっきりと思い出すことができるんだ。小松食堂、エハガキ店、カーテンの店、岩崎眼鏡屋、ヨシノヤ、不二家、煙草の菊水、日本ダイヤモンド、郵便局、桑原靴店、扇のみのや、キリンビヤホール……」

篠原は、かぞえていたが、ゆっくりした歩調で、ストールに戻ると、

「疋田さん、あの頃の銀座は、平和だった。おれは、中学二三年の頃、松坂屋の角に坐っていた白髪の婆さん乞食《こじき》と仲よしだった。その婆さんは、銀座へ出て来る時は、ちゃんとした

ご隠居さんの身なりをしていて、横丁で乞食の衣裳に着換えて、道へ坐るんだ。夜になるとまた着換えて、市電で千住まで帰って行った。千住には、二十軒も貸家を持っていたんだ。おれは、その婆さんから、毎土曜日に五円ずつ貰っていたんだ。乞食から、小遣を貰ったのは、おれぐらいのものだろう。銀座では、乞食だって、それぐらいの気っぷを持っていたんだ。ところが、空襲で、焼野原になった銀座は、もうむかしには戻らなかった。そうだ。あんたの云う通り、戦後の銀座は、得体の知れねえ奴らの巣窟になってしまった。成程、表通りも裏通りも、戦前以上に、華かな装いをとりもどしたよ。しかし、そいつは、何も知らぬ善良な市民の目に映る銀座で、その蔭にかくれたおそろしい銀座の正体は、ただの通行人には見当さえつかねえんだ」

篠原の双眸《そうぼう》は、しだいに熱をおびて、ぎらぎらと妖しく光った。

「銀座が変ったように、おれも変った。小路の中の陽の当らないしもたやを、この上もなく愛し、銀座の露店を誇りにしていたおれが今では、銀座をむかしの上海以上の植民地の暗黒街にする人間になり果てている」

篠原の眉宇《びう》に、名状し難い苦痛の色が刷《は》かれた。

しばし、重苦しい静寂が、部屋をおしつつんだ。

「はははは……篠原修太郎が、愚痴をならべたぜ」

ふいに、篠原は他人をあざわらうように独語をもらしてから、

「疋田さん、あんたの求めている何かをひとつ、おれが提供しよう。但し、少々、生命の危

険をともなうぜ」

私は、これと同じ言葉を中野の手相見から云われたのを思い出しつつ、頷いた。

「疋田さん、あんたは、これから、銀座のあちらこちらで、守屋与詩子は自殺したのじゃない、実は殺されたんだ、という噂をふりまく役目をつとめるんだ」

あまりに意外な申出に、私は目を瞠《みは》った。

「それは、どういう意図から、やるのです」

「いずれ、わかる。ともかく、守屋与詩子は殺された、と云いふらしてもらえばいい。……守屋与詩子は、実は、二重スパイだった。最初はA国に使われて、B国をさぐり、途中からは、同時にA国のこともB国に売るようになった。例えば、日本の建鉄会社が、ロケット砲弾、爆弾の尾翼、工作機械、測定器、ゲージなどを製造していたが、朝鮮動乱の特需景気が終末を告げ、不渡手形を出した。そこで、A国は、守屋与詩子に命じて、その会社の社長に近づかせ、どことどこへ手形を渡したかを調べさせた。そのデータによって、A国のスパイは、その会社の手形を、金融ブローカーから片っぱしから買集めた。倒産寸前の会社の手形を、何故、買占めたか、その理由は、手形は不渡になっても三年間の支払を受ける権利がある。その間に振出人が立ち直れば、いつでも取立てが出来る。破産したら施設を差押えることが出来る。会社を乗取る方法として、株の買占めより簡単なのだ。A国は、スパイの力で、その会社をわがものにしようとした。すなわち、ここまでは、守屋与詩子は、A国のスパイだった。ところが、いよいよその会社が乗取られようとする寸前に、与詩子は、ひそかに、このカラクリを、B国へ通報して、その乗取りを妨害させたのだ。B国のスパイは、たちまちのうちに、債権者多数の同意で和議を成立させ、新株を渡す工作をやってのけて、A国の陰謀をしりぞけてしまった……。ざっと、こういうあんばいに、守屋与詩子は、二重スパイだった。だから、守屋与詩子は、A国かB国か、いずれかのスパイの手によって殺されたに相違ないと、云いふらしてやるんだ」

私は、唖然となった。

「守屋与詩子が、二重スパイ⁉」

「そうだ。守屋与詩子が、二重スパイであった事実を、もっとまことしやかに裏づけしようと思ったら、こう云えばいい。守屋与詩子が結婚した相手こそ、スパイだった。彼は、一流玩具メーカーという面をして、日本へ乗り込んで来て、玩具業者に、最低労賃の契約値段を押しつけた。原型をつくる金は先払いし、注文は大量、しかも年中発注する、というエサに、業者たちはとびついて、われもわれもと契約した。スパイの儲けは、莫大《ばくだい》だった。スパイは、その儲けを、そっくりそのまま、諜報費につかった。敵国が一年間に一億ドルを諜報活動に消費しているのに対抗するためには、こうしたやり口こそ最も巧妙なもので、守屋与詩子が籠絡《ろうらく》されたのも、玩具の莫大な儲けを惜しみなく流しこまれて、夢のように贅沢な生活をさせられたからだ。しかし、スパイは、敵国のスパイに正体を見破られる危険をさとって、それをカモフラージュするために、与詩子と結婚して、海を飛んでしまった。そちらへ渡ってみれば、当然、与詩子は諜報網には不用の人間になり、また良人のスパイも日本におけるような大ブルジョアの暮らしなど出来る筈もなかった。で——偽れる結婚生活は二年足らずで解消し、与詩子は、孤影悄然として帰国したが、待ちかまえていたのは、A国のスパイの、復讐の牙だった。ところが、B国側としても、与詩子をA国に渡してしまうと、数々の機密がばれるので渡さぬさきに、ひそかに、彼女を亡きものにしようとくわだてた。はたして、与詩子は、自殺したと見せかけろ殺されかたをした。殺したのは、A国かB国か——というように、やるんだな」

篠原は、まるで小説でも作るように、やすやすとしゃべってのけた。

私は、きいているうちに、頭の中が、もやもやとして来て、篠原の云っていることが、事実なのか出鱈目なのか、さっぱりわからなくなって来た。

五

一月すぎた。

「守屋与詩子は、自殺したのじゃないんだぜ。実は、殺されたんだよ。彼女は二重スパイだったんだ」

この噂は、銀座から、東京中へ、そしておそらくは、日本中へ流布《るふ》していった。

私自身、流布したかどうか、しらべてあるいたわけではない。しらべてあるかないまでも、私と全く無縁の人々が、多分一生一度しかすれちがわない場所で、その噂をしているのを、私は、三度耳にしたのである。口から口への流布が、いかに信頼するに足る強大な宣伝力を有しているかは、戦争末期、大半の日本人が、戦艦大和が撃沈されたことを知っていたことで証明されよう。

私は、その間に、身なりは一流の紳士となり、ただの、銀座の通行人ではなくなっていた。私は植民地暗黒街を構成する一分子になり了《おお》せていたのである。

そうしたある日のある夜、私はふと気まぐれを起して、並木通りの喫茶店「バリモア」へ、ふらりと入って行った。

別れた妻の宮子と、みゆきが、しけた顔つきでトーストをかじっていた。

宮子は、私の颯爽とした風態を見あげて、ぽかんと口をひらいた。

私は、わざと、露骨な優越感をひけらかしたポーズをとってみせた。

「景気はどうだい？」

「どうしたの、貴方？」

「相変らず、毎晩、銀座をうろうろしているよ」

「だって……あれから、一度も、貴方を見かけなかったわ」

「君たちの目にふれない銀座を、な」

「なんでそんな好運が向いて来たの？」

「死体を見たからさ」

私は、純金のシガレットケースを、軽快な音をたてて開くと、宮子にさし出した。

「死体？」

不審そうに眉根を寄せた宮子は、すぐ、

「あ！」

と叫んだ。

「貴方、あれ——あの時の、あれは守屋与詩子だったのね？　自殺したんじゃなくて、殺されたという噂じゃないの。貴方、本当に二階へ行って、見たの？」

「見たさ。ブルーブラックに変色した、世にも不気味な死体をな。おかげで、ごらんの如く、好運が向いて来た」

「ど、どういうの？　え、いったい——」

「君は、おれという男は、もう絶対に浮かびあがれない、と見限っていたのかね？」

「だって——」

宮子の、不安そうな表情を、私は、にやにやと眺めた。

「君は、おれを見限って、この銀座で、新しい商売をはじめた。だから、見限られたおれの方も、この銀座で、新しい商売をはじめたんだ。昨日の乞食が、今日は億万長者になっても、この街は、ああそうか、と黙って眺めていてくれる。服部時計店は、そのむかし露店商だった。新橋の四階ぶちぬきの〝夜来香《いえらいしゃん》〟の経営者は、戦前は、目黒の雅叙園《がじょえん》のコックをしていた。そこのエレベーターづきの純喫茶〝白馬車〟の主人は、戦前は、玉突き屋のボーイだった。という具合にね、この街は、一文無し共に奇蹟の夢を実現させてくれるよ」

「だから、貴方は、どんな商売をはじめたというのよ？」

宮子は、苛立たしげに、早口に訊ねた。この前会った時は、一分の隙も見せまいと、貴婦人みたいに落着きはらって、昂然として、三十二万円の貯金額を誇示しやがったくせに、今日の隙だらけの物欲しげな顔つきは、どうだ！

「ききたいかね？」

「ききたいわ」

「おれは、守屋与詩子の財産をそっくり頂戴したのさ」

「え？」

一瞬あっけにとられた宮子は、われにかえると、いまいましげに舌打ちした。

「莫迦々々しい。貴方と守屋与詩子となんの関係があったというの？」

「関係はなかったさ」

「じゃ、どうして、遺産がころがり込む道理がないじゃないのさ」

「おれが、守屋与詩子の死体を、自殺ではなくて、他殺だと見破った、最初の人間だからだ」

「そんなこと——」

遺産をもらう理由にはならない、と云いかけた宮子は、急に、胡散顔《うさんがお》になった。

「貴方は——？」

「どうした？」

「貴方、まさか、あの時、こっそり、守屋与詩子の部屋へ忍び込んで、何か——お金だか宝石だか、盗んだのじゃないでしょうね？」

「成程、お前さんの疑いそうな幼稚な金儲け法だな、どっこい、粟《あわ》をつかむ手は濡らしても、濡れ衣までは着たかあねえ。とんだ見当ちがいだ」

「でも、貴方は、この前とちがって、素姓の知れぬ悪党面になっているわ」

宮子は、真剣な語気で云ったものだ。つまり、これはもう、悲鳴に近かった。

彼女の精神をささえていたのは、三十二万円の貯金通帳だった。ところが、どうやらおそるべき多額の悪銭を身につけたらしい前夫に出現されてみると、孜々《しし》として肉をひさいで蓄えた三十二万円が、たちまち、なんというなさけないハシタ金に思われて来たことだろう。そして、それを抱いて、ひそかに誇っていた自分が、なんとも哀れに惨めなものに見えて来たのだ。

手にとるように、前妻の心の中の動揺を読みとった私は、しかしまた、そぞろ、女のあわれさを汲んでやらずにはいられなかった。

宮子が、トイレへ立ったすきに、私は、ふと、みゆきの手を摑んだ。ささやいた。

「十時に、あのホテルで待っているぜ」

みゆきは、くっくっと笑った。

私は、みゆきのまんまるい頰を、ぺたぺたとたたいておいて、すっと外へ出た。

やがて、私が、入って行ったのは、泰明小学校に隣り合せた、とある小さなビルであった。

二階の、「香港《ホンコン》インターナショナル銀行東京支店」のドアを押して、清潔な白タイルのモザイク床を踏んで、窓口に近づいた私は、チェス・ナショナル銀行保証の、香港蔡克田振出の小切手をさし出した。二千ドル額面である。

受付けた美男の中国人は、

「日元（日本円）はいくらにします？」

と、無表情で訊ねた。

「百万円で結構です」

私は、待ちソファへ就いた。

私の脇には、でっぷりと肥えた、ドイツ系らしい、ごつい面つきのおやじが腰をおろして、新聞を読んでいた。むこうのソファには組み合せた膝を貧乏ゆすりさせている一見コールガールと、餅カビのようなアバタを顔中に浮かせた若い中国人がならんでいた。

ここでは、日元（日本円）美金（米ドル）磅貨（英ポンド）そのほか、世界各国の紙幣小切手が売買されるのだ。ここは、いわば、香港のキングスロードから海岸寄りにある、必打街《ペダーストリート》の銭荘（両替）屋と思えばまちがいはない。香港の銭荘には、表に、白いターバンを頭に巻きつけたインド人の私兵が見張っているが、ここでは、行員が、まことしやかな紳士を装って、ピストルは上衣の内かくしにしまっている——そのちがいだけである。

ありていにいえば、この「私設世界銀行」は、密輸と闇ドルの本拠である。密輸入された南京虫、ダイヤモンド、サントニン、エフェドリン（ヒロポン原料）その他の麻薬を売りさばいて得た日本円を、ドルかポンドに替えるために、この「私設世界銀行」が利用されるのである。この銀行に、日本円を払い込むや一週間後には、香港から、「ドルはたしかに受領した」という電報が来るしかけになっているのだ。

タイム誌に毎週発表されるドルの闇値一覧表は、香港山の手、南北行街を中心として、世界中に設けられた、「私設世界銀行」の相場の動きにしたがっている。

例えば、一人の日本人が、外国へ行くとする。この場合、制限によって一定額以上の金は持ち出せない。で——彼は、許可以外の多額の日本円を、この銀行へ持参する。すると、一枚の紙片が手渡される。交換金証明書であり、信用状であり、旅行小切手である。これ一枚あれば、彼は、行く先々の外国で、面倒な手続きも何も要せず、その日の相場にしたがって、その国の金が得られる。反対に、一人の芸能人が、外国で一万ドルを稼いだとする。それを正直に持って帰ると、莫大な税金を取られる。だから彼は、いままでは、自動車や何かにして帰った。その品物にしても、輸入税をかけられた。で——それをそっくり持って帰るためには、一万ドルを、あちらの私設世界銀行へ、ポンとほうり込めばいい。すると、帰国後、一万ドルは、日本円となって、懐中へ戻って来るのである。

この私設世界銀行は、サッスーン（ユダヤ系）と華僑《かきょう》系の、数人の大親分によって、取引の縄張りが整然としてはりめぐらされて、地球上の闇経済を流動せしめている。日本における一日の取引高は、約七億円に達している。

問題は、密輸や旅行者の利用のためにだけ、施設世界銀行が、存在していないことである。各国の諜報網が、この機関を利用して、謀略資金を、どんどん流通し、経済攪乱を企て、政治紛糾の因をつくろうと暗躍していることである。二年前、横須賀米海軍基地で、上陸用舟艇の装備品グレマリン・ディーゼルエンジンが、大量に盗まれて、華商の手に渡り、分解されて、香港南豊貿易公司駐日代表陳慶に売りわたされた。陳慶は、これを冷凍器部品に偽装して、正式の通関手続をとって香港経由で、中共に送った。一切の費用は、私設世界銀行によって、まかなわれたのである。

左様、銀座の通行人たちは、こうしたおそるべき銀座の裏面の生態を、知らないのだ。私は、篠原修太郎のおかげで、私が求める、「何か」のひとつが、この私設世界銀行であることを知らされ、そして、それを利用して別れた妻をおどろかせ焦躁《しょうそう》させる瀟洒《しょうしゃ》な紳士になったのだ。

私は、私のまわりの外国人どもを、ひそかに見まわした。

私の隣りの肥った男は、人殺しなどは朝飯前のスパイの頭目かも知れぬ。あの貧乏ゆすりしているコールガールは、米国秘密捜査本部やF・B・I（合衆国連邦検察局）を狼狽させたドル紙幣贋造団の手先かも知れぬ。アバタまみれの中国人は、麻薬の密輸業者かも知れぬ。

それから――この私は、どうやら所謂第三勢力の歯車の捩子《ねじ》にされて、ただ、わけもわからぬままに「守屋与詩子は殺されたのだ」とふれまわっている道化師！

私は、ピストルを持った銀行員に呼ばれてわれにかえり、ふらふらと立って行って、百万円の現金と、交換金証明書をもらうと、外へ出て行った。

午後十時――。

私は、虎ノ門のホテルの第八号室に入ってダブルベッドの上にあぐらをかいた。

このベッドの上で、謎の大スター守屋与詩子は、ブルーブラックに染色した裸像を横たえていたのだ。

私は、二三度、どしんどしんと尻をぶっつけて、スプリングの具合をためし乍ら、なんとなく、北叟《ほくそ》笑《え》んだ。

「死ぬやつは、死ぬがいいさ」

そんな独語をもらしてみた。

四五分過ぎてから、ドアがノックされた。

「カミン！」

私は、きざったらしい、陽気な声でこたえた。

入って来たみゆきの鼻のあたまの汗を眺めて、私は、ますます愉快になった。

「おねえさんをまくのに苦労したわ」

「おれとあいびきするんだ、と云ったってよかったんだぜ」

「そんなこと云えないわよ」

みゆきは、椅子へ腰をおろすと、靴下の伝線病へ、唾をつけてこすりはじめた。この間抜けな娼婦は、ひょっとすると、サラリーマンの細君などより、よほど律儀で世帯もちのいい女房になれるかも知れない、と私は、ふと思った。

「おい、はやく、はだかになれ」

「すけべい！」

みゆきは、ふふふふと笑ってから、私の真正面で、服をぬぎはじめた。宮子と一緒の時には、宮子にならって、片隅で、うしろ向きになって、つつましい脱ぎかたをしたくせに、いまは、羞恥の欠けた本性をかくそうとしなかった。別れた妻をだしぬいて、自分にあいびきを求めた男に対して、みゆきは、たちまち、たっぷりと自信を持ったのだ。

みゆきが、パンティを脱ぐや、私は、

「おい。そのままで、両手と両足をひろげてみろ」

と、命じた。

「いやだあ――」

みゆきは、子供が照れた時するような身のくねらせかたをしたが、

「こう?」

と、四肢を大きくひらいてみせた。

「うん、よしよし――」

私は、ベッドから降りると、大真面目な顔つきで、みゆきの白い肉体を、丹念に眺めまわし、あちらこちらを、なでたりつまんだりしはじめた。

「くすぐったい。いやだ、すけべい――」

みゆきは、下腹のところへ跼《かが》められた私の頭を、ぴしゃりとたたくと、ひとっ跳びで、ベッドへ、どたっと仰臥《ぎょうが》すると、きゃっきゃっと笑った。

ばかげた人工的な営みが終りを告げると、私は、ふと、この無智な娼婦を女房にしてやろうか、と思った。

「ねえ、疋田さん、あんた、ほんとに千万長者になったの」

みゆきは、私の胴へ、脚をからめ乍ら、ささやいた。

「うん。なった」

「でもさ、ちっとも、うれしそうな顔をしていないわ」

「べつに、うれしくはないね」

「どうしてさ？」

「人生に愉しいことがなくなった時、千円札ばかり抱きかかえてたって、なにがうれしいものか」

と云いすてたとたん、私は、いまの営みよりも、もっとばかげた奇妙な遊びを思いついた。

「おい、おまえに、千円札をたんまりやろう」

「ほんと？」

「おまえが、うれしくて、うれしくて、気絶しそうなことをしてやる」

むっくり起き上った私は、サイドテーブルの上の鞄をひき寄せて、十万円束を抜き出した。

目を瞠《みは》っているみゆきに、

「おい、いまつかったあれはどうした？」

と訊ね、紙屑籠を指さされるや、私は、ベッドをとび降りて、その中をごそごそとさぐって、桜紙にまるめられたそれをつまみ出した。

「どうするのよ、そんなもの？」

「これは糊だ」

「ノリ？」

「そこへ、おとなしく、仰向いていろ」

私は、十万円のテープを切ると、千円札を一枚とって、そのシワをのばすと、それをその裏面へぬりつけ、まず、みゆきの額へ、ぺたりと貼りつけた。

「いやだなあ――」

「じっとしていろ。おまえのからだへ、何枚貼りつけられるか貼っただけ、おまえに呉れてやるんだ」

「うそ！」

みゆきの眸子《ひとみ》が、貪欲げに光った。

私は、いきなり、その朱い唇の上へも、一枚、貼った。

私は、この途方もなくばかげた工作に、熱中した。乳房のところまで貼ると、その思いつきのノリがなくなったので、私は、みゆきのからだの中から、糊を採取して、工作をつづけた。

みゆきは、死んだように、目をつむったまま微動もしなかった。

白い肉体が、完全に、うす穢い紙片で掩われるや、最後に一枚のこったのを私は、無感動な手つきでみゆきのからだの中へ押し込んだ。

六

キャバレー「アルモンド」の、三階までぶち抜いた高いドームにむかって、案内正面のステージが、バンド演奏につれて、ゆっくりと、螺旋状を描いて、せり上っていた。

三階の手すりに凭《よ》りかかって見おろすと、ミラーボールのピンク色の光の輪をあびて踊っているフロアの光景は、深海魚の遊泳に似ていた。

ステージが、私の正面に来た。

ハンデン（竜灯）の下で、哀愁をおびたメロディの、戦前の上海を主題にした歌を唄う中国服の女を、私は、食い入るように瞶めた。

私は、この「アルモンド」へ、もう三晩もかよっていた。この女の歌をきくためであった。

漆黒のイヴニングに、両翼の反った金銀象嵌縁《ぞうがんぶち》のサングラスをかけて、孔雀の羽毛の扇で、口もとをかくし乍ら、嫋々《じょうじょう》たる低音《アルト》になんともいわれない甘美さを含めるこの女は、私の異常な興味を惹かずにはいなかった。

私は、はじめて、この女を見出した瞬間、なぜか、どきっとなって、かたわらにはべった女給に、

「おい、あれは、何者だい？」

「さあ、誰でしょう？」

女給も、小首をかしげた。

「ええ。うちのマネージャーは秘密主義で、今夜は、どこのバンドで、なんという歌手が出演する、なんて一言も云わないのよ」

「しかし、あんなすごい美人なら、誰かが名前ぐらい知っているだろう」

「ところが、ほんとに誰も、見当もつかないの。あのひと、ひょっとすると、日本人じゃないかも知れないわね。最近、どこからか、日本へやって来たひとじゃないかしら」

ステージとともに下降して行く女の、高い鼻梁《びりょう》、やや殺《そ》げた頬など、そういえば、日本人らしくなかった。

「君も知らんのか?」

——密輸船で上陸して来た女、ということになるのかな。

私は、篠原から、このキャバレー「アルモンド」の経営者の正体をきかされていた。地階はトルコ風呂、一階から三階までがこのキャバレー、四階から六階までがホテル、というしくみになっているこのビルは、いわば、先に述べた私設世界銀行に出入する紳士たちの社交場であった。経営者のアメリカ人は、数年前は、京橋セントラル・ビルにあるインターナショナル・コマーシャル・カンパニイの渉外部長であったという。いつ、どこで、数億の現金を摑んだかは、誰も知らない。おそらくは、厖大な組織の密輸団に荷担《かたん》したに相違ない。彼は、このビルのほかに、横須賀にキャバレー、佐世保に米海軍相手のランドリーを経営している。そのほか、拳闘の国際試合をプロモートしたり、プロレス興行を催したりもする。

彼の雇傭している日本人は、その殆どが元軍人であり、支配人は元××特務機関長だといわれる。これらの元軍人たちは、このビル内にあっては、虫も殺さぬ紳士面をしているが、いつの間にか、何処かへ姿をくらましている。彼らは、かつての職業を活かして、武装して、一種の「御朱印船」に乗り込み、颯爽と海洋を渡って行く。半年前、明石海峡の淡路島に近い、ある漁村の沖で、潮待ちしている漁船を、海上保安庁所属の巡視艇が、四艘、包囲した事件があった。漁船は、武装密輸船だったのである。見かけはのろい漁船が包囲を受けるや、たちまち、狂暴な正体をあらわして、拳銃を乱射しつつ、猛スピードで逃走し、みるみるうちに、暗夜の中に消え去ったのであった。兵庫県警察本部は、その捜査に全力を注いだが、徒労であった。それから二月後、本部捜査員の一人が、上京して、このキャバレー「アルモンド」に探索の足を踏み入れた時、いんぎんな態度で客を接待しているフロア・マネージャーの顔が、まぎれもなく、逃走する漁船の甲板につッ立って、巡視艇へ、拳銃を射ちまくった乗組員の一人であることを認めたのであった。だが、その記憶ひとつだけで、フロア・マネージャーを逮捕することは出来なかった。刑事は、無念の泪《なみだ》をのんで、ひきさがるよりほかはなかったのである。

密輸団の巣窟であるこのビルに、日本の一流紳士が、数多く、屡々《しばしば》出入することに、なんの不思議もない。自転車会社、紡績会社、製薬会社などの重役連は、この秘密組織を通じて、外国市場に多量の製品を輸出することが、わが社の経営を安泰にする最も捷径《しょうけい》であるのを知っているからだ。

「御朱印船」は、それらの製品を満載して、窃《ひそか》に日本をぬけ出て行き、やがて、その帰船には、エフェドリンやサントニンや洋服生地やスイス製時計を積んで来る。銀座の通りを飾りたてて、若い男女を誘惑して、それぞれの悪心を起させる華やかな流行の品々が、そうしたいきさつによって出現している場合も、決してすくなくはない。

左様、このキャバレーに、女給たちの心にもない歓待を受けに来る善良で好色な連中はこうしたおそるべき銀座の裏面の生態を、知らないのだ。

私は、篠原のおかげで、私が求める「何か」のひとつが、この「アルモンド」であることを知らされ、そして、せっせと、なんの目的もないかの如くかよって来ている。ただ、女給たちをつかまえて、

「守屋与詩子は、自殺したんじゃなくて、殺されたという事実を知っているかい」

とささやくために――。

「ねえ、なにを考えていらっしゃるの？」

ビールを注ぐ以外に何の能もないくせに、処女面を装《よそお》った瘦せっぽちの女給が、私の顔を覗き込んだ。

「君たちの来しかた行く末を考えていてやったんだ」

「ご親切さま。わたしの来しかた行く末はどうですの？」

「君のか――君のは……、十五歳で、母親の再婚先へ連れ出された。十七歳で、義理の父親に犯《おか》された」

「まあ、大変――」

「十八歳で、妊娠して、母親が仰天して、すったもんだの家庭騒動の挙句、君は、村の不良青年と手に手をとって駆落ちして、上京、堕胎――」

「いやだわ。わたし、東京で生れて、育ったのよ」

「まあきけ、不良青年は、職が見つからぬままにぶらぶらと、パチンコやっていたが、ある夜、酔っぱらってタクシーに乗って、運転手の背中を眺めているうちに、急にむらむらとなって、いきなりその頸を締めた」

「ひどいわ。そんな悪党を恋人にもったわたしは、なんて可哀そうなんでしょう」

「ところが、運転手君は、プロ・ボクサーでね、身ごなし軽く、スパナを摑むや、電光石火、君の御亭主は、脳天を、ザクロの如く割られて、即死さ。君は、泣く泣く――と思いきや、やれセイセイしたと――」

「そんな薄情者じゃなくってよ、わたし――」

「ともかく、君の来しかたは、ざっとそういったあんばいさ」

「じゃ、行く末は？」

「ざんねん乍ら、あまりいい星じゃないね。君は、この世界に入って来て、愈々、男というやつを軽蔑してしまった。そこが、女給のあさはかなところだ。男たちが、白昼いかに真剣になって生きんがために悪戦苦闘しているか、そして、家庭では、どんなに妻子を愛しているか――その本来の姿を見ないで、酔っぱらって、乳房をいじったり、尻をなでたりする助平状態で、男というやつを判断する誤算が、君の行く末をあんたんたるものにしてしまうんだ。……君は、そのうちに、なんとなく、ふらふらと、幾人かの男と関係し、すてたり、すてられたり、その日の風まかせに、ぱっぱっと浪費しているうちに、やっと甘い親爺をとりこにして、小さな酒場を開く。半年で失敗、またこっちへ逆戻り、同じ行状をくりかえしているうちに、三十越えて、やむなく料亭の仲居になる。やっと、人生、金が第一、と決心して、せっせと貯金しはじめるが、どっこい、色気抜きで近づいて来る男の口車に乗せられて、せっかくためた虎の子を、ごっそりまきあげられて――」

このおり、一人の紳士が、近づいて来て、鄭重《ていちょう》な物腰で、

「失礼ですが、疋田さんでいらっしゃいますね？」

と、問うた。

「そうです」

「お愉しみのところを、まことに恐縮ですがちょっとご相談申上げたいことがございまして――。申しおくれました、私は、こういう者です」

さし出された名刺には、「林宝福――東京華僑クラブ理事長」とあった。しかし、その風貌は、日本人以外の何者でもなかった。

「どういう御用件でしょうか？」

「ほんの暫時、お顔を拝借させて頂ければと存じまして――、決してお手間はとらせません」

「承知しました」

林宝福について、ビルの裏手の小路に出ると、そこに待ちうけていた二人の男が、影のようにすっと私の左右をはさんだ。

膝頭《ひざがしら》が、がくがくとなった。自分で、自分の顔から、さあっと、血の色がひくのがわかった。

「――殺される！」

私は、この瞬間、はじめて、篠原から、自分の生命を保護してもらう約束をしていなかったことに、気がついた。

「ふん、死んだか、あの男――」

冷笑して呟きすてる篠原の顔が、ちらっと脳裡を掠《かす》めた。

――しまった、おれは、篠原に、生命の保護をたのんでおくのだった！

あとから考えれば、まことに滑稽な後悔というべきだった。

林宝福は、先に立って、奥へ進み、ビルに隣合せた倉庫構えの建物のドアを開いた。

内部は、だだっ広く、片隅に、砂糖入りみたいなドンゴロスが、幾重もねかしてあった。

林宝福は、私から、四五歩はなれて立つと、

「疋田さん、貴方は、守屋与詩子が死んだ晩に、ホテルに居合せたのですね？」

と、穏かな声音で、訊ねた。

「そ、そうです」

「自殺したのじゃなくて、殺された――と、どうしてわかりました？」

「それは――」

　私が、口ごもると、右脇の男が、ぴしっと平手打ちをくらわせて来た。よろけた私を、右脇の男が、邪険に、突き戻した。

「正直に、こたえて頂きましょう」

　林宝福の態度は、あくまで、もの静かだった。

「そ、それは、守屋与詩子の死にかたが……毒薬のえらびかたや、遺書の文章や、残した金の使途にふれてない点や、それらが、あまりに、守屋与詩子らしい――つ、つまり、守屋与詩子なら、こうするだろうと考えて、第三者がやってのけたしわざのように、思われたからです」

「ふむ。なかなか、見事な観察ですね。貴方は、しかし、警察が、自殺と断定したのに、なぜ、殺されたと云いふらして歩くのですか？」

「べ、べつに……」

　すると、また、こんどは左脇の奴が、私の頬桁《ほおげた》を、したたかなぐりつけ、右脇の奴が、ぐらっとよろけるのを突き戻した。

「理由が、あるでしょう、殺された殺されたと云いふらすには――」

「はい、いえ、べつに……」

　かぶりをふりかけて、私は、うっと呻《うめ》いて腹を折った。脾腹《ひばら》へ、一撃が食い込んだのだ。次に、腰を蹴られて、ぶざまに、コンクリートの床へ、匍匐《はらば》ったところを、靴で、後頭をぐいっと踏みつけられた。

額も目も鼻も口も、思いきり、冷たく固い床ににじりつけられてから、襟頸を摑まれ、ずるずるひき起された私には、穏かな微笑を口もとに刻んでいる林宝福が、急に、プリモ・カルネラみたいな巨人に眺められた。

「誰かにたのまれたのでしょう、疋田さん」

私は、喘《あえ》ぎ乍ら、頷いた。

――篠原は、おれに、命じた者の名を口にするな、とは云わなかった。

そんな自己弁解をして、捨鉢《すてばち》になった。

「誰ですか?」

「篠原修太郎という男です」

これをきくや、はじめて、林宝福の顔に、険しい色がうごいた。

「よろしい。貴方は、篠原から、いくらお金をもらいました?」

「二十万です」

私は、十分の一の額をこたえた。

篠原が、私という男と友達になっていることまで、こいつらには見破れまい。

「疋田さん、貴方は、もう今日から、つまらぬ噂をふりまくのはやめることですね。といっても、もう手おくれだが……。教えてあげましょう、守屋与詩子を殺した犯人は、篠原修太郎です」

「………」

　ごくっと生唾をのみ込んで、私は、林宝福から視線をはずした。

　――守屋与詩子を殺したのは、こいつだな！

「嘘だと思ったら、篠原にきいてごらんなさい」

　……私は、倉庫の外へ、突き出された。

　ハンカチで顔をふき、服のよごれをはたいてから、のろのろとした足どりで、人通りのひきもきらぬ舗道へ出た私は、茫然として、華かな夜景を見まわした。

　私が、殺される目に遭ったことを、この通行人たちは、何も知らない。何も知らない、ということは、なんといいことだろう。

　血のまじった唾をべっと吐き出して、あるき出した私を、ふいに、背後から引きとめた者があった。

　愕《ぎょ》っとなって振りかえると、宮子が立っていた。険しい目つきで、睨みつけて、

「貴方、このあいだの晩、わたしをだし抜いて、みゆきを、あのホテルへひっぱり込んだでしょう」

　と、早口にきめつけてきた。

　私は、意外にも、宮子の形相の中から、ひさしぶりに、なつかしい妻の嫉妬を見出した。

「ああ、ひっぱり込んだよ」

「貴方、わたしたちの仁義を知らないわけじゃないでしょう」

「知らんね」

「白ばくれないでよ。みゆきとわたしはコンビよ。わたしに断らずに、勝手な真似はさせないわ」

「みゆきは、お前さんと、別れたかっているぜ」

「貴方が、そそのかしたんだ！」

「冗談じゃないね。おれは、ただ、みゆきと遊びたくなったから、遊んだだけさ」

「貴方という男は、どこまで、わたしを苦しめれば、気がすむの」

「そうだな。みゆきと別れたら、お前さん、商売あがったりだからな」

瞬間、宮子の片手が、はねた。

倉庫の中で撲《なぐ》られたのより、この平手打ちの方が、私には、ひどく痛かった。緊張の度合がちがっていたからだ。

周囲の通行人が、一斉に、立ちどまって、私たちに視線を集めた。

「さようなら」

私は、わざと、親しみをこめて別れを告げると、あるき出した。

新橋へ来て、馴染の飲屋に入ると、私は、篠原の名刺を出して、左端の番号へ、電話をかけた。

篠原は、すぐ出て来た。

「疋田です」

「ああ――」

「今夜、アルモンドにいたら、林宝福という男につかまって、隣りの倉庫のようなところへつれ込まれて、なぐられたり、蹴られたりしましたよ」

「ああ、林宝福か――」

篠原の声は、相変らず、感情をどこかへ捨てた冷淡なひびきをつたえた。

「よく殺されなかったものだと思いますよ」

「殺しはせんさ」

「しかし、もう、あんな目に遭うのは、まっぴらですね」

「君は、おれの名を、林宝福に白状したかね?」

「……………」

どきっとなって、私は、こたえられなかった。

「白状したんだろう?」

「しました」

「それでいいんだ――」

「え?」

「白状した方がいいのだ。……林宝福は、守屋与詩子を殺したのは篠原だと云やしなかったか?」

私は、あっ、となった。

「云ったろう?」

「云いましたよ」

「ははははは——」

「ど、どうしてなのです？」

「おれが殺したのだからさ」

「………」

「君の役目は終ったよ。しばらく、山の中の温泉へでも行って来たまえ」

それっきり、電話は切れた。

七

二月過ぎた。

ある夜、私は、田村町の横丁にあるナイト・クラブ「ドウフィン」の前に、タクシーを乗りつけた。

私は、二月ぶりで、昨夜、東京へ帰ったのである。私は、おかげで、日本中の名所古蹟巡りをやることが出来た。レポーターとしてしこたま材料をしこんだことになる。

今朝、早速、篠原に電話したところ、「ドウフィン」へ、十一時頃来い、との返辞であった。

私は、タクシーのドアをひらいてくれたボーイに、チップをくれてから、まるで穴倉の入口のような通路を抜けて、フロントに入ると、受付の女の子に、篠原さんにお会いしたい、と申出た。

女の子は、すぐ、フロア・ボーイを呼んでくれた。

フロア・ボーイの案内で、漁火《いさりび》のようにテーブル・スタンドの灯だけをつけのこした薄暗い客席のうしろをまわり乍ら、ひょいと、ステージを見やると、なんと「アルモンド」で唄っていた黒衣黒眼鏡の歌姫が、グルーミイなシャンソンをきかせているではないか。

私は、立ちどまって聴きたい衝動を怺《こら》え乍ら、三重扉の奥へみちびかれた。

さして広くもない部屋の四方の壁は、すべて血の色をした垂帳《カーテン》に掩われていた。夜だけしか使用されていない証拠である。垂帳の前には、ところどころアルジェリア風の蒲団椅子《ディヴァン》が一組ずつ据えてあったが殆ど空いていた。

人々は、中央のテーブルをかこんでいた。十二三人もいたろうか。いずれも、一分の隙もない身なりである。外人が約半数。婦人が三人あまり交っていた。私は、その中に、篠原修太郎の横顔をみとめた。片隅のピアノで、黒人が、静けさをかきみださない程度で、ショパンのノクターンをひいていた。

私は、そっと、人々のうしろに近づいた。

テーブルの上では、ルーレットが、カラカラと音たててまわっていた。それが止った時ざわめきが起り、白服の世話ボーイが、たくみな手さばきで、賭札を、勝った者の数字の上へ集めた。

私は、篠原の賭けぶりを、ずうっと注意した。彼は三十五倍以外は、絶対に賭けなかった。そして、常に敗れ乍ら、トルソのような無表情だった。やがて一挙に勝ちを占め、次の回で、再び失った。失った時、はじめて、顔を擡《あ》げて、私の目へ、眼眸《まなざし》を合せて、軽く頷いてみせてから、その位置をしりぞいた。

私は、いそいで篠原を追おうとして、篠原の行こうとする一隅に、いつの間にか、あの黒ずくめの歌姫が、ディヴァンに腰を下しているのを見出して、はっとなった。

篠原は、彼女の隣りのディヴァンに就くと、私を、向いのそれへ腰かけさせた。

「紹介しよう――」

篠原は、私へ目を据え乍ら、歌姫を、片手でしめし、

「守屋与詩子さん――」

と、云った。

私は、この刹那、一切の秘密に眩しい陽光があたったような胸のとどろきをおぼえた。しかし、これは、そうおぼえただけで、私の脳裡が、咄嗟に、鋭い分析力を働かしたわけではなかった。

私が、愕然とならなかったのは、この歌姫を「アルモンド」で見出した瞬間から、それと知らずして、異常な興味をおぼえていて――つまり、これが守屋与詩子だと云われるとまるで、前から、そうではないかと疑惑を抱いていたもののように――やっぱり、そうだった、と合点する用意が、いつの間にか出来ていたからである。

「失礼ですが、別人のようです」

篠原は、落着いて云った。

「日本も、整形手術が発達したよ」

篠原は与詩子を見やって、にやりとした。

与詩子は、かすかな微笑を口もとに湛えただけで、何ともこたえなかった。

「流石は、疋田さんだ。このひとが、守屋与詩子とわかっても、一向に驚かないね。あんたは、もう、おれのカラクリをちゃんと見破っているんだろう」

「とんでもない。私は、まるっきり、何もわかっていませんよ。ひとつ、種明しをして頂けませんか」

「おれは、人殺し屋なんだよ」

篠原は、まず、ずばりと云ってから、ルーレットの方へ手をふった。

「つづけないか」

と誘われて、断ったのである。

「おれは、ニューヨークの玩具屋さん――このひとの旦那さんから、このひとが日本へ帰ったら、殺してくれないか、とたのまれた。おれは承知した。ところが、ハニー（羽田）エアポートで、このひとをひと目見た瞬間、おれはおれらしくもなく、ふらふらと惚れてしまった。そこでおれは、トリックを思いついた。このひとを、さっと匿《かく》してしまうと、瓜ふたつとまではいかないが、まずこれならという替玉を捜し出して（日本の女じゃない密輸入品さ）あのホテルで、安らかに昇天してもらった。そして、玩具屋さんには、その旨、打電しておいた。……ところが、もう一方の敵に対しては、油断は出来ぬ。死体が替玉であったことを、いつどこでかぎつけるかも知れぬ。おれが、その対策を考慮中に、疋田さんあんたが、ひょっこり、入って来たというわけだった。

　おれは、旧知のあんたの顔を眺めているうちに、イチかバチかの賭博を思いついた。あんたに守屋与詩子は殺されたのだ、とふれまわらせる。敵は必ず、その噂をひろめた張本人をつきとめるだろう。張本人のあんたをねじあげて、黒幕の篠原修太郎の名をきき出すだろう。そして、おれの身辺をねらいはじめるだろう。そこで勝負となる！」

　篠原は、例によって、明快な口調で、しゃべりつづけた。

「あんたは、おれの計画通り、申分なく、事を運んでくれた。あんたは、つかまった。白状させられた。ついでに、敵が迂闊《うかつ》に、殺した犯人は篠原修太郎だと、口をすべらすのをききとって、おれに報告してくれた。敵は、やっぱり死体が替玉ではないか、と疑っていたのだ。おれは、いざござんなれと、武者ぶるいした」

　ボーイが、影のように、すべり寄って来てジンフィズを三つ置いて、立去った。

「おれとこのひとは、つい、十日前にエア・フランス機で、香港へ飛び発った、と思いたまえ。博多を出て、対馬海峡の上空に達した時、一番前列の三人の乗客が、たちまちギャングに早変りした。彼らは、乗客全員から、金品をまきあげた後、スパイの礼儀として、大変いんぎんな態度で、おれとこのひとにむかって挨拶してから、ドアをひらいて大空の中へとび降りて行った。しかし、彼ら三人のパラシュートはひらかなかった。三つの小さなかたまりは、一直線に、海中へ落ちて行った。彼らを海上で待っていた船は、啞然《あぜん》としただろう。おれは、それを見とどけてから、スチュワディスを呼んで、三人の荷物を、機外へ抛り出させた。その中には、おそらく二十分後には、エア・フランス機を木っ葉みじんとする時限爆弾がひそめてあった筈だからだ……。おれは、その後で非常な疲労をおぼえて、茫然と腰が抜けたようになった。むしろ、このひとの方が平然としていたね。……敵に、計画させておいて、その裏をかく手筈をととのえて、冒険を敢行してみたものの、おれは成功率は五〇％とふんでいた。いざとなったら、じたばたせずに、いさぎよく、このひとと心中する肚だった。おれもこのひとも、ここらでくたばっても、別にこの世に大した未練があるわけじゃなかった。悪運が強かった、というだけの話だったんだな」

語り了えると、篠原は、はじめて私に、右手をさしのべた。私は、その手をしっかと握った。それから、一時間ばかり後――。

私は中野にむかって走るタクシーの中で、ひどくぼんやりしていた。篠原の話は、全く奇想天外な冒険というほかはなかった。きいている最中は、固唾《かたず》をのんだが……さて、こうして一人に戻ってみると、あれはとんでもない大法螺《おおぼら》だったようにも疑われて来る。

いずれにせよ――左様、私は、銀座において、「何か」を見たことは、事実なのだ。

「あの手相見は、まだ、あそこに店を出しているかな」

私は、呟いた。

「いたら、もう一度、手相を見てもらうか。見料をたっぷりとはずんでやって」

第8監房

一

晩秋の、十六夜《いざよい》の月が、澄みきった中空を、薄雲を縫って移行していたが、その美しさを賞《め》でる者などさらに一人として見当らぬ下界の一郭――この悪徳の街に、季節があるとすれば、衣服の変化だけであろう。

ネオンの明滅が、冴えた月影をぼかし、マンボの狂音が、澄んだ夜気をかきみだしている。昨日もそうであり、明日もまたそうであろう。このあくどい色彩と狂騒の中から、数々の犯罪が生れる。

たとえば、スマートボール場のすぐわきで、五目ならべに人がたかっている。

すでに四人をカモにしたテキ屋の若者が、舌なめずりした声音で、早口でベラベラとやっている。

「おっと……三・三・九度の盃で、うれしはずかし花嫁御寮《ごりょう》ときたね。……え、よ御座んすか、お客さん、この手はいけませんや。この手はね。……ほらね、こう打つ……」

（一目五十円、三目打たなければならないから、百五十円。四人をカモにしたから、六百円）

今日は運が向いてやがる、と内心北叟笑《ほくそえ》みつつ、テキ屋は、このあたりで奥の手を出すことにするのだ。

「さア、じゃ、ひとつ、この問題の勝ち手をお教えしましょう。しかし、黙って腕を組んで見物していた方々に教えちゃ、いま打って下すったお客さんたちに申しわけない。すみませんが、四人さんだけお残りになって、ほかの方々は御遠慮なすって下さいな」

他の見物人を追いはらったテキ屋は、

「ね、よ御座んすか、ここへこう打つ。こう止める。ここまでは皆さん、よろしい。二目は、意外びっくり、こっちへピタリ……ね、ここへ打たれちゃ、こっちは、ここで止めるよりほかに方法がない。すると、ここだ――ほら、四、三の勝、とこういうわけなんです」

残った四人は、ふーむ、と感服する。

すると、すかさず、テキ屋は、猫撫声で、

「そいじゃすみませんが、教授料六百円頂戴します」

と、きり出す。

四人は、ぎょっとなる。

「へへへ……ちゃんと、ここへ書いてありますんでね」

成程、テキ屋の指さす一手五十円也と大きく記した木札の片隅に、ちいさく、教授料は、別に頂戴いたします、と書いてある。まさか、勝ち手を教えてくれることだとは、客は気がつかない。負けたから、タダで教えてくれるものだとばかり、四人は思って、居残っていたのである。

口上につられて、ついエンコ（手）を出したのが、運のつきであった。

「冗談じゃないよ。そんなのあるもんか、教授料を六百円も取るんなら、なぜ、はじめに教えねえんだよ」

四人のうち、テキ屋のおそろしさを知らぬ一人の学生が、蒼くなって、大声たてた。

「学生さん、お静かに――。こっちも商売です。タダでお教えするわけには参りませんよ」

「じゃ、なぜ教える前に――」

と、肩を怒らせる学生を、テキ屋は、もう相手にせず、ほかの三人から、金を受取った。

「おれは、払わんよ」

学生は、憤然として、踵《きびす》をめぐらすが、テキ屋は、何も云わなかった。

しかし、逃げる学生の行方を、見送る者がいたなら、彼が、スマートボール屋からのそりと出て来た、目つきの鋭い男に呼びとめられるのをみとめるだろう。

「学生さん、しがない大道商人をいじめちゃいけませんね」

学生は、ぎくっとなって、立ちすくむ。

「ふふふ……それとも、おめえさんは、おれたち流れ星一家に因縁つけに来た、どこかの兄さんでござんすか。それなら、それで、面子《めんつ》を切ってもらうとしようじゃねえか」

ひくいが、ドスのきいた啖呵《たんか》を切ったのは、この街の地廻りヤラズの政というやくざであった。

学生は、反射的に、身をひるがえそうとするが、すでに、背後には、二人の与太者が、目を光らせていた。

学生が、とある路地奥へ連れ去られてから、二三分過ぎて、ぶらりとこの通りに姿をみせたのは、最近こちらの署に転じた牧田刑事である。その道に入って、もう二十年、刑事特有の眼光さえも、内にそっとしまいこみ、いかにも、好々爺然《こうこうやぜん》とした風貌の持主になり終せている。

この悪徳の街の散歩を愉しんでいるような微笑を、口もとに泛《うか》べ乍ら、ぶらぶらやって来た牧田刑事は、ふと、ハンカチで口をおさえて路地から出て来た学生に気がついた。ひどい鼻血を出している。額や、頬に擲《なぐ》られた痕があり、服が土でよごれている。

牧田刑事は、首をまわして見送りつつ、胸のうちで呟《つぶや》く。あれも薬のうちだ。これにこりて、二度とここへ足をふみ入れないでくれればいい。

その時、むこうから俯向き加減でやって来た、赤ン坊を抱いた十七八歳の少女が、牧田刑事にどしんとぶっつかった。

少女は、ひどくよろけて、膝をついた。とたんに、赤ン坊が火のついたように泣き出した。

「おっ、こりゃ、すまなかったな。……うっかりして……御免よ」

牧田刑事は、少女をたすけ起して、泣きわめく赤ン坊をあやそうと、首をのばした。すると、少女は、なぜかあわてて、赤ン坊を抱きしめ、きらっと牧田刑事を睨んでおいて、行こうとしかけた。

牧田刑事は、ちょっと不審を起して、

「あ、ちょっと……そりゃ、あんたの赤ん坊かい？」

と、訊いてみた。

少女の目つきは、一層険しくなった。

「まさか……あたし、まだ、高校生よ……。姉さんの子供じゃありませんか」

「そうだろうな。お母さんにしては若すぎるな。はっはっはっ……」

だが、牧田刑事の笑い声を、そのままの人の好さと受取るのは早計である。肚《はら》のうちでは、別の独語がある。あんな小娘が、もう母親になっている。どうせ相手も、二十歳ぐらいの小僧っ子なんだろうが、行末どうなることやら——。

牧田刑事の姿が、彼方の人ごみにまぎれ込んだ頃、この一郭で一番大きなキャバレー・プランタンの前を、一人の実直そうな老人が、通りかかった。小脇にしっかと黒鞄をかかえて、こうした場所にはおよそふさわしくない様子をみせている。店からのぞいている女たちも、この老人だけは、無視する。それ程、風貌も洋服もくたびれはてている。

河原藤作という、三年前に老妻に先立たれた下級会社員である。三十年間、一日も欠勤しなかったこの老人が、こうした場所にあらわれたのは、おそらく、生れてはじめてに相違ない。

藤作は、立ちどまって、プランタンの狭い入口を通して、奥のフロアで踊っている連中を、きょとんと眺めやった。このおり、背後から、手がのびて、藤作の肩を、ぽんとたたいた者がある。

藤作は、本能的に、黒鞄をかたく抱きしめて、振りかえった。

にっこりしているのは、凄い程の美人であった。この街に馴染んだ連中なら、彼女が、リリイという有名な男娼であることがすぐわかるのだが、藤作ならずとも、初対面で、そのすっきりした和服姿を男だと見破る者は、先ずあるまい。

「こんばんは——」

藤作も、つられて、

「こんばんは——」

と、頭を下げた。

リリイは、シナをつくって、

「ねえ、わくわくするようなスリルはいかが?」

と、さそった。

「へえ——」

藤作は、相手の美しさに戸惑った卑屈な物腰であった。

「おじさん、スリルをもとめて、ここにいらしたのでしょう? あたし案内役をつとめさせて頂けない?(藤作の耳もとへ口をよせて)うっかりひとりで、こんなお店に入るとあぶないわよ。御用心あそばせ」

「あ、あんたは、なにかね?」

「あなたのために咲いた夜の花。……いいでしょう。ご案内させて——。このお店がお気に召したのなら、あたしがついていれば大丈夫。決して、ひどいぼりかたなんかさせやしません」

二

いきなり、リリイに肩を抱かれて、殺げた頰へ接吻された河原藤作は、どぎもをぬかれたところを、ずるずると、プランタンにひきずり込まれた。あいにく、リリイの方が、上背があり、どうやら腕力の方でもかないそうもなかったのである。

天井から、ミラーボールが、七彩の光を目まぐるしく乱舞させているフロアでは、マンボの狂熱的なリズムに乗って、幾組かが、深海魚のように踊りまわっている。

女たちから、一斉に「いらっしゃいませ」とあびせられた藤作は、リリイのかげに身をちぢめるようにして、きょときょとし乍ら、スタンド沿いに、奥へつれ込まれて行った。

スタンドの中に立っている一人の女給が、藤作の様子に、ふと、憐憫《れんびん》のまなざしを送った。

この女給——黒田美智だけは、こうしたみだらな雰囲気に溶けあわぬ気品と淋しさをその容《よう》子《す》に滲ませていた。

美智は、さっきから、スタンドにくっついて離れない外人客の、露骨な欲情をむき出した凝視に、堪えがたい煩《わずら》わしさをおぼえていた。病身の美智は、ほかの女たちの数倍も神経の疲れがひどいのだ。それに、今日は、とてもからだ具合がわるい。

——ああ、いやだ！

胸のうちで、絶望的な呟きがある。なんの希望もなく、一日々々を、いのちを少しずつ削《けず》り乍ら生きのびている孤独の身を、美智は、ボロキレのようにどこかへすててしまいたくなる。それでいて、ほかの女たちのように、刹那的な無謀の振舞いの出来ない哀しさが、美智の容子を、一層いたいたしいものにしている。男たちは、かえって、このいたいたしさに、ざんにんな征服欲をそそられるのであろうか。

奥のコンパートに就いた藤作の目の前には、たちまち、ビールと盛合せの大皿が運ばれ、四五人の女給が、銀蠅のようにたかっていた。藤作は、黒鞄をかかえたまま、異常にこわばった表情で、おしつけられるままに、にがそうにビールをのむ。鞄の中には、二十万円入っている。生れて一度も人間らしい歓楽を味ったことのない藤作は、今宵はじめて、三十年間のおのれの実直に対して謀叛を起したのである。

リリイは、頰をすり寄せんばかりにして、しきりに藤作に、コップを空けさせようとした。

「さ、男らしく、ぐーっとおやりあそばせ。……そんなに、おどおどしないで――あたしがついているのよ。大丈夫。ねえ、あなたたち、この店は、はじめてのお客さまからは、チップなんか頂かないたてまえね」

「ええ、そうですわ。リリイさんがおつれになったお客さまですもの」

リリイと女給は、藤作にわからぬように、すばやく目配せを交した。スタンドでは、外人客が、しきりに、美智に、マンボを踊ろうと、誘っていた。

美智のからだ具合のわるいのを知っているバアテンが、この娘は踊れないのだ、となだめていた。

美智は、強い力で、片手を摑まれているのであった。毛むくじゃらな大きな手の、じっとりしたあぶらぎったなまあたたかさが、美智に、幾度か悪寒をおぼえさせていた。

急に――外人は、美智の手の甲《こう》へ、接吻しようとした。

「いや!」

渾身の力で、手をひっこめた拍子に、肱《ひじ》が、背後の棚にならんだコップに突きあたり、烈しい音とともに、破片がとび散った。

「あ、切ったね」

バアテンは、美智の手首をしゅっと走った赤い線に、小さな叫びをあげた。美智は、バアテンにささやかれて、急いで、スタンドから去って行った。

外人は、いまいましげに、舌うちして、ウィスキイをぐっとあおった。

奥では、藤作が、だんだん、酔うにつれて、気持が大きくなって来た。

「踊りましょうか――」

と、ささやき乍ら、リリイは、なにげないふりで、藤作の手を、自分の胸へふれさせる、藤作は、その胸の柔かな人工隆起に、しびれるような陶酔をおぼえた。

このおり――。

女給から一言も歓迎の嬌声《きようせい》をあびないで、のっそりと入って来たのは、先刻、学生をいためつけたヤラズの政であった。

まっすぐに、スタンドに来た政と、かたわらの外人の視線が、意味ありげにぶっつかった。そして、二人がすっとより添うと、何か小声で云い交すのを、見て見ぬふりしたバアテンは、ふと不吉な予感に襲われた。

――こいつら、たくらんでやがる。

バアテンは、政が、一年ばかり刑務所へくらい込む以前に、黒田美智を、腕ずくで犯したと自慢していたのをきいたことがある。娑婆へ出て来た政は、その事実を裏書きするように、ダニのように美智につきまとっていたが……最近になってふっつり、美智に近づかなくなった。それには、わけがある。美智の護衛者が出現したのである。

高森七郎と名乗る、その不気味な男がこの街へ、どこからともなくあらわれたのは、つい半年ばかり前のことである。

その男は、誰一人、交際《つきあ》いがなかった。態度も、異様におちつきはらっていて、出没は影のようにひそやかであった。当然、その男に対して、街のやくざたちは、敵意を抱いた。その敵意を封じたのは、戦後この一辺に圧倒的な勢力を占めている金平組の親分であった。ある夜、このプランタンで、高森と金平親分が、ばったり顔を合せた。すると、高森が、にやりとして、

「あんたも、いい顔になったたな」

と、冷やかに云いすてて、すれちがって行ったのである。親分は、その時、口が膠《にかわ》づけされたように一語も発しなかったが、あとで、子分たちに、

「あいつには、手を出すな」

と、たしなめたものだった。

そのことがあって、数日後に、与太者の一人が、黒田美智をアパートへ送って行く高森を見かけて、そっと、ヤラズの政に耳うちしたのである。爾来《じらい》、政は、表面上では、美智から足を遠ざけていたのだが――。

こうしたいきさつを知っているバアテンは、外人と政の密語が、美智に関することに相違ないと直感していた。

――高森さんに知れたら、ただじゃすむまい。

外人とわかれて、奥のコンパートのかげのドアから消えて行く政の後姿を見送り乍らバアテンは、胸のうちで呟いた。

政が、まっ暗の隠し梯子をのぼって、入って行ったのは、天井のひくい十畳あまりの座敷であった。

七八人の男が、賭場《とば》を開帳している。息苦しい沈黙が、部屋を圧している。皆の血走った視線は、蒲団に白い盆布を覆った盆茣座《ほんござ》の中央、壺振がぴたりとおさえた壺へ、食いつきそうに注がれている。

勝負に加っていないのは、例の不気味な男――高森七郎だけであった。床柱に凭《よ》りかかって、物倦《う》げに莨《たばこ》をくわえている。三十四五であろうか、若い日はさぞ美男子であったろう端正な顔立ちであったが、眸子《ひとみ》はにごり、皮膚はくろずみ、口もとのあたりにぞっとするような虚無の翳《かげ》が刷かれている。

高森は、音しのばせて入って来たヤラズの政へ、一瞥《べつ》をくれたが、すぐ目をそらした。

「勝負！」

壺振の押殺した声とともに、壺笊がさっとあげられた。

この勝負は、天賽である。サイコロは、五個。黒か白の目が、ひとつしかついていない。

「ちぇっ、また黒目か」

「今夜は、白目はだめだぜ」

しのびやかな、ざわめきが、ひとしきりつづく。

リリイが、酔ってふらふらする河原藤作をともなって、この賭場へあらわれたのは、それから一時間ばかり後のことである。

「みなさん、こんばんは――」

リリイの声にふりかえった一人が、

「リリイ、待ってました。お前さんがあらわれなけりゃ、勝負が、白目にばかり片よっちゃっていけねえや」

「お気の毒さま。もう大丈夫よ、あたしが来たからにゃ、黒目は、みんななぎ倒しちゃう。……さ、おじさん、こっちよ」

リリイは、ヤラズの政の脇へ横坐りになると、その横腹をちょいとつついた。政は、じろりと藤作を見やって、めて、藤作の横顔へ、憐憫の眼眸《まなざし》を投げたが、無言で立って、賭場を出た。

この様子を、高森は、うしろから、のこらず見ていて、不快そうに眉宇《びう》をひそめ、あらためて、藤作の横顔へ、憐憫の眼眸を投げたが、無言で立って、賭場を出た。

三

喧騒の店へ出た高森七郎は、ゆっくりスタンドに寄った。外人の姿は、すでにそこにはなかった。美智も、手首の手当をしに行ったきりである。

バアテンが、ある思い入れで、高森の横顔を、じっと瞶《みつ》めていたが、そっと前へ来た。

「高森さん、こんなことをきいて、慍《おこ》っちゃいけませんよ」

「おれが、慍ったのを見たことがあるかね？」

「いや……どうも、立入ったことを訊きたくなったんでね。……あんた、美智ちゃんとは、べつになんでもないんでしょう？」

「ああ、なんでもないよ。他人さ」

「しかし……」

「惚れてるんだろう、と云いたいんだろう？」

「まア、つまり――」

「惚れてはいない。が――おれは、あの人を大切に思っている」

バアテンは、その理由をききたい衝動を押えた。たしかに、高森は、美智に対しては、貴婦人に対する紳士のように言葉づかいもあらため、態度も慇懃《いんぎん》だった。

美智自身、それを訝っているのを、バアテンは知っていた。美智は、このキャバレーで、はじめて高森に出会ったにすぎないのである。

バアテンは、ブランデーをさし出し乍ら、

「美智ちゃんは、もうここが（と胸をしめして）相当進んでいるらしいですね」

「ああ、そうらしい。療養所へ入らなくちゃ、駄目なんだが――」

高森は、陰鬱な目を、グラスに落して、呟いた。

――きっと、この人は、美智に、金をつくってやるから療養所に入れ、とすすめたに相違ない。

と、バアテンは、察した。そんな好意をあかの他人から受けるわけにいかない、と美智が断ったことも、あきらかである。

――美智自身にもうちあけられない秘密の事情があるんだ。

バアテンは、あらためて、この素性の知れぬ不気味な人物を、沁々《しみじみ》と見やったことである。

バアテンにとって、半年前、この店へふらりと出現した時から、なんとなく心惹《ひ》かれる男であった。

この頃、美智自身は、プランタンの裏手の、木箱やら掃除道具やら毀《こわ》れた椅子やら廃物になった店内装飾品やらが、ごたごたとつみかさねられた路地にたたずんでいた。

羽目板に凭《よ》りかかって、ハンカチで口を掩《おお》ったまま、微動もせぬ姿勢がどれくらいつづいたろう。

ふと、ハンカチをはなして、夜空を仰ぐ。薄絹《レエス》のようなちぎれ雲にかかった月が、美智の生気をよびさました。

「まアきれい！」

この折、どこからか、すぐ近くで赤ン坊の泣き声がひびいて来た。

美智は、不審そうに、左右を見やった。路地は、左右とも断崖のように羽目板がつらなっている。

急に、火のつくように高くなった泣き声が、意外にも、すぐそこの塵埃箱《ごみばこ》のかげから発せられているのに気づいた美智は、息をのんだ。

「捨児なんだわ」

それは、さっき、通りで、牧田刑事が衝突した少女のかかえていた赤ン坊であった。

美智が、そこへ近よろうとした途端、不意に、影のように跫音《あしおと》もなく、美智の背後から、出て、さっと前をふさいだ者があった。

ヤラズの政の子分――五目ならべをやっていたテキ屋の若者であった。

「美智ちゃん、ちょっとでいいんだ、顔を貸してもらいたいんだ」

「なに？」

「いや、ただちょっと、お願いがあるんだ」

「どこへ行くの？」

「そこまでだ——」

表通りを、あごでしゃくったテキ屋は、そのむこうの曲り角に、長身の影をみとめると、ちいさく舌うちして、すばやく、それを、美智の視線からさえぎろうと、立った位置を変えた。

しかし、美智はもう見つけてしまった。さっきのしつこい外人客にまぎれもない。

「お断りします」

にべもなく云いすてて中へ入ろうとする美智の二の腕を、テキ屋は「おい！」と、すごん
で、鷲掴みにした。

「なにするの！」

「静かにしろい！」

テキ屋は、矢庭に、美智を抱きすくめて、手で口をふさごうとした。

烈しいもみ争いが、四五秒もつづいたろうか。美智の手が、無意識に、木箱の上に置かれ
た縄切り用の錆《さ》びた出刃庖丁へかかった。

突然、テキ屋は、「う……う……うっ！」と呻いて、前のめりに、美智に凭りかかった。

美智が、躱《かわ》すと、そのまま、テキ屋は、どさりと地べたへ崩れ込んだ。

美智は、驚愕と恐怖でわななき乍ら、よろめいて、羽目板に凭りかかり、カチカチと歯を
ならしていたが、急に、大きく苦しげに喘《あえ》いで、よろよろと、中へ戻ろうとした。

そうなる運命であるかのように、この哀れな女を発見したのは、裏口から店を去ろうとする高森七郎であった。

「お……どうしたんです?」

「わ、わたし……」

せわしく喘ぐ美智の、だらりと垂れた左手に、出刃庖丁が握られているのを一瞥《べつ》した高森は、愕然となった。

「あんた……なにを、やったのです?」

いそいで、出刃庖丁をもぎとった高森は、その場へ失神するようにうずくまる美智の頭上を跳んで裏口へ走った。

恰度、この折、牧田刑事が、しのびやかな足どりで、この路地裏へ入って来て、プランタンの二階の窓を見あげていた。

その二階では――

形相一変した河原藤作が、顫《ふる》える手で黒鞄をひらいて、千円札をつかみ出して賭けていたのである。リリイが、鋭く、ちらっと、黒鞄の中を見てしまって、ヤラズの政と、何か目で合図しあった。

――あそこだな、賭場は。外からじゃ、かくし座敷がつくられてあるとは思えないが……。と睨んでいる牧田刑事をおどろかせたのは、突然、すぐ足もとから、湧きあがった赤ン坊の泣き声であった。いったん泣きやんでいたのが、この時また爆発したのである。

びっくりした牧田刑事は、振りかえって、塵埃箱のかげへ目をとめた。

「やれやれ、可哀そうに、塵埃と一緒にされたか――」

捨児とわかって、ひろいあげてみれば、牧田刑事の直感は、鋭く働く。咄嗟《とっさ》に、先刻突きあたった少女の顔が、脳裡を掠《かす》めていたのである。

「おうよしよし……泣くんじゃない。お前の母さんは、まだ若すぎたんだね」

あやし乍ら、七八歩すすんだ牧田刑事は、さらに、目の前に、自分という人間を必要とする光景を見出さなければならなかった。

人が、倒れている。

そして、出口には、高森が、塑像《そぞう》の如く、出刃庖丁を握ったなり、立っていた。高森は、牧田刑事がこちらに気づくのを待っていたのである。

きらっと光った四つの目が、互いに、相手の顔を、食い入るように瞶《みつ》め合った。

偶然にも、二人は旧知の間柄であった。

「高森じゃないか――」

六年前、牧田刑事は、政界財界の有力者にまで累《るい》のおよぶ、大がかりな密輸事件で奔走したことがあったが、その首魁《しゅかい》が、この男であったのだ。取調べ中に、この男の小気味のいい度胸と、いさぎよい態度に、強く心が動かされた記憶も、昨日のことのようにあざやかである。

「牧田さんだったのか、こいつは、お誂《あつら》え向きだった」

「どうしたんだこりゃ――」

「ごらんの通り、おれがやった」

「君が――本当か？」

「おちぶれ果てると、このざまです」

牧田刑事は、泣き喚く赤ン坊をもてあまし乍ら、踞みかかって、死体を調べた。顔見知りのテキ屋である。

牧田刑事が、立ちあがって何か云おうとしたところへ、高森のうしろで人影が動いた。美智であった。幽鬼がこの世にあるものなら、それであったろう。焦点をうしなった眸子《ひとみ》を、宙におよがせて、美智は、高熱の悪寒におそわれたように、唇をぶるぶると顫わせた。

「あんたは、むこうへ行って、休んだほうがいい」

高森が、あわてて、その肩へ手をかけた――その刹那、美智の口から、ぱっと鮮血がふいた。

「あっ！　いかん！　おーい！　誰か――」

高森は、美智をかかえると、絶叫した。

四

この街を管轄する警察署は、昭和初年の建物で、外観も内部も、古色蒼然たるものである。

宛然《さながら》山間の村役場をおもわせる粗末な刑事部屋《でかべや》——ここは、昼夜の区別がない。街で起った無数の事件が、昼となく夜となく、この部屋へ、あるいは陰惨な、あるいは滑稽な、あるいは悲痛な、あるいは間抜けな風をおくり込んで来る。

いま、二人の刑事が、それぞれ取調べているのは、売春と窃盗《せっとう》である。

火のないストーブの前で、うなだれているのは、十五六歳の少女であった。少女の隣りには、長年の水商売で身も心も崩してしまった五十年配の女が神妙にかしこまっていた。刑事の声音はやさしい。

「……で、つまり、君は、その店が、あんな怪しい商売をしているとは、すこしも知らなかったんだな」

少女は、黙って頷く。

「つれて来られて、二日目に、客をとれと命じられたんだな」

隣りの女が、あわてて、

「旦那、そ、そりゃ、ちがいます。あたしのほうから……なにも……この子が出てもいいというもんだから——」

「君は、黙っていろ！（少女に）お客を、幾人取ったか、かぞえてみなさい」

もう一組の方は——これは、陽気である。

入口に近い、目下全国へ指名手配された極悪犯人の写真が貼ってある壁ぎわで、親指の爪を噛み乍ら、馴染の刑事とまるで友達みたいな会話を交しているのは、スリの千吉である。

刑事は、にやにやし乍ら、

「おい、千吉、あの鞄に、いくら入っていたと思う?」

「二十万は入っていると眼《がん》づけましたね」

「はっはっは、コンドル千吉先生も、ヤキがまわったな、たった七百円しか入っちゃいなかったんだぜ。街上スリ《ヒラバモサ》がなまじ箱師の真似をしやがるから、ドジをふむんだ。共謀《レツ》なしでやったところをみると、今度は、出来心ってわけかい」

「ちぇっ!　七百円か——あん畜生、大そうな恰好をしてやがって、まったく、人は見かけによらねぇや」

と、ぼやきつつも、千吉の敏感な鼻孔が、ぱくりとひらいた。廊下を近づく跫音はあきらかに、女の匂いを運んで来る。

はたして、若い刑事に連行されて来たのは、この街のバアレスク劇場の花形ストリッパアのジェーン花井であった。スプリングコートを袖を通さずにまとって、前をひき合せ、銀色の舞台靴をはいて、よろめいている。相当酔っている。顔も、舞台化粧のままであった。

「おい、こっち——」

ぐんとひっぱられて、手無しのジェーンは、よろめき乍ら不貞腐《ふてくさ》れて、

「そんなに邪険にしなくてもいいじゃないの。あたしの踊りをよだれをたらして見惚《みと》れていたくせに——」

「なにを云やがる。……来い!」

ジェーンが、うしろを通る時、千吉は、ふりかえって、その甘い香を、胸いっぱいに吸い込んだ。

「ああ、いい匂いだ」

と呟き乍ら、千吉は、刑事が、ジェーンを見ている隙をねらって、光の箱から素早く一本抜きとろうとした。刑事は、無言で、その手をぴしゃりと叩いていた。

ジェーンは、どすんと椅子に腰かけて、新米刑事をからかうように流眄《ながしめ》をおくって、

「あたしのところにね、たったいっぺんでいいから、あそこへ接吻させて下さい、って日参して来る大学生に、あなたは、そっくり――」

刑事は、とりあわずに、調書の準備して、

「本籍は?」

「その大学生ったらね、あたしの部屋に入ると、まず、壁にぶらさげたあたしのバタフライに、うやうやしく接吻するのよ」

「おいっ、本籍は?」

怒鳴られて、ジェーンは、ぷっとふくれると、つっけんどんな語調に変えて、

「この前の調書を見ればいいじゃないの」

「あらためて、供述するんだ」

「ちょいと、Gストリングが切れるたびに、こんなところへひっぱって来られちゃ、たまらないわ、あたしたちをつかまえるかわりに、絶対に切れないGストをつくって頂戴」

「Gストを切ると切らんじゃ、ステージのギャラがちがうんだろう。……ふざけやがって、落してそのまま踊りつづけたのは、どういうわけだ。知っているぞ、紐のついてないバタフライができてるじゃないか、カセックスとかいうやつが――」

これをきくや、ジェーンは、不意に大袈裟な身ぶりよろしく、声色をつかって、

「ホシをさされて見出されちゃァ、そっちがけえれといおうとも、こっちが、このまませえらねぇ」

すっくと立って、ぱっとコートを脱いだ。パンティひとつの裸体である。

若い刑事は、狼狽した。

「こいつ！　ちゃんと服を着てこい、と云った筈だぞ！」

ジェーンは、かまわず、「ラララ……ランララ……」と踊り出した。

千吉は、瞠目《どうもく》して、ごくりと生唾をのみ込んだ。少女も女も、あっけにとられた。

刑事たちは、にやにやして、べつだんとめもしなかった。若い刑事だけがあわをくって、
無理矢理、コートを着せかけようとした。

すると、ジェーンは、いきなり、刑事にしがみついて、思いきり甘ったれた声で、

「愛して……愛して……、ね、あたしを、抱きしめて――」

刑事は、夢中で突きのけて、ジェーンの頬を、したたかなぐりつけたものだ。

牧田刑事が、高森七郎を連れて戻って来たのは、そうした騒ぎのあとだった。

刑事部屋を覗いた牧田刑事は、売春の少女を取調べていた刑事を、

「加瀬君――」

と、呼んだ。

加瀬刑事は、廊下へ出て来て、牧田刑事が抱いている赤ン坊を見て、目をまるくした。

「捨児ですか」

「うん、すまんが、この赤ン坊を、わしの家へつれて行って、女房に預けて来てもらえんか」

「はア、しかし……奥さんは、ご迷惑じゃありませんか？」

「女房のやつ、心得とるんだ。前に二度程、預ったことがある」

「承知しました」

赤ン坊を受取り乍ら、加瀬刑事は、ちらっと、牧田刑事のうしろに立っている高森へ、目をくれた。

キャバレー・プランタンの殺しは、すでに通報があり、死体を収容する救急車を送っていたので、加瀬も知っていた。犯人は、牧田刑事がつかまえた、というが、この男がそうなのか。それにしては、手錠もかけられていないのは、どういうわけだろう。

牧田刑事は、高森に目配せして、捜査主任室へ入れ、と命じた。

「主任が、出張中でな、おれが取敢えず、調書だけを作っておこう」

牧田刑事が、罫線紙《けいせんし》をひろげて、墨をすりはじめると、高森は、黙って、莨を出して火をつけた。

高森の供述は、よどみがなかった。また、牧田刑事も、高森の素性経歴にくわしかった。ただ、肝心の点――殺人理由については、高森は、ひとこと、

「やくざ仲間の、愚劣な喧嘩です」

と、云っただけで、

「君ともあろう者が、あんな三下を睡らせるバカな真似はしないと思うがね」

と、牧田刑事が、はじめて老練者らしい鋭い眼光を射ち込んでも、牡蠣のように口をつぐんだなりだった。

牧田刑事は、高森が、いったん喋るまいと決意したら、頑として、梃子《てこ》でも動かない男であることを、この前の密輸事件で知りすぎる程知っていた。

「まアいい。君が、そう云うんなら、そうだということにしておこう」

五

この署の留置場も、戦後改造されたとはいえ、それは、鉄格子が新しく光っているぐらいのもので、ぜんたいの構造は、二十余年前のままである。左側に第一房から第五房まで、右側は、むこうからかぞえて第六房から第九房まで。第九房は、急病人や狂人を入れるために常時空けてあり、その隣りが、婦人房である。左右の房をへだてるのは、ぐらぐらの衝立《ついたて》である。衝立の彼方に、浴室と便所があり、こちら側に看守の机が据《す》えてある。

刑事部屋から戻されたスリの千吉のねぐらは、第八房であった。

同居人は、千吉のほかに三人。官房長（監房長の通称）はザイバツと呼ばれている庄司義男。詐欺罪前科七犯の男であった。庄司にとっては、詐欺は、破廉恥罪ではないそうである。殺人強盗強姦などとは、厳に区別されるべき、高度の智能操作を要する一種の事業だそうである。相手も紳士、こちらも紳士、きわめてなごやかな雰囲気のうちに取引は成立し——あとでバレてじだんだふんでも、それは相手の知能がこっちの知能に劣っていたので、あきらめて頂くよりほかはない、というわけであった。ゼントルマンを自任するだけあって、庄司は、ここにあっても、言辞挙措を下品ならしめないように大いに気をくばっている模様であった。

女衒《ぜげん》の三木勝太郎は庄司と対蹠《たいしょう》的になにからなにまで下等に出来ていた。皆には、この男が、四十八人の娘をだまして、貞操をうばって、売りとばしたとは、到底信じられない。千吉に云わせれば、多分それが事実とすれば、その四十八人は、全国不美人コンクールで、各県を代表し得る程のスベタに相違ないのであった。

世界金色教の教祖と称する鳴滝立照は、誰が見ても、あきらかな精神分裂症である。但し、礼儀正しさは、庄司ザイバツに勝るとも劣らず、終始端然《たんぜん》と坐して、口のうちで、

「南無妙法本覚本心本入如来……南無妙法本覚本心本入如来……」

と、となえつづけている。風貌も立派である。絶え間なく信者の差入れがあるので、この男の食事は、千吉と三木勝が横取りしている。

さて——、千吉は、房に戻るや、昂奮して、刑事部屋で目撃した一件を、べらべらやりは

じめた。

「それでよ。いきなりさ、こう、ぱっと脱いだらよ……（両手を、くねくねさせて、女の裸体を描き）一糸まとわぬ、砂糖のようなまっ白な全ストでよ……え、おい、いいかよ、ちょうどおれの腰かけている前でやったんだから、たまらねえや。……ぺこんと凹んだおへその恰好のよさ！　むっちりした砂丘を越えれば、こんもりした、まっ黒のオアシスがよう、あ、あ、畜生っ！　もう、いけねえ」

千吉は、大袈裟な身ぶりで、ぐらぐらと、三木勝に倒れかかった。

「止しやがれ、出鱈目ぬかすな」

「嘘かどうか、いまに来るから、見てろよ。いいぞおっ！　ふるいつきてえ代物だからな」

「おれは、生娘《きむすめ》でなけりゃ興味はねえ」

「ちょっ、そんなに生娘が見たけりゃ、こんど娑婆《しゃば》へ出たら、小学校の運動会へ行きやがれ。お手手つないだパンツひとつの生娘が、掃いてすてる程いらア。……官房長、ほんとですぜ。見てごらんなさい——あ、来た！」

千吉が、鉄格子へへばりつくや、ザイバツも三木勝も、思わず、腰を浮かせた。

若い刑事にひっぱられて、ふらふらした足どりで入って来たジェーン花井は、仏頂面で、看守の手塚巡査の前に立った。手塚は、無表情で、事務的に、指図した。

「バンドやなにかは、一切はずして……靴は、その草履とはきかえるんだ。……おい、早くぬがんか」

若い刑事が、苦笑して、

「下は、裸なんだ」

「え？　仕様がねえな」

手塚は、舌うちして、コートの上から、胸から腰までさわってみて、

「よし」

と、頷いた。

マネキン人形のようにつッ立って放心気味になっていたジェーンは、急に、両腕をのばして、大きなあくびをした。

「ああああああ……ねむい――」

第八房から凝視する六つの目が、コートの裾が割れて、ちらりとのぞいた白い下肢へ食いついた。

「ど、どうだ、ほ、ほんとだろう」

と、千吉が、三木勝を小突いた。

「う、うん――」

三木勝は、ごくんと生唾をのみ込んだ。

官房長は、娑婆にのこして来た若い妾の豊満な肉体を思い出し、居たたまれぬ焦躁《しょうそう》をおぼえて、――畜生っ、と肚裡でうなった。

ただ一人、教祖だけは、坐禅を組んで、目蓋《まぶた》をとじていた。

それから、十分あまり過ぎて――、
牧田刑事が、高森をつれて入って来た。

手塚看守は、相変らずの無表情で、この新入を迎えようとして、何気なく、高森を見やった途端、あっとなった。

「あんたは？」

高森は――高森もまた、はっとなったが、すぐ冷たい薄笑いを泛べた。

「今夜は、珍しい人によく会うな。映画のストーリイそこのけに、うまくお膳立てができてやがる」

「知りあいか？」

と、牧田刑事が、手塚に訊ねた。

「軍隊で、ずうっと――この人が小隊長で、僕が、伍長で――」

それをひきとった高森が、

「むかしはむかし、今は今だ。忘れてもらおう」

と、ひくく、しかし、きっぱりと云った。

手塚が、高森を、第八房へ入れて、戻って来るのを、牧田刑事は、待っていた。

まだ驚愕のさめぬ面持《おももち》の手塚を、外の廊下へまねいた牧田刑事は、小声で、

「親しかったんだな？」

「ええ。……勇敢な人で、僕は、レイテで、二度も、生命をすくわれています」

「そうか。……実はな、プランタンというキャバレーな、あそこの裏口で、テキ屋を殺《や》ったというんだが……怪しいんだ。犯人は、ほからしい。うしろに、女給がいたが――喀血《かっけつ》して、意識不明になっちまったんで、訊問出来ないんだが、どうも、その女の方が殺った臭い。しかし、証拠も証人もないんでね。……様子をみて、君からさぐってくれないかね」

「承知しました」

手塚は、つとめて無表情をつくり乍ら、看守机へ戻った。

第八房に入った高森は、じろりと、四人の先入へ視線をくれておいて、片隅へあぐらをかいた。

千吉が、目を光らせて、すごんでみせた。

「おう……なんとか挨拶したらどうだ?」

高森は、そっぽを向いたまま、かるく頭を下げて、

「よろしく――」

と云った。

「ちぇっ! そんな挨拶があるか。ちゃんとしろ、ちゃんと――」

しかし、高森の態度は、四人の存在など歯牙《しが》にも掛けない図太さをあらわしていた。

「おう、おうっ――ここは娑婆とはちがって、オキテがあるんだぜ。てめえ、まんざら、アイツキを知らねえ面じゃねえじゃねえか」

途端に、高森は、凄い形相で、千吉を、振りかえるや、

「うるせえっ！」

と、一喝した。

その権幕にびくっとなったものの、千吉は、ほかの三人の手前、虚勢をはって、

「なにをっ！」

と、目をむき歯をむいた。

手塚看守が、つかつかと近寄って「静かに――」と制し、じっと高森の様子をうかがった。

高森は、故意に、手塚から顔の見えない姿勢をとって、動かなかった。

手塚が立去ると、官房長のザイバツが、おだやかな声で、訊ねた。

「あんたは、なにをやらかしてパクられたんだ！」

「殺しだ」

高森は、なげ出すようにこたえた。

殺しは、この世界にあっても、絶対的な脅威をもっていた。四人は、ごくっと息をのんだ。

やがて、教祖立照が、重苦しい空気を救うように小声でとなえはじめた。

「南無妙法本覚本心本入如来……南無妙法本覚本心本入如来……」

六

深夜――。
月は落ち、高窓からしのび入る星明りは、わずかに、裸電球を、うすぼんやりと浮き出し

ているばかりであった。

毛布を胸までかけて仰臥した高森は、この暗闇の中で、ぱっくりと双眼を瞠《みひら》いていた。

脳裡を占めているのは、人間の運命というものの数奇《さくき》なる偶然性であった。

十年前、高森は、黒田美智の良人を殺したのである。

その時の光景を甦らせつつ、

――あのつぐないに、その女房の犯した罪を代って背負ってやったア――ふん、美談というやつだ。

と、自嘲の独語を、胸の中で洩らしている高森であった。

十年前――。

それは、ルソン敗走の当時であった。月日さえもさだかではない。黒田中隊は、山中を彷徨しているうちに、部隊と無連絡になり、糧秣《りょうまつ》を絶たれていた。行くさきざきの籾《もみ》を強奪して、百五十人あまりの食糧にあてていたのであるが、旅団をさがし求めて密林へふかくさまよい込むうちに、殆どすべての兵隊は、塩分の不足から、目に見えて、衰弱し、バタバタと倒れる者が続出した。

やがて、中隊は、ついに行軍を中止して、洞窟の中にこもってしまった。戦況がどうなろうが、もはやそんなことは問題ではなくなってしまったのである。兵隊たちは、飢餓のために、けだもののように目だけを狂暴に光らせはじめていた。逃亡する者さえいなくなっていた。一日二人ぐらいの率で、栄養失調と風土病の為に、仆《たお》れていった。恐るべき症状は、すべての兵隊の頭脳まで犯しはじめていたのである。

こうしたさなかに、ひとつの事件がもちあがった。中隊長の黒田中尉が、ある曹長を、射殺したのである。その理由は、すぐあきらかとなった。黒田中尉が持っている荷物を、その曹長が開いてみせて欲しいと、つめ寄ったからであった。その中に、必ず食糧品が入っていると睨んだからである。そういえば、黒田中尉一人だけが、あまり衰弱していなかった。

曹長を射殺したために、中隊長が食糧をかくしていて一人こっそり食べているという噂は、たちまち全員にひろがってしまった。そして、中隊長は、自分の荷物を公開すべきであるという要求が、騒然として起った。中隊長の当番兵は、数人の兵隊に、白状しろとつめ寄られて、それをこばむと猛烈な殴打《おうだ》をあびて、翌日息をひきとった。もはや、兵隊たちは、階級を完全に無視して、飢えた野獣そのものと化していた。

少尉であった高森七郎は、兵隊たちを集めて、自分が調査するから、暴挙はつつしんでくれ、とたのんだ。人望のあった高森の言葉に、兵隊たちは、一日の猶予をみとめた。

そこで、高森は、手塚伍長をつれて、黒田中尉のいる洞窟に入った。

ところが、黒田中尉は、二言三言押問答を交すや、いきなり、高森に拳銃をつきつけたのであった。思えば、その時、黒田中尉は、すでに頭が狂っていたのかも知れない。

高森は、本能的に、自己擁護の敏捷《びんしょう》さで、自分の拳銃を、腰からひき抜いていた。

黒田中尉の弾丸は、高森の肩を掠め、高森の弾丸は、正確に、黒田中尉の頭蓋へ打ち込まれていたのである。

黒田中尉の荷物からは、一人前十日分程の塩と、一箇の牛罐が発見された。

正当なる防衛であったとはいえ、二年間、生死を倶《とも》にした中隊長を殺した悔恨は、高森の良心を、ずうっと責めつづけた。

黒田中尉の遺族に対して、自分のなし得るかぎりの好意をしめそう、とかたく自分に誓ったのは、復員船の中においてであった。

しかし、高森は、黒田中尉の妻をさがしあぐねているうちに、国際的な密輸団にずるずるとひきずり込まれて、いつか、その度胸と辣腕《らつわん》を買われて、首領の位置に就かされていたのであった。

高森が、ゆくりなくも、キャバレー・プランタンの女給の一人が、黒田中尉の妻であることを知ったのは、刑期を終えて娑婆に出て来た直後であった。しかし、その時、高森は、無一文のやくざに落魄《らくはく》し果てて、食扶持《くいぶち》だけを、関東一円に縄張りを有する某大親分からあおぐ状態であったので、黒田美智が、倒れる寸前の身でキャバレーづとめをしているのを、むなしく腕をこまねいて見まもっているよりほかはなかったのである。

自分にしてやれることは、所詮こんなことだったのか——。と、今更に、われとわが運命をあざけりたくなるのも、高森としては当然のことであったろう。

突然、高森は、むっくり起き上った。

「担当さん……担当さん……」

ひくい呼び声に、すぐ、手塚看守の靴がひびいた。

高森と手塚の視線が、薄闇の中に、さぐりあうようにぶっつかった。

「便所か――」

「そうです」

錠前の音が、静寂の中に異常に高くひびいて、鉄格子戸が開かれた。

高森は、ゆっくりと廊下をあゆむと、便所へ入らずに、鉤《かぎ》の手に曲った浴室の入口へ立って、手塚にむかいあった。

「牧田刑事は、君に何かたのんだな」

おし殺した声音で、高森は云った。

手塚は、高森の慧眼《けいがん》にひそかに舌を巻きつつ、頷いた。

「牧田さんは、犯人は、あんたじゃない、と睨んでいますよ」

「喀血した女給の方だ、と云ったろう」

「本当に、そうなんですね？」

「いや、おれが殺ったんだ。牧田刑事に、おれがそう断言していると報告してくれ。……君にたのみたいのは、別のことだ。喀血した女給を、見舞ってやってほしいんだ。牧田刑事が調べに来ても、興奮のあまりくだらぬことを口走ったりしないでもらいたいとおれが云っている、とつたえてほしいんだ」

「……………」

「君に、拒絶されないために、打明ける。その女給は、おれが、あの洞窟で射殺した黒田中尉の妻君なんだ」

手塚は、心中で、あっと、叫んだ。そして、たちまち、いっさいを諒解した。

「いいかね。このことは、牧田刑事に告げないでくれ。たのむ！」

手塚は承知した。

手塚は、高森が黒田中尉を射殺した現場を目撃していたし、また、高森がそのことでどんなに苦悩したかを、内地の土をふむまでずうっと眺めて来ていたのである。

「じゃ――」

高森は、便所を出たふりをして、第八房へ戻って行った。その後姿を凝視し乍ら、手塚は、胸を圧する名状しがたい感慨にとらわれていた。

――こんなおそろしい魅力をもった男に、自分はもう死ぬまで二人と出会うことはないだろう。

七

小さな鉄格子の高窓が、徐々にあかるくなって、青空に泛ぶ一片の白雲があざやかになる。六時。手塚看守の声が、鋭く、「起床！」と叫ぶ。

七時、朝食。八時、点呼。看守は交替する。九時、押送者《おうそう》の番号が、呼ばれる。第八房からは、庄司ザイバツが出て行くことになった。スリの千吉は、いよいよ、官房長の地位につける。

九時半になって、最初の面会者がやって来た。中流家庭の中年婦人が三人、おのおの手に珠数をかけて、きょろきょろし乍ら、刑事部屋の前までやって来て、出て来た警官へ、世界金色教の教祖さまにお目にかかりたい、とねがった。

「また、面会か。……御熱心なことだな」

入れかわり立ちかわりやってくる信者どもに、うんざりした警官は、そっけなく、そこの長椅子で待っていろ、としめした。

婦人連が、その長椅子に目白押しに腰かけたおり、手錠をかけられた河原藤作と男娼リリイが、連行されて来た。

藤作は、一度に十年も年とった程憔悴《しょうすい》していたし、リリイは、化粧の剝《は》げた顔から、伸びた濃い髭をかくし様もなく、勝手にしやがれといった顔つきで、着物の崩れもだらしなく、裾はだけのぶざまな歩きかたをした。

婦人連は、阿呆のように、この二人を黙迎黙送した。

つづいて、こんどは、ジェーン花井が、昨夜とうってかわったしょげきった様子で、とぼとぼと出て行った。これも、婦人連は、中年女特有の黒瞳をひきつった目つきで、黙迎黙送した。

刑事部屋では——。

三木勝の取調べが開始されていた。

「おい、正確なところ何人売ったか、ちゃんと、かぞえろよ。こうなっちゃ、三人や四人かくしたってしょうがねえじゃねえか」

「旦那、そりゃ、無理ですよ。そういうところでかまわないからかせぎたい、とたのまれて、こっちは、ほんとにいいのか、と幾度も念を押してから、世話した娘ばかりなんだから——」

「おい！　三木勝、おめえ、五度も刑務所入りし乍ら、まだ、往生際がわるいたア、よっぽど見さげはてた野郎だな」

「だってさ、正直なところ——旦那、ひとつ、私の話も聞いて下さいよ」

と、喋りかけた三木勝は、恰度そこへ書類を持って入って来た一人の婦人警官を、ひょいと眺めて「あ——いけねえ」と小さく口走った。

五日前、パクられる原因となった——その田舎娘は、意外、この婦人警官ではないか。うらめしそうに見やる三木勝を、婦人警官は、完全に無視して、書類を、戸棚にしまうと、さっさと出て行ってしまった。

上野の旅館につれ込まれて、もじもじしていた田舎娘の、あの訛《なまり》のひどい東北弁や土くさい仕草は、お芝居だったのか。それにしては、なんという名演技だろう。

「はっはっはっ……三木勝、一生一代のドジだったたな」

刑事が、愉快そうにからかった。

「旦那、あの婦警さんにそう云って下さい。婦警なんてやめちまって、映画の女優になれって——」

「そんなことよりも……お前の懺悔《ざんげ》をきこうじゃないか」

「へえ……私だって、昔はね、レッキとした料理屋の亭主だったんですよ。ところが、おさだまりの戦災で、おまけに女房と息子は爆死です」

「ほう、そりゃ、気の毒なことをしたな」

「戦後になってから、たった一人のこった娘だけを頼りに、輪タク屋を開業しましてね。まア、その頃、仲間からポン引のコツを教え込まれたんですがね」

「それから?」

　ここで、三木勝は、悲痛な面持になった。

「旦那、まったくこの世は、ああ、無情でさ、十八になったばかりの娘を、アメ公の兵隊め、三人がかりで、輪姦しやがって……一生使いものにならねえまでに破裂させやがったんです。このことが、いつの間にか、近所の評判になったもんだから、可哀そうに、娘のやつ、家出しやがって、玉川上水へドブンと飛び込んじまいやがった――」

「うむ。……それで――」

「それからの私ア、年頃の娘さんを見るたびに、むらむらっとしましてね」

「アメちゃんを見て、むかむかっとなるんなら話はわかるが、そいつはちいっと筋違いだな」

「だってさ、旦那――。私ア、娘さえ生きていてくれたら……」

　と、云いかける三木勝のうしろから、

「森君。おれも、一度、その手を食ったんだよ」

と、笑いを含んだ声がかかった。

ぎょっとなって振り返った三木勝は、

「あ、牧田の旦那――」

「久しぶりだな、三木勝」

三木勝は、苦虫をつぶしたような顔つきになって、そっぽを向いた。

「おれがきいた時は、たしか、お前の娘は、十六で死んだことになっていたな。そうだ。あれからもう二年経っているからな、死んだ娘さんも十八になったたちゅうわけだ」

三木勝は、両手で頭をかかえ込んでしまった。

この時、面会客から、突如として、

「南無妙法本覚本心本入如来……南無妙法本覚本心本入如来……」

という唱和がひびいて来た。

三人の婦人が、珠数をまさぐり乍ら、一心不乱にやりはじめたのである。金網をへだてて、教祖立照は端然として、瞑目《めいもく》合掌している。

あわてて、廊下の警官が、「こら、やめんか、いかんいかん、お経はいかん!」ととめた。

牧田刑事は、三木勝の側をはなれようとして、ふと、むこうの椅子に項《うなだ》低れている河原藤作を認めて、怪訝そうに小首をかしげた。藤作と並んで腰かけているのが、男娼であることも、牧田刑事の不審を呼んだ。

つかつかと近づいた牧田刑事が、

「河原さんじゃないか」

と呼ぶと、のろのろと見あげた藤作は、たちまち泣くとも笑うともつかぬ複雑な、卑屈な表情になり、おどおどと目を伏せた。

牧田刑事と藤作は、戦時中、隣組同士で、親しく交際していたのである。

牧田刑事は、藤作へとも、前の刑事へともつかず、

「何をしたというんです、いったい、河原さんがこんなところへ？」

刑事はつめたく、

「公金拐帯《かいたい》です。昨日、この人の会社から訴えがありましてね」

牧田刑事は、唖然となった。

「河原さん……あんたが！……つい先月お会いした時、あんたは、勤続三十年の表彰をされた、とよろこんでいたばかりじゃありませんか」

藤作は、ますますふかく項低れてしまった。

かわって、刑事が説明した。

「魔がさしたんですよね。銀行から二十万円おろして、そのまま街をうろつきまわっているうちに、この化物につかまったんです」

この時、神妙に俯向いていたリリイが、はじめて口をひらいた。

「ひどいのよ、このおじさん、あたしがちょっと鞄へさわっただけで、もうまるで悪鬼みた

いになってさ。あたしの頸を締めるんですもの。本当に殺すつもりになったんだわ」

「莫迦《ば》《か》野郎っ！　一生女なんか買ったことのねえ石部金吉がはじめて放蕩しようとしてぶっつかった相手が、てめえじゃ、殺したくもならア。この前、女とばかり思っていたのが化物とわかって、かっとなってそいつをしめ殺した高校生がいたろう。このおじさんは、あの高校生と同じ気持で逆上したんだ。……牧田さん、こいつは、ヤラズの政というやくざと共謀で、金をまきあげようとしやがったらしいんです。賭場でやろうと失敗したので、温泉マークで奪いとる計画だったらしいのですが、男娼ということがバレて、この人が気ちがいみたいに騒いだので、政の方は逃げてしまったんです」

「河原さんが、公金を拐帯したり、男娼にだまされたりするなんて……世の中の人間がみんな信じられなくなるな。……ほんとに、魔がさしたのかな」

流石《さすが》に、牧田刑事は、暗然として呟いた。

藤作は、依然として、身じろぎもしなかった。悔恨と屈辱と恐怖が、その石のような全身から、じっくりと滲み出ていた。

八

留置場の中は、午後の時間が、いちばん長い。
第八房では――、
高森は、壁に凭りかかり、膝を抱いていた。

立照は、昨日と同じ姿勢で、坐禅を組んで、口のうちで、ぶつぶつとお経をとなえていた。新たに入って来た河原藤作は、虚脱したように、床の一点を瞶《みつ》めていた。

三木勝と千吉は、ちがっていた。

三木勝は、鉄格子のところで、目玉をぎらぎらさせて廊下の気配を警戒していたし、千吉の方は、床板の継目から、マッチの軸《じく》を一本と、小指の先ほどの硫黄のついた紙屑をほじくり出してけんめいにこすっていた。火がつくや、ポマードを光らせた頭髪の中から、小指のさき程の短い吸殻をとり出して、吸いつけた。

のど仏をひくひくさせて煙をのみ込む千吉の顔に、なんともいえぬ恍惚《こうこつ》とした表情が、あぶり出しのように浮きあがって来た。二服……三服……。

「おい！」

苛立った三木勝は、千吉から吸殻をうばいとって、吸いついた。

すると、いままで端然として坐っていた立照が、かっと目をむくや、四ン這いで、三木勝のところへいざり寄り、餓鬼《がき》のように両手をあわせて吸殻をもとめた。そして、一服吸い込んだ立照は、眩暈《めまい》におそわれてくらくらとなった。

この時、廊下に靴音がひびいた。

千吉、三木勝、立照は、あっと思う間に、それぞれの座について、何食わぬ顔をしたものである。

それから、一時間あまり過ぎてから、この第八房では、奇妙な模擬裁判がひらかれていた。

いずこの留置場でも、よく見うける光景である。

新官房長千吉が、検事兼判事となり、三木勝が弁護士となった。被告は、藤作であった。

千吉が、勿体ぶったポーズと口調で、訊問を下す。

「被告河原藤作は、関東製紙株式会社会計課に、勤続三十年、その間ただの一度の不正行為をなしたることはなかった。それにまちがいないな」

「はい」

膝をそろえて、項低れた藤作は、相手がほんものの裁判官でもあるかのように鞠躬如《きっきゅうじょ》としてこたえた。

「しかるに、一昨日、会社重役某の振出の小切手二十万円を銀行にて現金にかえた際、むらむらっと悪心をおこしたというわけだな」

「はい」

「なぜ、お前のような小物が、そんな悪心を起したのか？　正直にこたえよ」

「はい。……それは――」

藤作は、床の一点を瞶めて、云いよどんだ。

その脳裡に鮮かにうかんでいるのは、昨日の午に、目撃した、会社の専務室における光景であった。

藤作は、会計室の天井近くの棚の上に積んだ書類をとろうとして、脚榻《きゃくとう》に乗った時、そこの小窓から、隣りの専務室を、偶然見下してどきんとなった。

専務の膝には二十歳ぐらいの思いきり派手ないでたちの娘が乗っていたのである。

「ねえ、いいでしょう、ピアノがなければ、バレーの練習はできないのよ。あなたが、ほんとうに、わたしを一人前のバレリーナにして下さる肚なら……ねえ、いいでしょう？」

と、娘は、専務の頸へ両手を巻きつけて、くねくねとからだをゆすり乍ら、ねだっていた。

「いったい、ピアノというやつは、いくらぐらいだね？」

「神田の増本という、ピアノの中古品専門の店に、ドイツのロオセンという掘出しものが出たの。元宮さまが払いさげたんですって……もう二度と、あんな安くて、すてきなのは出ないんですって。十九万八千円――安いでしょう」

「そう簡単に云いなさんな」

専務は、苦笑し乍らも、右手では、娘の下腹のあたりをさぐっているのだ。

「だってさ、煙のように消えるんじゃないのよ。わたしをお払い箱にする時は、さっさと取りあげて、また売りとばせばいいじゃないの。増本ではいつでも引取ると云っているわ、……ね、ね、いいでしょう――」

娘は、いきなり、専務に接吻した。

藤作は、それ以上覗くのに堪えられないで、脚榻を降りた。

それから三十分ばかり過ぎて、藤作は、専務に呼ばれて、二十万円の小切手を渡され、キャッシュにして、ここへ届けるようにと命じられた。届先は、神田の増本ピアノ店であった。

藤作は、小切手をもって、自分の机に戻ると、しばらくぼんやりしていた。それから、机の抽斗をあけて、先日貰った表彰状をそっととり出してみた。

表彰状

河原藤作君

右者本社ニ入社以来三十年、一日ノ欠勤モナク、能クソノ与エラレタル職務ヲ完遂セリ。

依ッテココニ表彰シ一金壱万円也ヲ呈ス。

関東製紙株式会社社長

藤堂格之進　押印

——三十年無遅刻無欠勤で勤めた挙句の報酬が一万円……鼻声で甘ったれて二十万円……。

藤作は、ほっとふかい溜息をもらしたものだった。

やがて、銀行で、小切手を現金にかえて出て来た時、藤作の脳裡では、自らを鞭打つ烈しい独語がくりかえされていたのである。

——わしだって人間だ……わしだって人間だ……わしだって生きているんだ！

「おい、被告どうしたんだ？」

千吉が、せかした。

はっとわれにかえった藤作は、不意に堰をきったように喋りはじめた。

「私は、三年前に女房に死なれまして……子供もないし……まったくの一人ぐらしでございます……。なんのために、一人で、こうして、莫迦正直に、安い月給で、毎日働きつづけていなければならないのか……それが、私はつくづくイヤになりました……」

　これをきいて、三木勝が、ぽんと膝をたたいた。

「うん、わかるぞ、その気持はな」

「それで……つまり、その二十万円で、飲み打ち買おうという了簡《りようけん》を起したわけだな」

「はい」

「パクられた時、いくらのこっていたな？」

「二十四万円ほど――」

「え？　なんだって？」

「じつは……バクチで、五万円ほど儲けまして、一万円はつかいましたが――」

「へっ！　こいつはオドロキだ。盗んだ金に子を産ませて、パクられるなんて、神武天皇以来、きいたことがねえや」

　藤作は、急に不安な面持になった。

「私は……ど、どうなるのでございましょうか？」

　千吉は、いまいましげに、

「被告河原藤作、懲役二年に処す」

「え？　二年も……金を、か、かえしてもでしょうか？」

「但し、執行を猶予する。……安心しろよ、おっさん。大丈夫だよ、バカバカしくて、話にならねえや」

　こんな模擬裁判をきくともなくきき乍ら、壁にもたれて、高窓の彼方の美しい夕焼雲を、

じっと仰いでいる高森は、

――おれは、まず、十年、娑婆とおわかれだな。

と、考えていた。

九

再び、深夜がおとずれた。

留置場に隣接した武道場の柱時計が二時を報ずるや、高森は、昨夜と同じ様に、むっくり起き上って、手塚を呼んだ。

午後八時に交替して、この時を待っていた手塚は、その前に立つや、何もきかずに、錠前をはずした。

すると、高森は、廊下へ出る前に、わざと声をあげて、

「急に決心して、いますぐ、本当のことを白状したいんです」

と、云った。

「よし――」

手塚は、看守机へ、高森をともなった。

高森は、目を光らせて、すっと顔を寄せると、

「行ってくれたか！」

と、訊ねた。手塚は、緊張した面持で頷いた。

「おれの伝言をきいて、あの女は、何とこたえた？」

「あの女は、もう、駄目ですよ」

「え？」

「医者は、今夜中か……おそくても、明朝までしか……と云っています」

高森の顔が、みるみる悲痛に歪《ゆが》んだ。

「僕は、だから、しかたなく、あの女の耳もとに口を寄せて、ただ、高森七郎にかわって見舞いに来た、とそれだけつたえました」

「………」

「すると……あの女は、死ぬ前に……ひと目だけでいいから高森さんに会いたい、と――かすかに、それだけ……」

高森は、なにか云おうとしても、喉がつまった。突如として、自由を奪われた身の苦痛が、どっと心臓の色を噴きあげ、おそろしいまでに鼓動が速まった。その苦悩は、目前の手塚の全神経をびりびり痙攣《けいれん》させるほどの烈しさで、高森の五体からほとばしった。

不意に――まったく、手塚自身、いまのいままで意識もしていなかった言葉が、唐突《とうとつ》に、彼の口をついて出た。

「行きますか？」

そうささやかれて、高森は、わが耳を疑った。

「なに？　なんと云った？」

「行きますか、と云ったのです。行って会ってやりますか？」

高森は、固唾《かたず》をのんだ。

手塚は、自分の意外な冷静さに、自分でおどろきつつ、腕時計を見て、

「二時間あれば——四時までに帰って来てもらえばいい」

そう云ってから、黒田美智の入っている病院の名と住所を教えた。

高森は、無言で、右手をさし出した。手塚は、その手をしっかと握った。

非常口を開いて、高森を裏庭へ送り出してから、机へ戻った手塚は、はじめてひどい疲労感に襲われて、どさりと椅子に就くと、顫える手で、額の冷汗をぬぐった。

高森は、通り魔のように、裏庭を横切って、塀ぎわにとめられた自動車の屋根へとびあがり、かるがると、塀外へ、姿を消した。

しかし、この脱走を、たった一人目撃した者があった。

夕刻急に激しい腹痛を起して、二階の保護室に休んでいた牧田刑事が、喉のかわきをおぼえて、起き上って、窓辺の薬罐《やかん》へ手をのばした——その途端、彼方の塀をおどり越える黒影を、常夜燈の明りの上に、ちらっと視野の隅に映しとったのである。

一分後、牧田刑事は、留置場に入り、異常にこわばった手塚看守の表情から、何者かが——いや、高森七郎が脱走したことを直感的に読みとった。

「君は、高森に、戦地で、二度、生命をすくわれたと云ったな」

まず、牧田刑事の口から出たのは、穏かなその言葉であった。

「牧田さん……僕は――」

「落着け。まわりの奴らに知られたくないことだ」

「僕は……高森を……逃しました。……し、しかし、四時までに、帰ると、約束させて――」

「そうであってもらいたいね。……ともかく、待ち乍ら、逃した理由をきこう」

＋

高森は、二十分後、その病院の廻転ドアを押していた。

ひっそりと寝しずまった内部は、いたずらに、電燈の光が明るく冴えていた。受付にも、人影はなかった。

さして大きくないのが幸いであった。高森は、ゆっくりとした歩調で、病院の戸口にかかげられた患者名を読んで行った。その部屋は、一番奥にあった。

高森は、ひとつ深い呼吸をしてからノックした。

しのびやかに、細目にドアが開かれ、顔をのぞかせたのはプランタンのバアテンであった。

一瞬、バアテンの両眼が、驚愕のために大きく瞠かれた。

高森は、かすかな微笑で、その驚愕を受けとめた。

バアテンがドアを全開するや高森の微笑は消え、四肢が凍った。寝台に、仰臥した者の顔には、すでに、白布がかけてあったのである。

高森は、重い鉄鎖をひきずるような足どりで、寝台へ近づいて、そっと白布をつまみあげてみた。

やつれはてた死顔であった。しかし、生きることに疲れはてて、ついに永久の憩《いこ》いに就いた安らかさが、ほのかにただようていた。

高森の眸子が、じんわりと潤んだ。

妻でもなければ、愛人でもない――とうとう、心の中をうちあける機会もなしに他人で終った女の死顔を眺めるのは、こんなにも淋しいものであろうか。高森は、白布をもとにもどすと、静かに、バアテンをかえり見て、

「いつ死んだ？」

「つい、三十分ばかり前にね」

「そうか。……君が、ずうっとつき添っていてくれたんだね？」

「ほかに、見とる者がいないんでね」

「有難う。……すまないが、見とりついでに、骨にしてやってくれないか」

「その積りですよ」

「じゃ……たのむ」

高森が、歩き出すや、バアテンは、あわてて、

「ど、どこへ？」

と訊ねた。

「警察へ帰るんだよ」

と、答えかけて、高森は、急に顔へ厳しい色を湛えて、振りかえった。

「バアテン、このひとが、なぜ、あのテキ屋のチンピラを殺ったのか、わかるかね？」

「えっ！　じゃ、やっぱり、美智ちゃんが――」

「生きていりゃ、おれが殺ったで押し通すつもりだったんだが……。あんたなら、わかるだろう、どうしてこの人が殺ったか」

「それア……多分、無理矢理つれて行かれようとして、夢中で刺したに相違ないと思いますがね」

高森は、ちょっと考えていてから、

「あのチンピラは、ヤラズの政の子分だったな」

と、呟いた。バアテンは、心臓がどきりとした。

高森は、バアテンを、じいっと見据えた。

「バアテン、あんたの知っていることを教えてくれ」

口調こそ静かであったが、内にかくした鋭い気合は、眼光に閃《ひらめ》いた。ごまかしをゆるさぬ圧力をバアテンにくわえた。

バアテンが、怯々《おずおず》と、あの宵、外人と政との密語を、美智に対する企みと、自分は読んだと告げるや、高森は、ふっと不気味な微笑を泛べて、

「そうか、それで、どうやら、おれが、今夜、豚箱を出て来た甲斐がある」

と、云った。バアテンは、その意味を、さとると、膝頭が、がくがくと顫えた。

「高森さん！　あ、あんたは――」

「バアテン、政の住所を知っているだろう」

高森が、バアテンの書いてくれた略図をたよりに、その住所のある通りに入った時、どこかの家の時計が三時を報じた。

――あと一時間ある。片づけるのに、手間はかからん。署まで歩いて四十分とみれば充分だ。

古ぼけたアパートの、外廻りの階段を、ゆっくりと昇って行く高森の右手には、途中でひろったねじ曲ったガスの鉄管が携《たず》えられていた。

高森は、目的の部屋の前で「室町政一郎」と記した表札を見出して、――ふん、名前だけは結構なのを親から貰ってやがるな、と冷笑し、それから、どんどんとドアを叩いた。

「室町さん、電報ですよ。室町さん、電報――」

ドアが開かれるや間髪を入れず、高森は、鉄管を、相手の胸に擬して、ずいと踏み込み、ドアを閉めた。

流石は、ヤラズの政も体を張って生きる男であり、高森の出現に愕然となりつつも、ぱっと部屋の片隅へとび退いていた。

「政！　ドスの二本ぐらいは用意しているだろう。出してこい！　うらみっこなしに、同じ武器で勝負してやる」

そう云われて、政は、片頬をぴくぴくとひきつらせ乍ら、茶箪笥の抽斗《ひきだし》へ、そろそろと片手をかけた。

政が、さっと摑み出したのが拳銃であるのを一瞥した高森は、この危険をも予測していて、みじんも油断はなかった。銃口が、ねらいつけられるよりも一刹那早く、高森は、鉄管をふりかぶって、猛然と殺到していた。

銃声がつらぬき、弾丸が、ドアのダイヤ硝子をみじんに砕いた――その音響がしずまった時、ヤラズの政は、頭蓋を割られて、かっと目玉をむいたまま、のけぞっていた。

高森は、疾風の如く、部屋をとび出し、外廻りの階段を、一気に駆け降りた。高森の不運は、ちょうど、この折、下の往還を、パトロールの巡査が通りかかったことであった。

銃声をきいて、はっとなった巡査は、階段をのぼろうとしかけて、上から駆け降りて来る黒影をみとめるや、ぱっととびすさって家守のように壁に吸いついた。

階段の最後の段から、高森の片足がはなれるや、

「おい、待てっ！」

と、おどり出た巡査の猿臂《えんぴ》がのびた。

しかし、その手が、上衣のはしを摑むのと殆ど同時に、高森は、反射的に身をひねって、相手の顎へ、猛烈な一撃をくわえていた。一撃は、見事にきまり、巡査は、たたらをふむと、階段の手すりの角へ、したたかたたきつけられ、あばらが折れる程の疼痛に呻いて、がくんと膝を折った。

巡査が無我夢中で、サックから拳銃をひき抜いた時、高森の姿は、街燈の下を、七八メートルむこうにあった。

ふたたび、銃声が、深夜の静寂をつき破った。

瞬間、高森は、ぐうんと上半身を反らした。が、倒れなかった。いや、その速歩さえもにぶらせなかった。

「待て！」

巡査は、追跡しつつ、二弾三弾とうちはなした。

高森の行手には、高い土手の国電の線路が横にのびていた。そして、折から、すさまじい地響きたてて、貨物列車が通過しようとしていた。

土手へ駆けあがった高森は、その列車へ、いなごのようにとびついたのであった。

留置場の看守机では、手塚と牧田刑事が、黙然とし、微動もせずに、待っていた。

——高森は、帰って来るか来ないか。

手塚も牧田刑事も、高森を信じたかった。しかし、手塚はいざ知らず、牧田刑事の二十余年の経験は、それを強く否定していた。

手塚は、腕時計を見た。

四時五分前である。

四時になったら、手塚は、いさぎよく、牧田刑事へ、両手をさし出すほぞをかためていた。

四時二分前になった。

と――。

非常口の戸が、徐々に開くのを、二人は、見た。

高森は、帰って来た！

のそりと廊下へ立った高森は、悽愴な微笑をつくり、まるで、酔っぱらっているようによろめきつつ、緩慢な歩行で進んで来ると、机へ両手をついた。そして、喘ぎ喘ぎ、

「何時だ？」

と、訊ねた。

「三時五十九分！」

手塚が、こたえると、にやりとして、

「まだ一分ある――」

と、呟いて、そのまま、高森は、ずるずると三和土《たたき》へ崩れ落ちた。牧田刑事が、抱き起した時は、すでに高森の息は絶えていた。

十一

今日も、昨日にひきつづいて、明るい朝である。

署の前には、押送自動車がとまっている。その前に、十人あまりの男女が、珠数をもってたむろしている。

やがて、七八名の容疑者が、手錠をはめられて出て来たが、その中に、教祖鳴滝立照が混

っているのをみとめた信者の群は、一斉に合掌して、「南無妙法本覚本心本入如来」を唱和しはじめた。押送車が遠ざかり、信者の群が散った頃、一人の少女が、赤ン坊を抱いて、玄関へあらわれた。

送って出て来たのは、牧田刑事である。

「いいかね、どんなに苦労しても、赤ン坊を育てるんだよ」

「はい、いろいろ有難うございました」

少女は、ていねいに、いくどもお辞儀して、去って行く。

それとすれちがいに、恰幅《かっぷく》のいい立派な紳士が、玄関に立った。

「ちょっとうかがいますが……河原藤作君の入っていますのはこちらでしょうか？」

「そうです」

「私は、こういう者ですが、河原君のことにつきまして――」

牧田刑事は、さし出された名刺を見て、遽《にわか》に顔色をあかるいものにした。紳士は、関東製紙の社長であった。

「実は、河原君を罪におとさないようにお願いしようと思いまして、おうかがいしましたのですが……」

「それは、どうも……さ、こちらへ――」

二人は、肩をならべて、中へ消えた。

青空に、白雲が一片、ぽっかりと泛んでいるのも、昨日と同じであった。

三行広告

プロローグ

明るい朝である。

高円寺《こうえんじ》四丁目の高台一帯は、かなりの高級住宅がならんでいるが、そのうちの、先ず見うけたところ、一番瀟洒《しょうしゃ》な構えの邸宅に、この物語の主要人物三人が住んでいると、思って頂きたい。

小綺麗な茶の間に、今むかいあって、食卓に坐っている河森亮作《かわもりりょうさく》夫妻。河森亮作は、三十八歳、鼻下に髭をたくわえているが、それがいっそう整った顔の造作《ぞうさく》を柔和にみせて、いかにも洗練された温厚な英国型の紳士の風采である。そういえば、どこやら、英外相イーデンに似ている。

妻の頼子《よりこ》は、三十二歳、目もとに多少の険があるのを除けば、非一点うちどころのない魅力的な美貌である。中年女性の脂肪に手入れがゆきとどき、艶やかな肌理《きめ》は、先ず男の好色をそそらずにはおくまい。

まさに、恰好の夫婦というべきであろう。そして、茶の間の雰囲気も、この夫婦にふさわしく、品よく、平穏で、あかるい。

「はい、リンゴ」

「うむ」

さし出されたリンゴの一片を、口にし乍らも、亮作は、手にした新聞から目をはなさない。

実はこの夫婦は、さっきからひとことも口をきかず、いまはじめて、たったそれだけの会話を交したきりである。

いったい、これは、どういうことなのであろう。

この平穏な、幸福めいた朝餉《あさげ》の席にあって、良人と妻は、てんでに、自分勝手なことを考えていたのである。

良人の方は、かなりの興味をもって、手にした東都タイムスの三行広告欄を眺めていた。

その三行広告には、募集、事業、売家、金融等の案内のほかに、最下段に、奇妙な案内が掲載されていた。

例えば、

> **交際** 文通結婚援助のために絶対秘密に佳きパートナーをご紹介します会員すでに八百名以上電話何番品川緑森会

といったたぐいで、文句に多少のちがいこそあれ、趣旨は同じの怪しげな会が、およそ十数件も並んでいたのである。

河森亮作は、今朝まで、迂闊にも、こんな三行広告に、全く気がつかなかったのである。

もし、昨日、中学大学ともに一緒だった親友黒木太平に会わなければ、あるいは、永久に気がつかなかったかも知れぬ。

昨日の夕刻、東京駅の八重洲口で、ばったり顔をあわせて、「やあ」「やあ」と肩をたたきあい、近くの喫茶店に入って、久闊《きゆうかつ》を叙《じよ》した後、亮作が、相手の仕事を訊ねると、

「はははは、謹厳《きんげん》な君がきいたら腰を抜かすような商売だよ」という返辞《へんじ》だった。

ビールを三本ばかり空にした時、黒木は、

「しかし、われわれの仲間で、君ぐらい幸せな人間はいないね。親爺さんの築きあげた肥料会社をそっくりうけ継ぎ、美人の奥さんを持って、ヌクヌクとくらしていられるなんざ、まさに天国だな」

と、云った。

亮作は、苦笑して、

「はた目にそう映るだけに、僕もやりきれないんだ。僕は、ちっとも羨望されるような生活はして居らんよ。女房とは、二年ばかり前から、夫婦関係を断っている。子供はないし、全く孤独だよ」

と、つい正直に告白した。

「どうしたんだ、そりゃ——？」

「二年前に、僕は、もののはずみで、会社のタイピストと恋愛をして、妊娠させて、内密にしまつしたんだが、そいつが女房にバレてね。女房め人一倍勝気なもんだから、報復的に若

い愛人をつくって火遊びしやがった。それから、こじれっぱなしさ。……世間体は夫婦でごまかし乍ら、お互いに、そっぽを向いて、倦怠《けんたい》をきわめているよ。そうなると妙なもので、僕も女房も、思いきって浮気も出来ないんだね」

「ふむ！」

黒木太平は、じっと亮作を瞶《みつ》めていたが、にやりとすると、

「それじゃ、おれのやっている仕事を打明けてもいいな。君たちの倦怠をすくう手助けが出来るかも知れないぜ」と云って、鞄《かばん》から一通のパンフレットをとり出したのであった。

受取って、一読した亮作は、啞然として、

「これを、君が経営しているのか？」

「そうさ。こういう会が、東京に二十幾つもある。三分の二は、インチキだ。あとの三分の一も、羊頭狗肉《ようとうくにく》のたぐいで、およそケチくさい媒介業だが……どっこい、おれの会だけはこのほかに特別クラブというのをつくってある。こいつは、猟奇とスリルを堪能《たんのう》させるだけの仕組みが完備しているんだ」

黒木は、だまされて二万円すてたと思って特別クラブ員になってみないか、とすすめたのであった。

亮作は、この黒木太平という男が、中学時代から一風変ったところのある性格の持主で、大学を出てから、中国や印度を放浪していたことを知っていた。敵にまわすと怖しいが、友人としては絶対信頼のおける人物だった。

——もしかすれば、この男のことだから、相当大仕掛な秘密組織の享楽機関《きようらくきかん》をつくりあげているのかも知れない。

と考えた亮作は、そこを覗いてみる決心をしたのであった。

いま、亮作が見ている東都タイムスの三行広告欄にも、黒木太平の会の案内は出ていた。

結婚　交際援助を望む方の為に作られた
太平洋サービスクラブ銀座五の三
電話何番、応分のお金をご用意下さい。

べつに、ほかの会と、すこしも変ったところはなさそうだ。ただ、最後の『応分のお金をご用意下さい』というのが余計なつけたりらしいが、どうやら、これに重大なふくみがあるようだ。夢だけ豊かで、懐中の乏しい青年男女は、敬遠するという意味であろう。

——兎も角、今日、十時に黒木をたずねて行ってやろう。

と考えている亮作へ、ちらっと一瞥くれた妻の頼子の方は、

——この人は、いよいよ、たまらなくなって、浮気をはじめようとしているのだ！

と、肚の中で自分に呟いていた。

頼子は、昨夜、良人が、春外套《スプリングコート》を脱ぐ際にとり落したパンフレットをひろっていたのである。良人が入浴している間に、頼子は、そのパンフレットを読んだ。

それには、こう書いてあった。

『皆様、もっと人生を楽しいものにしたいとお思いになりませんか。心の中で描《えが》いている夢

を、一日だけでもいいから実現してみたいとお考えになりませんか。いいえ、いまはげしい恋愛に熱中していらっしゃる方々は別なのです。恋人を持たず、そのチャンスにめぐまれない若い人々、あるいは中年におなりになって家庭も円満だし、経済的にも安定したが、やっぱりどうも退屈だと仰言《おつしや》る紳士、それから未亡人におなりになってずうっと静かなおくらしをなさっているうちに、なんとなく生甲斐を見失って、物足りない孤独感をかこっていらっしゃる奥さま――そんなお方に、当会『太平洋サービス・クラブ』は、最もふさわしいパートナーをご紹介したいと存じて居ります。勿論、ご紹介申上げたお二人が文通、交際、結婚へとお進みになることを趣旨として、当クラブは発足いたしましたが、会員におなりになった方々の強いご希望もありまして、一日だけの恋人になる美しいサービス員（男女とも）も、当クラブには居ります。散歩に、ダンスに、音楽や映画の鑑賞に、何卒お伴をお申しつけ下さい。

当クラブは、ＡＢＣＤの四会に別れて居ります。

Ａ会員は、結婚を目的とする。初婚、再婚を問わず理想の配偶者を迅速に御紹介。

Ｂ会員は、交際をご希望の方々、ダンス、音楽、映画、散歩等にご希望に応じたフレンドをご紹介。

Ｃ会員は、文通のみをご希望の方々、悩みや夢を文章に託して、全国の人々と親しく語らうために、月刊キューピットを刊行。

D会員は、援助をご希望の方々、女子学生、オフィスガール、女優、未亡人等、多数の美しい淑女が理解をもった紳士のご援助を求めて居ります。また、男子学生、サラリーマンで、経済的に恵まれたご婦人のご援助を待って居ります。

猶、そのほかに、当クラブには、『特別会員』の組織があり、これは、猟奇とスリルを欲する方々のためのものです』

頼子は、なにやら、かっとなって、ひき裂こうとしたが、ふっと思いとどまって、急いで、『太平洋サービス・クラブ』の住所と電話番号を写しとって、そっと良人の上衣のポケットへ戻しておいたのであった。

で——。

今朝の夫婦は、常にもまして猶更《なおさら》に、冷たい敵意に近いものを、心の中にひそめていた次第である。

亮作は、かるく咳払いして、腰を上げた。

「今夜は、横浜まで行く用件があるから、もしかすれば泊って来る」

それには、妻の返辞はなかった。そのかわりに、

「わたし、すこしお小遣い欲しいんですけど——」

と、云った。

亮作が、一万円渡して出て行くや、頼子は、急いで、中廊下の電話器のところへ行った。

「もしもし……太平洋サービス・クラブですか?」

恰度このおり、二階から降りて来た、ピンクのパジャマの娘が、鈎《かぎ》の手になった廊下の曲り角に来て、この声をきいた。摩利子《まりこ》という。亮作の兄の娘で、夫婦間の険悪な空気を緩和するために、半年前から、静岡から呼び寄せて、寄宿させているのである。

「もしもし……そちらでは、恋人をお世話なさるんですの？」

この奇妙な質問をきいては、若い娘たるもの、きき耳をたてずにはいられない。摩利子は、ぴたっと壁へ身をすり寄せて、そうっと片目だけ、中廊下へ覗けた。

「……河森亮作という人が、会員になって居りますでしょう？……なって居る筈ですわ。わたくし、ききましたもの。……え？　ええ……わたくしも、そう……おねがい出来れば――入れて頂きますわ。……そちらは、銀座のどのあたりにありますの？……電通の――別館の裏？　太平洋ビルの二階？……そう、わかりました。今日でもうかがえれば、すぐにパートナーをご紹介下さるのね？……え？……はァ？……いいえ、わたくし、べつに、河森亮作さんとは、無関係ですわ。……それじゃ――」

ガチャリと電話をきって、すっと茶の間に入る音をきいて摩利子は、首をすくめた。

――叔父さまも、叔母さまも、いったい、なにをしようってのかしら？　太平洋サービス・クラブって、なんなのかしら？

摩利子は、遠まわりして、庭に面した廊下から、茶の間に入った。

「おはようございます、叔母さま」

「もう、九時半よ」

つめたい口調で云いすてて、頼子は、つと立って奥の間へ入った。

「摩利ちゃん、わたし、これから出かけますから……たぶん帰りは夜になると思いますから、夕飯は勝手につくって上って頂戴」

摩利子は、もう一度首をすくめ、ぺろりと舌を出した。

「はァい」

十時半に、頼子は、出て行った。

それから二十分後には、摩利子もまた、女中に留守をたのんで、颯爽と、とび出して行ったのであった。

第一話　三つの賭

一

銀座五丁目の太平洋ビル二階にあるサービス・クラブはなんの飾り気もない、だだ広い部屋に、ソファと肱掛椅子《ひじかけいす》が七八つ、ほかに、南向きの窓ぎわに大型テーブルがどっかりと据えられてあるきりだ。

亮作が入って行くと、そのテーブルに、黒木太平が、顎杖《あごづえ》をついて、葉巻《はまき》をふかしていた。

「殺風景だね」

見わたしたところ、壁には絵一枚ないし、テーブルには花もない。

「商売繁昌している風に見えないね」

「うむ。ここには一切の証拠品を置かないんだ。どうせ、やくざな裏街道をあるいている商売だからね。……第一、あんなパンフレットを見て、本当に結婚目的でやって来る人間なんて、およそ取柄のない下等人種だからね。まァ男の方は、それでも一応ちゃんとした会社につとめている奴もいるが、女ときたら、なんのために女に生れて来たかわからんような醜悪な面ばかりなんだ。まるで、醜婦《しゅうふ》救済業みたいなもんだ」

「だって、そんな連中に、なんとか愉《たの》しい思いをさせてやろうってのが、目的なんだろう」

「そうさ。だから入会金六百円、会費月額三百円を前納して頂いて、どこそこの駅のプラットホームへ何日何時にお出かけ下さい。胸に、当クラブの徽章《きしょう》をつけた青年がいらっしゃいますから、どうぞ、何処へなりと、アベックでいらして下さい、というわけだ。醜婦の方は、会って、失望することはすくないようだが、相手の青年は、人三化七《にんさんばけしち》におったまげて、すぐに三十六計をきめ込むのがオチのようだな」

「パンフレットによると、ここで常雇《じょうやと》いのステッキ・ガールだか、ステッキボーイだかもいるらしいじゃないか」

「いるよ。そこいらのジャズ喫茶で、待機させてある。美人三人美青年三人、但し、これは、文字通り、散歩用のステッキだ。ホテル用の女は、浜松町のアパートを五室借りて、七人ばかりごろごろさせてある」

「成程――」

「ここまでは、そこいらの恋愛媒介所とご同様さ。これだけじゃ、儲けもみみっちいし、黒木太平ともあろう男子の事業ではないさ。特別クラブの方こそおれの真骨頂――アメリカ人、フランス人、中国人などを交えて、一夜のうちに五六百万円もの勝負をするサロンさ、余興もいろいろと添える。映画やストリップや」

「危険な商売だな」

「長くつづけようとは思わんね。……ところで、君がやってくるすこし前に、君の奥さんらしい人から、電話があったぜ」

「そうか、実は、昨夜、わざと、パンフレットを落して、女房に読ませたんだ。女房のやつ、なんと云ったかね？」

「自分も会員にしてもらって、恋人を紹介して頂きたい、という口上だったね。やって来たら、どうするかね？」

亮作は、一瞬、渋い顔をして考え込んだが、思いきって、

「手頃の相手をあてがってやってくれ」

と云った。

「いいのかい、おい」

「うむ。このあたりで、僕たち夫婦は、そろそろ決着をつけなければならんのだ」

黒木は、なにかを思い秘めた眼眸《まなざし》で、亮作を食い入るように凝視したが、

「おい、河森、おれは、ごらんの通りすっかり煮ても焼いても食えない悪党になったが……君に対する友情は、むかしと変りない積りだ。……君の奥さんが、やって来たら、再び、君のもとへ帰すようにしたいものだな」

「妙なことを云うじゃないか」

亮作は、怪訝そうに見かえした。

「うむ。まァ……ひとつ、この黒木太平にまかせてくれ。……女なんて、やっぱり、弱いものなんだ」

謎めいたことを洩らして、黒木は卓上のベルを押した。

すると、すぐに、次の室をへだてた扉があいて、いかにも可憐で清潔な美少女があらわれた。

「この方を、あ、そ、こ、へご案内してくれ」

「はい」

礼儀正しい挙措動作《きょそどうさ》を、感心して眺めている亮作に、黒木は、笑い乍ら云った。

「こいつは、上野の浮浪児だったんだ。おれがひろいあげて、育てて、躾《しつけ》をほどこして、バレーをならわせている。悪党の罪ほろぼしの慈善事業さ」

亮作は、内心で頷いた。

――この黒木という男は、こういう奴なんだ。屹度《きつと》、秘密の賭博クラブで儲けた金は、孤

児院や戦災母子寮などに匿名で寄附しているに相違ない。

やがて、亮作のつれて行かれたのは――。

戦後、東京という街は、むかしの上海化《シャンハイか》した、とよくいわれているが、まさしく――亮作がつれて行かれた麴町《こうじまち》平河町にある大邸宅内の雰囲気など、善良な市民には、想像もつかないであろう。

おそらく十九世紀の仏蘭西《フランス》貴族《きぞく》のサロンというのは、かくもあろうか、と想像する広間へ通された亮作は、ほの暗い柔かな照明の下で、ルーレットや骨牌《カルタ》の卓をかこんでいる人々の半ばが、外人であるのを認めると、

――これは、黒木が一人で経営しているんじゃないな。大金をもった外人と共同か――いや、むしろ、黒木の方が、客引きとして傭《やと》われているのかも知れない。

と、思った。

高い窓は、すべて血の色をした垂帳《カーテン》に掩《おお》われていた。アルジェリア風の蒲団椅子《ディイヴァン》、公爵でも腰を下したであろうような肱掛椅子。床に敷かれたペルシャ絨毯《じゅうたん》も真紅《まつか》である。大理石のマントルピースにならんで、古風な紅木《ボア・ド・ローズ》で造ったピアノが据えてある。

客は、十数人もいるであろうか。いずれも、一分の隙もない身なりである。そして、なんという礼儀正しさで、この静けさをたもっていることだろう。ルーレットのまわる音と、骨牌を切る音のほかは、しわぶきひとつしないのだ。

「どうぞ、こちらへ――」

美少女は、亮作を、とある卓へいざなった。

二

亮作が、骨牌《カルタ》賭博《とばく》の一勝負を終った頃、その妻の頼子は、太平洋サービス・クラブの扉をノックしていた。

「どうぞ——」

入って来た頼子を一瞥するや、黒木は、

——河森の細君だな。噂にたがわず凄い美貌だ。

と思いつつ、何食わぬ顔で、進み出て、慇懃《いんぎん》に、ソファをすすめた。

「あの……わたくし、さっきお電話した、河森亮作さんの知合いの者ですけど——」

「は、わざわざおいで頂いて、光栄に存じます。河森さんには、ずいぶんいろいろなお智慧を拝借いたして居ります。河森さんのお知合いの奥さまでございますと、私どもも、最大のサービスをいたしたいと存じます。どういうご希望がございましょうか?」

と訊ねられても、頼子も、流石に、言葉につまった。

「クラブのパンフレットは、お読み頂けましたでしょうか?」

「ええ、拝見いたしました」

「A、B、C、D、いずれをご希望でございますか?」

「Bです。でも——」

「はァ？」

「わたくし、美男子の方でなくてはイヤですわ」

頼子は、わざとコケティッシュに笑ってみせた。

「よろしゅうございます。恰度、都合がよろしいことに、今日、ここへ遊びにやって来る青年が一人居りますが、理想的――とまではいきますまいが、ほぼ、奥さまのお気に入る男ではないかと存じます」

「あの……でも、わたくし、散歩とダンスと――せいぜいそれぐらいのおつきあいでいいんですのよ」

「わかって居ります。イヤだとおぼしめしたら、会ってすぐお別れになっても結構でございますし、喫茶店でお話になってみて、つまらん相手なら、コーヒー代もお払いになる必要はございませんよ」

「まァ、ほほほほ、コーヒー代ぐらいは払いますわ」

頼子はハンドバッグをひらいて、入会金と会費を払った。

「では、こういたしましょう。正午かっきりに、有楽町の、毎日新聞がわの出口でお待ち頂けませんか。この赤い薔薇を、胸におさしになって――」

頼子は、立ち上って、ちょっと、もじもじしていたが、

「河森さんは、もう今日ここへいらっしゃいましたか？」

と、訊ねた。

「いいえ、いらっしゃいませんよ。お会いになりたいのなら、会社の方へお電話してさしあげましょうか?」

「い、いいえ、よろしいんです」

頼子は、いそいで、部屋を出て行った。

――やれやれ。

黒木は、大きな背のびをひとつして、どさっとソファへ腰を据えると、葉巻に火をつけたが、いったいどんなこんたんをめぐらしたのか、一人ににやりにやりと北叟笑《ほくそえ》んだことだった。

正午かっきり――。

頼子は、有楽町駅の、毎日新聞社がわの出口で、かなりの不安と期待を抱いて、亻《たたず》んでいた。

「失礼ですが――」

背後から、ひくいバスで呼びかけられて、はっと振りかえったとたん、頼子は、一種異様な、戦慄に似たショックをうけた。

頼子は、今日まで、こんなに秀麗な、しかも陰鬱な青年を見たことがなかった。年頃は、頼子と同年配ぐらいであろうか。

その広い額は、明識と才華をしめし、その双眸《そうぼう》は、沈鬱な孤独感をひそめ、秀でた鼻梁《びりょう》は、名門のなごりをとどめているかと思われる。そして、それらをつつんだ蒼白な、陰翳のふかい輪郭に、虚無的な、人生に傷ついた鋭い感覚をあらわにしていた。

すばらしく魅力的であると同時に、女性をおそれさせるものを内にひそめているようだった。

「奥さんは、僕をお待ちじゃありませんでしたか？」

「は――はァ」

頼子は、一瞥でぐっと惹きつけられた怕《こわ》さに、逃げ出したい思いに駆られた。どうせ、ステッキ・ボーイなんかやるような青年なら、ジャズでも口ずさみ乍ら、タンゴのステップをひきのばしたような歩きかたをする、リーゼントの、知性などとは縁遠い恰好のイカレ男があらわれるのじゃないか、などとも想像していた頼子は、まったく虚を衝かれたていであった。

おそらく、これ程妖しい魅力をそなえた青年は、東京中をさがしても、ザラには居るまい。

「どちらへ、お行きになりますか？」

「は――はァ」

頼子の戸惑いは、容易にたちなおりそうもなかった。

「奥さんは、競馬をおやりになったことはありますか？」

「い、いえ――」

「じゃ、いかがです。府中へ参りますか」

頼子は、青空の下で大群集に交ってこの青年と行動をともにするなら、べつに危機もまねくまい、と思った。実は、それは、とんでもない考えちがいだったのだが――。

「参ります」

頼子は、承諾した。

三

頼子と不思議な青年が、府中にむかって自動車を走らせている頃、『太平洋サービス・クラブ』へノックもせずに、入って来たのは、河森亮作の姪の摩利子であった。叔母の電話で、住所を盗みきいて、興味津々でやって来たのである。

「こんにちは――」

まるで、親しい事務所へ遊びにでも来たような明るい調子で、摩利子は、ぺこんと頭をさげた。

恰度、黒木太平は、一人の客とさしむかっているところであった。客は、一見して芸術家の匂いをたちこめさせた中年の紳士であった。

黒木は、何気なく顔を向けて、

――おやおや、こりゃ、今日は、美人の訪問する日なんだな。

と、摩利子のピチピチした美しさに目を瞠《みは》った。

「こちらですのね、恋人を紹介して下さるのは――」

「これは、どうも、――お嬢さんは、ずいぶん快活でいらっしゃいますな」

「ところがね、あたくし、こんなに快活なのに、恋人が一人もいないの。退屈で死にそうだわ」

　摩利子は、ソファへすとんと腰かけると、卓上のケースから莨《たばこ》をとった。

　すると、芸術家らしい客が、ライターをさし出した。

「メルシ」

　と、にっこりしてから、黒木にむかって、

「あたくしね、あたくしの尊敬する叔父さまが、こちらの会員なので、信用してうかがったのよ」

「叔父さまと仰言ると、どなたでしょう」

「河森亮作。河森産業社長。典型的英国型紳士！」

「え？」

　黒木は、びっくりして、眉宇《びう》をひそめると、あらためて、摩利子を、じろじろと眺めた。亮作の姪まで出現しようとは、意外なことだった。

「あたくし、ぶらっと銀座へ出て来てみたのだけど、アベックばかりなんですもの。一人でブラブラしているのは、酒場の女とか芸者とか、男に不自由していない女なんだわ」

「お嬢さんのような美しい方に、恋人がいないとは、なんだか変ですな」

「すこしも変じゃないわ。でも、一月前までは、一人いたの。でも、莫迦らしい程意気地なしだから、あたくしの方で、さようならしてやったの。……その青年はね、ハンサムなんだけど、素面《しらふ》では、接吻《べーぜ》も出来ないのよ。一月前に、酔ってもいないのに、酔ったふりして、あたくしをアパートにさそったの。あたくし、面白いから、わざとだまされた顔をしてついて行ってやったの。そしたらね、終電車が通りすぎちゃうのをあたくしに気づかせまいとして苦心さんたんしてお芝居しているのが、そりゃ面白かったわ。……あらもう電車がないわ、泊めて頂いてもいい、と云ってやったら、ヨダレをたらしそうに目尻をさげたわ。とてもいじらしかった」

「いや、どうも、恐れ入りましたな」

黒木は、あきれて、顎《あご》をなでた。客はにやにやしていた。

「痛快なのは、これからよ。あたくしね、相手を先にベッドへやすませておいて、悠々と、お化粧して、体操して――」

「体操？」

「美容体操よ。……さんざ、じらせてやってね、それから、ベッドへ近づいて――」

男二人は、商売柄に似合わず、年甲斐もなく息をのんだ。

「ふふふふ――。彼がかけている毛布の、上側へ入っちゃったの。毛布一枚が、鉄のカーテン。彼、もがけども、あせれども、この鉄のカーテンを如何せん」

「成程、戦後のお嬢さんは、勇敢だし、機智に富んでいますな。いや、おどろきました」

「あら、こんなクラブをつくっていらっしゃるんだから――あたくしのような娘は、いくらでもご存じなんでしょう？」

「ところが、私は、結婚ということを真剣に考えていらっしゃる娘さんがたに、このチャンスをつくってさしあげようという考えでやって居りますのでね。どうも、そういう恋人同士の遊戯などは、一向に――」

「じゃ、あなたは、お若い頃、そんな遊戯をなさったことないの？」

「私たちは、青年時代は、もっと人生に対して謙譲でしたな。すくなくとも、人生に大切なものを、遊戯の道具になんかしなかったですね」

「臆病だったのでしょう」

海千山千の黒木太平ともあろう男が、完全にしてやられたかたちであった。

――河森の奴、どうして、この娘に、ここのことを感づかれたのかな。

黒木は、内心少々困惑《こんわく》した。自ら悪党だと称する黒木も、気質の上で、非常に人の好い一面をもっていたのである。

「ともかくね、彼は、一晩中、モソモソしていたきりなの。その意気地のなさに失望して、あたくし、翌朝、永久にさようならしたんだわ。……ね、あたくしのような娘に、恰度いい相手をご紹介して頂けない？」

「まァお止しなさい。あなたの叔父さんは立派な人ですから、叔父さんに見つけて頂くんですな」

黒木は、憮然として拒絶した。親友の姪をたぶらかす気持は、毛頭起らなかった。

「あら、だって、あなたは、このクラブを経営していらっしゃるんでしょう。おかしいわ。すしやへ入って、すしを頂戴ってたのむと、すしなんか売ってないと断られるなんて、そんな莫迦げた話はないわ」

「たしかに莫迦げています。しかし、お帰りになって、叔父さんにお話しになれば、たぶん、私がお断りしたわけをきかせて下さるでしょう」

　この時、ふいに客が口をはさんだ。

「お嬢さん、今日一日のご退屈をまぎらわせる相手として、僕じゃ、資格はありませんか？」

　そう云って、客は、名刺をさし出した。

　参宮五郎《さんのみや》。二科会員として、すでに確固たる地位をもち、雑誌の表紙、挿絵でも活躍し、しかも文章も達者と来ているので、今やジャーナリズムの波に乗った才人であった。が、同時に、ドン・ファンとしても、ゴシップ種のつきない人物であった。

　摩利子は、勿論、参宮五郎の名前を知っていた。

　彼女は、この画家に対して、かなりの反撥を、さっきから感じていた。こういう反撥が、どういう性質のものであるか、勇敢であるとはいえ、いまだ愛慾《あいよく》の世界に未経験の処女の心中では、分析出来にくかった。

　ただ、摩利子にはっきり意識出来たのは、今はじめて接する、こういう芸術家の雰囲気を、頭から足さきまでたちこめさせ、しかもどことなく頽廃の色濃い翳《かげ》のさしている中年人種に、本当に生命を賭けた恋愛なんか出来るかしら、という好奇心であった。

「ええ、いいわ、参宮先生が、パートナーになって下さるんでしたら、光栄ですわ」

「そうですか。では、おつきあいしましょうか」

これを眺めて、黒木は、

——放蕩をしつくした男は、かえって処女というものの価値を鄭重に取扱うという逆説は成立つかも知れんと。まァひとつ、このじゃじゃ馬は、参宮五郎にまかせてやろう。

と、考えた。

摩利子と参宮が出て行こうとすると、黒木は、参宮だけを呼びとめた。

「おい、ドン・ファン、あれは、おれの親友の姪なんだからな、このクラブのステッキ・ガールなみにあつかうなよ。もし、お前さん、悪い癖を出したと、あとでわかったら、右の指を五本とも、切り落すぞ」

と、ささやいた。

参宮は、うす微笑を泛《うか》べただけで、黙ってすうっと出て行ってしまった。

第二章　いのちの模様

一

日本モナコの一室のある卓子《テーブル》で、河森亮作は、しきりに勝ちつづけていた。

これに対して、ずうっと負けつづけている男がいた。この男は、その豪華なサロンで、唯一の異端者であった。ほかの客たちは、ことごとく、一分の隙もない、りゅうとした身なりをしているのに、その男だけは、およそ二十年も着古したと思われるような、テカテカとひかるくたびれきった黒サージの背広をつけ、幾日間も櫛を入れないらしい乱髪だった。のみならず、不精鬚をはやしたその風貌たるや、正視に堪えない程醜かったのである。猫背《ねこぜ》で、ひどくとび出したのど仏を、絶えずごくりごくりと上下させ乍ら、爪にまっ黒に垢をためた指をしきりに痙攣《けいれん》させつつ、骨牌《カルタ》を出す恰好は、いかにも賭博《とばく》に憑かれた廃残者《はいざんしゃ》そのものだった。

亮作は、最初から、この男と、卓子を同じくしていた。

卓子は、六人でかこんで、骨牌賭博《カルタとばく》のうち『ジャンガー』というのをやっていた。『ジャンガー』というのは、雨と桐を除いた四十枚の札を場に伏せておいて、上から三枚ずつ左右にし、この両方に賭けて勝負を決する、いわば最も簡単な方法である。

運というものはあるもので、亮作の組が一方的に勝ち続けるので、椅子を変ったらどうだろう、と一人が提案して、各自立ち上って、入れ変ったのであるが、偶然にも、亮作は、また、その男と相対した。そして、その後でも、亮作の組が勝ちつづけたのであった。

やがて、キリをつけて、皆が腰を浮かした時、亮作が、何気なく向けた視線が、その男の眼眸《まなざし》にぶつかった。

それは、何かの中毒患者特有の、どんより濁った、視力の乏しそうな目であったが、何故か、亮作は、ひやりとするものをおぼえた。

「あなた、今夜は、大変ご運がいいようですが……如何でしょう、私とヤマヤクをおやりになる気はありませんか？」

男は、しゃがれたひくい声でさそった。亮作は、正直、肚《はら》の裡《うち》では、こんな見すぼらしい奇妙な人間と勝負をするのはご免を蒙りたかったが、つい、

「ええ、やりましょう」

と、再び腰を下していた。

ヤマヤクというのは、関西方面で行われている『六百間』という賭博と同じで、二人だけサシでやる方法である。一人が親になり、自分と子（相手）と各八枚宛配り、場に八枚を撒き、残った札を伏せて重ねる。親が先ず手札を一枚下して、撒いた札と合せる。合わなければ捨てる。次に、子がこれと同じことをやり、順々に、手札の終るまでつづけるというわけだ。点数が多い方が、勝はいうまでもない。

亮作は、はるかに点数をひきはなして、勝った。

賭金は、かなりの額だったので、亮作は、額に汗が滲むくらい緊張していたのだが、その男と来たら、眉毛一本動かさなかったのは大した度胸というべきだった。ただ、それが癖らしい、しきりに、のど仏を上下させて生唾をのみこむ下品な仕草はつづけていたが、それさえも、亮作の目には、憎たらしく映って、

――よし、この男を、すっぱだかにしてやろうか！

という闘志を起したのであった。

それから、一時間あまりの勝負は、はた目では、亮作とその男の態度や表情だけ見れば、あきらかに、亮作が負けつづけて焦り、その男は勝ちつづけて落着きはらっているようだった。事実は、全く逆だった。亮作は、十万円近くも儲けていた。

ついに——その男は、完全に無一文になっていた。

その男は、顔をあげて、じっと、亮作を瞶《みつ》めた。その眸子《ひとみ》は、依然としてどんよりと曇っていたが、その皮膚は、青白い電光のせいでもあったろうが、蠟《ろう》のように血の気を失っていた。

男は、上衣の内かくしから、一枚の手札型の写真をとり出して、無言で、亮作の前にさし出した。亮作は、それが何を意味するのか了解出来ないままに、けげんな視線を、それに落した。

「なかなか、美人ですね」

亮作は、せいぜい余裕ありげな口調でほめたのだが、内心は、その写真の主に、思わず強く惹きつけられていたのである。二十五、六であろうか、切長の眥《まなじり》をもった一重瞼《ひとえまぶた》の、純日本風の顔だちで、なんともいえぬ気品と色気を湛《たた》えて、匂うような美しさであった。

「私の妻です」

亮作が、啞然としたのは、無理もない。こんな世にも醜い風貌の男に、かようなたぐい稀な美人の妻があろうなどと、誰が信じられるであろう。

男は、亮作の心をさそうように、

「お気に召しましたか?」

亮作は、からかわれたような不快さをおぼえて、黙って、写真をつきかえした。

「いかがでしょう。私は、今夜は、あなたに完全に負けました。ところが、私という男は、これが運だ、とあきらめることが出来ない性格なのです。私の妻を一夜お貸しするお約束で賭けましょうか、おいやですか? 私は嘘は申しません。あなたは、黒木太平のお友達でしょう。私も、そうなのです。私が、もし嘘をついたら、黒木太平は、私を半殺しにするでしょう。……私の妻は、この写真よりも美人です」

亮作は、そう云う男を見かえし乍ら、

——成程、黒木の云った、猟奇とスリルを堪能させるというのは、これか!

と、頷いた。

「よろしい。やりましょう」

二

頼子の方の賭は、どうであったか。

加瀬《かせ》壮介《そうすけ》と名乗る妖しい美貌の青年と一緒に府中競馬場に入った頼子は、ものの三十分もたたないうちに、あの競馬場独特のあわただしい雰囲気にまきこまれて、昂奮していた。彼女は、生れてはじめて、競馬をやるのであった。

加瀬に教えられるままに、一レースで、四五百円ずつ買ってみた。本命をねらったので、時に勝っても、配当金はすくなかった。しかし、勝った刹那の昂奮は、次第に、頼子を別人のように変えていった。勿論、かたわらの加瀬の存在が、彼女の心を妖しくみだしたせいもあったが――。

加瀬は、つねに、百円券たった一枚、しかも、六・三というフォーカス（連勝式）しか買わなかった。

「なぜ、あなた、六・三しかお買いにならないの？」

頼子が、訝《いぶか》しげに訊ねると、加瀬は、沈鬱な双眸に、かすかな愁いに似た色を湛えて、

「ちょっとわけがあるのです。僕は、競馬でも競輪でも、六・三しか買いません。……いずれ、あとでご説明しましょう」

と、そらしてしまったのであった。

ところが、この六・三が、第七レースで、大変な番くるわせの大穴になった。一万九千円の配当がついた。

このことが、さらに、一層、頼子を昂奮させた。加瀬という青年がいよいよ、神秘的な存在に思われて来た。

「ね、わたしもやるわ。思いきって、ドカンとやるわ」

頼子は、今朝良人《おっと》にもらった一万円のうち五千円をすててもかまわない、と決心した。

「どうぞ……こんどのレースには、僕は、口出ししませんから、ご自由にお買いになって下

さい」

こんどは、天皇賞のレースだった。

「あなたの六・三がなにか秘めたる理由がおありなら、わたしも、ひとつ、自分の数字でやってみるわ。……なにがいいかしら。あそうだ、わたしの誕生日は、五月一日だから、五・一を買うわ。どうかしら?」

「よろしいでしょう」

加瀬は、無表情で賛成した。この青年は、どういうものか、殆ど喜怒哀楽の感情をおもてにしめさなかった。一万九千円儲けた時も、ただ、ちょっと、唇を歪めて、いかにも自分の運命はこういう具合になるにきまっているのだ。べつに珍しくもなければうれしくもない、といったうすら笑いを口もとに刻んだだけだった。

やがて――。

十三頭のサラブレッド五歳の駿馬《しゅんめ》が、ぱっと色鮮かなコスチュームをつけた騎手をのせてしずしずと出場して来た。

今期最高の人気を呼んでいるだけに、観衆は、どっとわきたった。

十三頭、ずらりとならんだ光景は、まさに生きた芸術作品の壮観といってもいい。

柵ぎわへ出た頼子と加瀬は、頼子が五千円を投じた馬をさがした。

「あれよ、ほら――五番と一番。なんだか、どちらも、いちだんとすてきに思えるわ。ああ、わくわくするわ」

「人間よりも、ずっと、馬の方が貴族的な気品をもっているんだな」

と、加瀬が、呟いた。

頼子は、その翳《かげ》のふかい横顔を仰いで、

「あなた、奇蹟は、二度とおこらない、と考えていらっしゃるんでしょう？」

と、云った。

「いいえ、僕は、一切、ジンクス（迷信）を信じません。僕が勝ったから、奥さんが負けるときまっていやしませんよ」

しかし、その口調は、冷淡なひびきをふくんでいた。

「わたし、勝ったら、あなたに、なんでもお好きなものを、おごってさしあげるわね、五・一が勝ったら、いくらぐらいになるかしら？」

「さっきの大穴よりも、もっとすごいことだけは、たしかですね」

「ようし！　わたし、どうしても勝たせてみせるわ！」

白旗が振られた。

十三頭の馬は、一斉にスタートし、もうもうたる土煙りをあげて、一瞬のうちに、数万の目の渦《うず》の前を駆《か》け過ぎた。

ラウドスピーカーは、その独特の冷静すぎるしゃがれ声で、一瞬一瞬の経過を報告して行く。

「あっ、五番が出たといったわ。……一番は、どうしたのかしら？……一番は、四番目を走っているって、――すてき！　屹度《きっと》、勝つわ！」

頼子は、意識してか無意識か、加瀬の肩へ手をおくと、からだをぐっと押しつける姿勢になった。

加瀬は、無表情で、水の流れをすべるように、彼方《かなた》を駆ける馬の群を眺めていた。

第四コーナーをまわって、ついに直線コース。

この瞬間こそ、文字通り息づまる緊迫感で、目以外の部分は、ことごとく麻痺してしまう。

馬群《ばぐん》が目の前に来た刹那、頼子は、意味のわからぬ歓喜の叫びをあげた。

先頭が五番。半馬身の差で一番。

頼子は、ぎゅっと加瀬の腕へ、しがみついた。

ゴール！

「ああ、勝ったわ！　ね、勝ったわね！　五・一ね！」

だが、加瀬は、なんともこたえずに、しきりにのびあがって、着番号の出るのを見とどけようとしていたが、群集が、それを見てどっとわきたった時は、もう静かに、振りかえって、

「そろそろ、帰りましょうか」

と、云った。

「五・一だったの？」

頼子は、睨むように眸子《ひとみ》を据えて、きいた。

「お気の毒でした。一・五です。ゴール寸前で、一番が鼻づらだけ抜いたのでしょう」

頼子は、がくっと、全身の力が抜け落ちるのをおぼえた。

加瀬は、その腕を、自分の腕にかかえこむと、ゆっくりとした歩調であるき出した。

競馬場を出ると、広い並木通りである。

タクシーが寄って来た。

それに乗り込んでから、加瀬は云った。

「奥さんのお好きなものをおごるのは、やっぱり、僕の方でしたね」

三

第三の組——すなわち、摩利子と参宮五郎は、参宮の馴染《なじみ》らしい新橋のとある高級バアにいた。

参宮は、ホワイト・ホースを、摩利子は、マンハッタンを飲んでいた。

「あなたは、あの太平洋サービス・クラブを、どうしてひやかしに来たんです?」

参宮は、さっきから、しきりに、摩利子の素姓を知りたがって、さぐりを入れていた。摩利子も、心得たもので、都合のわるいところは端折って、たくみに煙幕《えんまく》をはっていた。といって、べつに摩利子は、きかれて困るような経歴など、なんにもなかったのだが、若い女性というものは、自分の素姓をなんとなく神秘めかしたいものである。

「だから、あたくし、恋人が欲しかった、と云っているでしょう」

「ふうん。どうも信じられないな」

参宮は、実は、ドン・ファンに似合わず、聊《いささ》か戸惑っていた。

セピヤのギャバジンと、うすこげ茶のウールが裏表についた晴雨兼用のボックス・スタイルのラグラン・コートをきちんとつけたところは、清潔で気品があり、どう見ても中流家庭の女子大生である。ところが、膝を組んで莨をふかしているポーズは、男の味を二三度嚙みしめたやつだ。肩から携げたペンテックスのハンドバッグの中には、ひょっとすると、ちゃんと、オブ・シーンな場所行の用意の品が入れてあるのではないか。

「もし、あなたが、あのクラブの実体を知らないで入って来たとすれば、ずいぶん無謀でしたね」

「あら、そう――そんなに、あそこ危険？」

「すくなくとも、あなたのような美しいお嬢さんが行くところじゃありませんね。あそこに出入するラブ・ハンター（恋の狩人）は、相当いかがわしいやくざがいますからね。あれは、あわれな醜女《しこめ》に、ほんのささやかな夢を与えてやるためにつくられているんです」

「じゃ、さっきの小父さんも、やくざですの？」

「やくざですよ。しかし、あの人物は、立派なところもあります。あなたの要求を拒絶したところなんざ、見あげたもんだ。……ほら、これ――」

参宮は、ポケットから、ひとつづりのパンフレットを出した。

『月刊キューピット』とある。太平洋サービス・クラブで発行している、会員の自己紹介を掲載しているしろものである。

ぱらぱらとめくってひろい読みしているうちに、摩利子は、声をたてて笑い出した。例えば、こういうあんばいの自己紹介が、ずらりとならんでいるのである。

『私の大好きな男性よ、私の性のなやみを解決して下さい。十九才の処女《しよじよ》です。でも肉体を差上げる様な素晴らしい男性ならばよろしいですが、いるかしら。昼間は、丸ノ内のタイピストをして働いて居ります。処女は差上げられませんが、ある程度のペッティングなら好きですからお手紙下さい。

会員番号W１９６１番』

あるいはまた、

『経験ゆたかなお姉さまに――童貞を捧げたい。年上の女性に甘《あま》えて可愛がって貰いたいのが、僕の夢。未知の園の憧れに胸躍らせる青い芽に神秘の扉を開いて、桃源の彼方《かなた》へ導いて下さる方を待つ。学生廿才。身長五尺四寸、柔道三段、ラグビー選手。性質清純無垢。

会員番号M１７８６番』

そうかと思うとこういうのもある。

『月二三度映画や散歩など軽く交際して下さる美青年の方はございませんか。当方母性愛に富む四十三才の未亡人、のこりすくない人生に最後の灯をともして下さいませ。お小遣いに、五千円程さしあげます。

中には、

『隆鼻術《りゅうびじゅつ》をしたいのですけど、もしそのお金を出して下されば、一夜おつきあい申しあげます。当方二十一才の処女です。

会員番号Ｗ１８８６番』

会員番号Ｗ１９０２番』

摩利子は、笑いつづけ乍ら、

「いったい、この人たち本気なのかしら？」

「摩利子さん、断っておきますが、世の中には、美しい顔の持主はせいぜい三％もいないのですよ。あとの九十七％は、努力しなければ相手がつかまえられやしないんですよ。だから、こんな奇妙な会報が発行されたりするんです。……この連中に会ってごらんなさい。容貌《ようぼう》も境遇も教養も、およそ貧弱な哀れな人間です。ただ、せめて、こういう機関を利用して、もし万一自分の夢の十分の一でも叶えられたら、とのぞんでいるんです」

摩利子は、心の中で、

――じゃ、どうして、叔父さまのような社長で金持で親切な紳士が、こんなところに入っているんだろう？

と、不審に堪えなかったが、それは口にせず、

「ね、参宮先生、先生は、有名なドン・ファンなんでしょう？」

「これは、ご挨拶ですな」

参宮は、苦笑した。

「どうして先生がすばらしいドン・ファンになったか、この会員たちに教えてあげるといいんだわ。……ね、あたくしに教えて?」

参宮は、ぐっとのみ干したグラスを目の高さにもちあげて、じっと見すえ乍ら、なぜか急に真面目な表情になった。

摩利子は、まばたきもせずに、参宮の端正な横顔を見つめていた。

参宮は、喋りはじめた。

「僕は、考えるに、およそ青年というものは、自分から愛するよりも相手から愛されたい、とねがうエゴイズムを、殆ど例外なく持っていますね。僕はね、今日まで、それを実行に移して来ただけですよ。僕はね、まずある女性に惹かれると、それを愛情に昂揚するよりさきに、彼女がひとつ僕を愛するように仕向けてやろうと、——このことに、異常な情熱と努力と忍耐を注いで来たんです。

なぜ、僕が、こういう不遜な了簡になったかというと、それには、ちょっと甘い理由があるのです。僕は、自分がおそろしく不器用だった為に、せっかくの初恋をとりにがしてしまったんです。廿一才の時、美術学校の学生時代ですがね、僕は、死ぬ程愛した初恋の女性と、ある時、はじめて、自由な二人きりの時間をもったのです。由樹子という名でしたがね、由樹子はその時、僕からたくさんの愛の言葉をかけてもらいたかったに相違ないんです。僕はね、こういうぐあいに、由樹子の手をとって——」

と、参宮は、摩利子の両手をしっかと握って、

「僕の知っているかぎりの美しいせつない恋の言葉を、次から次へと語るべきだったのですね。……そう、当時、僕は手あたりしだいに外国の恋愛小説を読みちらしていましたし、また、このことばかり想《おも》い続《つづ》けて来たのですから、由樹子の心を、恍惚とした恋の世界にさそい入れる言葉をたくさん知っていた筈なんですよ。露台《バルコン》の上のロクサアヌを魅してしまうジャスマンの蔭のシラノ・ド・ベルジュラックの、粋で、雅びな言葉の秘術を、僕がその時思い出していたならば、ですよ。ましてや、僕は、暗闇の中で、わずかにジャスマンの小枝に接吻《せつぷん》して、わが胸のうちを癒やすよりほかにすべのなかったシラノにくらべれば、幸福にも、クリスチャン男爵の立場にあったのですからね。……僕の、熱い燃えるような言葉は、一尺とへだてない由樹子の全身をつつんで、焼きこがし、その苦しさに由樹子が身もだえして……坐っていることさえ堪えがたくなった時——そうなって、はじめて、僕は、彼女の肩を抱き、黒髪を愛撫し接吻を与えればよかったのです。

　それを、僕は、しなかった。僕は、いきなり、接吻をもとめたのです。いいですか、僕は、まるで見知らぬ痴漢《ちかん》のように、いきなり、由樹子のまんまるいあごに手をかけて、乱暴にも、ぐいともちあげて、唇を合せようとしたんです。摩利子さんなら、そうされたら、さしずめどうします？」

「ピシャリとひとつ平手打ちをくらわせてやるわ」

　と、摩利子の返答は、明快であった。

「左様——由樹子は、摩利子さんよりも、おとなしい性格でしたから、ぷいと顔をそむけてしまいましたよ。しかし、べつに逃げようともしないで、そのまま、顔をそむけて、黙っていました。拒絶された僕は、急に、ヘタヘタと心の芯棒《しんぼう》が萎えてしまって、もういっぺん挑むことが出来なくなってしまった。……おい、バーテン、ハイボールをくれ」

参宮は、さし出されたグラスを、ひと息に飲み干した。

「いやはや……全く、二十一才の僕のやりかたは、ぶざまで、お話にならなかったのですね。……しかし、僕は、あとにもさきにも、愛情を傾けたのは、この由樹子一人だけでした。それは、由樹子もわかっていたのです。ただ、如何に愛情が純粋であろうとも技巧のない、ぶざまな仕草は、ついに不成功に終るのは、人間が肉体を所有しているかぎり、致しかたがないということですね。……お互いが、身も心もとけ入って、死ぬような陶酔にひたるには、それだけの条件がそなわっていなければなりませんよ。夢のような音楽、外界の静寂、ふかぶかとしたソファ、青い月の光、香水……それから、美しい言葉が、あとからあとから、ささやかれてこそ。

わかりましたか、僕は、初恋に破れてから、この恋の技巧を、おそろしく熱心に研究したんですよ。そして、とうとう見知らぬあなたにも、参宮五郎は、ドン・ファンだと知られるようになってしまった」

語り終って、参宮は、摩利子が向けた眼眸《まなざし》へ、食い入るように、熱っぽく光る視線をすえた。摩利子は、かすかな身ぶるいをおぼえた。

――いけない！　あたくし、この人を好きになりそうだわ！

第三章　カラクリ人生

一

もうそろそろ十二時近くの時刻だったろうか。

人影ひとつ見当らず、自動車だけが絶え間なく疾走《しっそう》している皇居前の濠端《ほりばた》を、亮作は、賭博相手の見知らぬ醜《みにく》い男とともに、高級車に乗って、何処かへ行こうとしていた。

亮作は、最後の勝負に勝ち、その男の妻を一夜わがものにすべく、つれて行かれようとしていたのである。

醜い男は、車に乗り込んだ時から、一人で喋りつづけていた。

「……つまり、私は、罪悪とか、悪徳とか、そんなものをおそれたくはないんですよ。罪を犯したら、必ず罰をうける。こんな因果律を、私は私の頭の中からふりはらいたい。……たとえばですね、仏蘭西《フランス》の王妃マリィ・ド・メディシスは、アンリ大王の妃《きさき》で、ルイ十三世王やスペイン王妃や英国の王妃の母で、仏蘭西の摂政となって、立派な政治をやろうと努力したんです。そして、リシュリウという男を挙げ用いて、枢機官《カルジナル》の高位につかせてやりましたな。ところが、彼女は、彼女として最大の努力をかたむけて、国を治めたにも拘らず、自分の息子と、自分がひきたててやったリシュリウ枢機官に裏切られて、囚人にされてしまったじゃありませんか。しかも、彼女の娘である諸国の王妃は、母親を迎えようとさえしなかったのです。そのために、十年間迫害されつづけ、ついに、飢餓のために、コロオニュで死んでしまっているんです。その逆け、唐の則天武后《そくてんぶこう》です。武后は、自分が皇后になりたいばかりに、自分の子供をしめ殺し、前の皇后の手足を切りとって酒甕《さけがめ》に投げ込んで居ります。自分が国王となってからは大臣大将を片っ端から斬り殺し、自分の実子はじめ、姉やら娘の婿やら、まるで気ちがいみたいに、疑心暗鬼をおこして亡き者にしていますよ。ところが、この大悪党婆さんは、八十二才まで生きて、安らかに大往生をとげている。死んでからも、則《そく》天大聖《てんたいせい》皇帝とかいう尊称までたてまつられている。……人間の運命と、その行為は、まったく別個だ、という立派な証明じゃありませんか。……え？　そうは思いませんかね？」

「そうですな。そうも云えるかも知れません――」

と、こたえつつ、亮作は、こんなことを平然とうそぶく男に、どこかへつれて行かれて――ひょっとすると、ピストルかなにかで殺されるんじゃなかろうか、という恐怖をおぼえて、身をかたくしていた。

それにしても、この男の約束したことが本当とすれば、まことに奇怪な人物というべきではないか。この男は、自分の美しい妻を賭けた。これは、決して生やさしい決心ではない筈だ。しかも、勝負に敗北した今となっては、当然、男の心中は、おそろしい苦痛で掩われているべきである。ところが、すくなくとも、亮作の観察した限りでは、しごく平静で、こうして自分の思想をぶちまけることに一種の快感さえおぼえている様子である。

やがて、自動車が乗りつけられたのは、べつに怪しげなところではなかった。築地のある小意気な待合の黒板塀の前だった。

「どうぞ——」

「ここですか?」

「ええ、ここを女房が経営しているんですよ」

これは、亮作にとって、全く想像外であったし、安堵されたことでもあった。

『ますみや』

と、軒燈のひらがなが、ほんのりと、もやの中に浮き出ていた。

で——亮作が、みちびかれたのは、帳場の奥の六畳の居間であった。いかにも一流待合の女将《おかみ》の居間というにふさわしい、凝った調度品が、それぞれところを得て据えられて、あたたかく、やわらかな雰囲気をかもし出していた。

そして——挨拶に入って来た女将の美貌は、亮作を、思わず、息をのませる程圧倒的なあざやかさであった。写真で見たよりも数倍も美しかったのである。

その美しさは、すこしキザな表現をすると、青白いガス燈の下で、お高祖頭巾《こそずきん》を目深に、襟かき合せて、吾妻下駄の音《おと》冴えて辿《たど》る女、と見たてたいような——明治の浪曼の、紅葉、鏡花の世界に浮彫《うきぼり》される哀婉《あいえん》の情緒を湛えた面立、立姿であったのだ。すでにほろびてしまったこの古風な美しさは、今は、逆に、新鮮な魅力をはなって、亮作に、ふかいよろこびを与えたのである。

亮作は、つとめて冷やかな態度を装おっていたが、彼の全感覚は、その女の、どんな微細な挙措《きよそ》仕草をものがすまいと、きりきりはりつめていた。まったく、彼女のどんなちいさな身ごなし手つきにも、すでにほろびた明治の女の優雅な躾《しつけ》が、匂いこぼれていたのである。

実際、この居間で、邪魔なのは、その醜い男だけであった。

男の、女将に対する態度は、亭主関白の傲慢さをむき出していたが、それを素直にきく彼女のつつましい言葉づかいも、また封建の色濃かった明治の女たちが抱いていた諦観《ていかん》を滲ませているようだった。

「もう、酒は、いい。あちらに、したくしろ」

と、男が云った時、亮作は、どきりとなった。

女が出て行くと、男は、にやりとして、

「ご懸念にはおよびません。あいつは、私の命令なら、白昼《はくちゅう》ストリップでもやりますよ、ひひひひ――。万事心得ています。あいつは、さきに寝ていますから、あなたに、そっとしのび込んでいただく趣向です。但し、あいつが、あいつは、ひどく臆病で、はずかしがりやですから、暗闇をがまんして頂かねばなりませんね」

「私は、どうも……そのう……」

茶箪笥と衣桁《いこう》のあわいから消えた女の、そこで両手を畳につかえた姿が、臈《ろう》たけた気品につつまれて、しっとりとした優美さをふきこぼして——まさに名匠の手になった一個の芸術品を見とれる思いで瞼のうらに焼きつけた亮作は、わが胸中の邪念をふりはらいたい、と思いまどっていた。

「お約束です。私は、一度約束したことは、絶対に破りません。だから、あなたも、実行して頂きたい」

はじめて、男の双眼が、烈しい光をぎらっとはなった。

二

亮作が、醜い男と、自動車に乗り込んだ時刻——。

西銀座二丁目のホール・モンブランは、もうそろそろラストのワルツ、『グッド・ナイト・マイ・スイートハート』が、演奏される頃になっていた。

客は、ぎっしりたてこんでいて、薄暗いフロアの隅々で、酒くさい息をふっかけあい乍ら、ゆらゆらと揺れている連中は、どうやらけだものじみた目つきで抱きあって、ステップなど滅茶滅茶だった。

とある円柱のかげで、これも殆ど動かない一組は、頼子と加瀬壮介と名乗る不思議な青年であった。

加瀬は、ますます蒼白な肌色になり、無表情の中にも疲労を滲ませて、茫然と焦点もなく散った眼眸《まなざし》を、壁に向けて頼子をかかえていた。

それにひきかえて、加瀬の胸によりかかった頼子の横顔には、今宵恋人を獲得した小娘のように恍惚とした微笑が泛べられている。

彼女は、したたか、酔っていた。バアを三軒ばかり飲みあるき、自信のあるのをいいことにして、コニャックやらシャンペンやらミリオンダラーやらピンクレディやらを、つぎつぎとあおったのである。

加瀬も、同じくらい飲んだのだが、底知れぬ強さで、今日一日たもった態度を微塵も崩さなかった。

「わたし……もう、今夜は、帰りたくない」

頼子は、相手にきこえるかきこえないかの小声で、呟いた。

加瀬は、しかし、沈黙を破ろうとしなかった。

「ねえ、あなた、なぜ、今日、六・三ばかり買ったか、そのわけを仰言いな」

それにも、こたえなかった加瀬は、そのうちふいに、頼子のからだをぐっと浮きあがらせるように、力をこめると、

「帰りたくない、と云いましたね？」

「ええ。……でも、やっぱり、帰らなくちゃ。……たぶん、主人は、わたしが、外泊しても、一言も文句はいいませんわ。……でも、帰らなくちゃ——。わたし、以前は、主人に秘密な悪いことをしたんですけど、まだ一度も外泊したことはありませんのよ。……主人は、一週間に一度は、必ずどこかへ泊って来ます。わたしが、外泊したら良人《おっと》に対して唯一の強味が

なくなるわ」

「しかし、奥さん、ものごとには、どんな場合でも、例外がありますよ。例外が——」

「例外？　……例外なんて——ふふふふ、そこへ行けば、六・三の秘密をうちあけて下さるのね？」

「そういうわけです」

頼子は、また恍惚となって、加瀬の胸に凭りかかった。

恰度、このおり、このホールの隅のスタンドに、これもまた、かなり酔った一組が、腰を下した。参宮五郎と摩利子であった。

参宮の方が、ふらふらしていた。

「さ、摩利子さん、今宵君を知りそめしよろこびのために乾杯しよう。……ア・ボトル・サンテ！　……おや、このブランデーは、赤か、青か——」

「それはね、グラスに、むこうのミラーボールが映っているのよ。ね、先生、もう飲むのを止して踊りましょうよ。もうラストよ」

摩利子は、参宮の腕をひき乍ら、何気なく、フロアを見やった瞬間はっと瞳をこらした。

フロアを横切って、いま出口にむかっているのは、叔母の頼子ではないか。

「先生、あたくしの叔母さまが来ているわ」

「それがどうした？」

「叔母さまはね、あたくしより一足さきに、太平洋サービス・クラブに行ったのよ。……ほらごらんなさい。あの連れのすごい、美男子、きっと、クラブで紹介してもらったんだわ」

「有閑マダムの浮気なんて、くそ面白くもないや」

「あたくしには、とっても面白いわ。ね。おねがい、追跡しましょう。スリル満点！」

摩利子にひかれるままに、参宮は、ふらふらとあるき出した。

外へ出た時、『グッド・ナイト』のワルツが追いかけて流れ出て来た。

頼子と加瀬は、ぴったり寄り添って、築地の方へむかってあるいて行く。

月は、雲間に冷たい顔を見せていたが、もやの流れる暗い舗道は、ついさっきの通り雨で濡れて、街燈で光っていた。

反対の方角へむかう人影はあったが、築地方面へ行く人影はなかったので、摩利子たちは、跟《つ》けて行く相手がたを見失うおそれはなかった。

「面白いな、痛快、痛快——。叔母さまのアヴァンチュールを見とどけてやるのさ」

「さっぱり、一向に、全然、まるっきり、痛快じゃないね、こりゃ——」

参宮は、骨なしのように、ぐにゃぐにゃし乍ら、ぶつぶつ云った。

「あたくしは、とっても痛快だわ。いったい、叔母さまたち、どこへ行く積りかしら？」

「すなわち、いったい、われわれは、どこまで跟けて行けばいいんだろ、というわけですな」

「どこへ行くか、断然つけてみましょうよ」

「行く先は、わかっていますよ。ホテルか待合。その前まで跟けて行って、さて、われわれは、如何にすべきや、だ。こりゃ、まったく、阿呆らしいみたいなものだな」

はたして、参宮の指摘した通り、頼子たちが、入って行ったのは、築地の待合であった。

その軒燈が『ますみや』とひらがなを浮きあがらせていた。

二人が消えると、参宮と摩利子は、なんとなく、顔を見合せた。

と——、参宮の顔が、急に、別人の如く鋭くひきしめられ、素面の時にさえも見られない、底深い色をおびた。

「われわれも、入りますか！」

摩利子は、心臓が、どきどきした。睨むように、参宮を見あげていたが、黙って、こくりと頷いた。

参宮は、摩利子の腕をつかむと、『ますみや』にむかって、まっすぐに進んだ。

しかし、その門前に達するや、参宮は、突然、摩利子の腕から抜いた手を、その肩へかけると、彼女のからだをくるりと向きかえらせた。

「さ、帰りなさい、お嬢さん。火遊びは、この門前までで、たくさんです」

その口調は、きびしかった。

呆気にとられた摩利子は、まるで人形のように、参宮にひかれるままに、五、六歩あるいた。

参宮は、すべり寄って来たタクシーへ手をあげた。さっと、そのドアをひらいて、

「どうぞ——」

摩利子を乗せるや、参宮は、自分は乗らずに、ドアをバタンと閉めた。

「さようなら、マドモアゼール。おやすみなさい」

走り去る車を見送り乍ら、参宮は、呟いた。

「右手の指を五本とも切られちゃ、商売があがったりだからな」

三

一方、『ますみや』の凝った四畳半に通されると、加瀬は、どうしたのか、女中に、酒も何も不必要だ、と断って、水だけ持ってこさせた。

流石に、頼子も、とうとう待合に上ってしまったという悔いと捨鉢《すてばち》半々の意識の乱れで、酔いもうすれた。いっそ、もっと酔って、酔いつぶれて、相手の愛撫《あいぶ》に身をまかせたかった。

「ね、すこし飲んだっていいじゃありませんか。第一、ここの家にわるいわ」

「そんな気がねは無用です。……僕は、ただ、あなたに、自分の秘密を打明けるために、やって来たんです」

「それは、そうだけど――」

しぶしぶと、頼子は、恰好のつかない姿勢をたてなおした。この四畳半に入った時から、加瀬の態度が、どことなくあらたまったのを、頼子は、感じていた。

――どうしたのかしら？　わたしをつれ込むのに成功したんだからもっとやさしくしてくれてもいい筈だけど……。

加瀬は、卓をへだてて、まるで商談でもするように、座をとっていたのである。

頼子は、ひそかに、六・三の秘密などは、臥床《ねどこ》をひとつにしてから、寝物語のひとつとしてきかせてくれるものだ、と思っていたのに――。

「奥さん――、僕が、急にあらたまったので、いぶかっていますね？」

加瀬は、一種淋しそうな微笑を泛べた。今日はじめてみせた、素直な表情であった。

「まアともかく、きいて頂きましょうか。僕が、なぜ、競馬や競輪で、六・三ばかりを買うか。これは、六月三日、という月日が、僕の運命にとって、最も重大な意味をもっているからなのです。六月三日――そう、昭和二十年六月三日に、僕という若者は、死んだのです。

僕は、廿一才でした。九州南端の航空基地から、特攻機《とっこうき》に乗って飛び立ち、ふたたび帰らなかった予備学生の少尉だったのです」

加瀬は、重い口調で、語りはじめた。それは次のような話だった。

加瀬壮介が、飛び立つ頃は、すでに満足に、敵艦へ突入する電信を送って来るのは、せいぜい二割ぐらいで、誰の目にも敗戦は掩いがたくなっていた。したがって、特攻隊の青年たちも、終始苛々した顔つきになり、遊廓などで、どんちゃん騒ぎにも絶望的な狂暴さが加っていた。尤も、そうして女相手にあばれ廻ることの出来る予科練出身の青年たちはまだしも幸せであった。飲酒に沈湎《ちんりん》出来ない一部の予備学生たちは、飛び立つまでの、一日のばしの自分の生命の中に、徐々にひろがって来る虚無の翳を、ぼんやりとひろがるままに見まもっているよりほかになくなっていた。その行動はかえって無能力者のようになり、四六時中無表情を保つようになっていた。加瀬もその一人であった。彼は、藁葺小屋《わらぶきごや》の士官室にゴロゴロしているか、さもなければ、麦畑や丘や川土手を茫寞とした面持でうろつきまわるか、時に気が向けば村落に入り込み、百姓に鶏《にわとり》をしめてもらって、その家族と食事をすることもあったけれど、殆ど、常に孤独を愛していた。

いつか、グラマン十数機が、翼の文字を読みとれるばかり低く襲撃して来た折、飛行場へ通ずる白い往還を、裸馬《はだかうま》にまたがって疾駆《しっく》する者があった。約五百米ばかりの直線コースで、左右は麦畑で、空からさえぎるものは何もなかった。これでは、さアこのおれを狙えという挑戦にひとしかった。

彼は、馬のタテガミをつかみ、上半身をぴったりと馬の背に伏せると、近くの竹籔からひろった笹を鞭にして、力まかせにうちふった。恐怖そのものの急降下の唸りと、銃撃の響きに怯えたった馬は、それこそ死にもの狂いに奔走した。

林の木蔭の、田圃の畦《あぜ》へ伏さっていたある一人の百姓は、頭上をもの凄い唸りが去った時、馬も人も無事であるのをみとめて、ほっと額の汗をふきふき、やっと、この無謀な男が、自分の家にときどきやって来る加瀬少尉であることに気がついた。あの無口なおとなしい、見かけたところ気抜けがしたような青年が、なぜこうした滅茶苦茶なことをやったのか、百姓は首をひねってから、早速、わが家の離れを貸している基地の作戦主任庄田大佐の令嬢のところへ、報告に行ったのであった。

それから一週間後――六月三日の宵の事であった。庄田大佐は、十人ばかりの予備学生を招待した。

酒がまわり、羽目をはずしたお定まりの隠し芸がはじまると、いつもこういう席ではそうなのだが、加瀬は、すっと立って外へ出て行った。誰もひきとめようとしないのは、もう彼の人柄を知悉《ちしつ》していたからであった。

外へ出ると、月光が冴えていた。

加瀬が、庭へ出ると、大きな櫟《くぬぎ》の蔭にしゃがんでいた人影が、つと立った。それは、庄田大佐の令嬢の須美江であった。

近よって来た須美江は、静かな声で、

「このあいだは、どうしてあんな冒険をなさいましたの？」

と、訊ねた。

「僕は、酒が一滴も飲めませんから、いい気持で酩酊するという経験を知らないのです。それで、つい、ああいうことをやってみたくなったんです」

それから、二人は、なんとなく、肩をならべて、川土手の方へ辿って行った。

ゆるやかに起伏する丘を背景に、遠近にこんもりわだかまった林や点在する農家を配した南国の夜景は、ひとときの平和な静けさに沈んでいて、あかるい影法師を踏んで行く二人の心に、ゆくりなくも、郷愁にも似た感傷を湧かせていた。かたわらの川面は、月光を宿して、薄絹《うすぎぬ》のように、なめらかな清い色を流していた。

加瀬は、須美江の片袖が指にふれたとたん、なぜか、咄嗟に、哭《な》きたいような甘い悲しみをおぼえて、足を停めた。

須美江は、立ちどまって、加瀬を仰ぎ見た。そうしたままで、二人は、ものの一分間も、お互いを瞶め合っていたろうか。

先に、姿勢を崩したのは、須美江の方であった。彼女は、加瀬の両腕をとらえると、その片頬を、ぴったりと軍服へ押しつけた。

加瀬も、夢中で、須美江をかき抱くと、渾身の力で、そのしなやかな胴を締めつけたのであった。

須美江は、かすかな嗚咽《おえつ》をあげつつ、生命のすべてをこめて、加瀬の逞《たく》しい肉体の中へとけこもうとしたのだった。そして、きれぎれに、加瀬に、はじめて会った瞬間から愛してしまった、と告白したのであった。

その抱擁、その接吻《せっぷん》は、加瀬に、生れてはじめてのしびれるような陶酔を味わせたものの、その反面、こうして生きている一瞬の現実が堪えがたく悲しいものであることを、慟哭《どうこく》したいばかりに、ひしひしと感じさせていた。

その夜半、加瀬は、特攻機に乗って、基地を飛び立って行ったのであった。

「そうです……僕は、そのまま、敵艦《てきかん》にぶっつかって、木ッ葉みじんになってしまえばよかったのです。……ところが、ご瞥のごとく、僕の抜殻《ぬけがら》は、こうして生きています。突入寸前で、たたき落された僕は、それっきり、意識をうしないました。気がついた時、僕は、敵艦へひきあげられていたのです」

そこで、いったん、口をつぐんだ加瀬は、往時を想い出すように、長い間、黙っていたが、やがてぽつりと、なげ出すように、云った。

「僕は、ひどい負傷をしていました。……その箇所が、僕に、男性の資格をすてさせました」

「え？」

酔いもすっかりさめはてた頼子は、はっときときとがめた。

加瀬の顔に、暗い自嘲の翳《かげ》が刷かれた。

「奥さん、僕は、男性の機能を、完全に喪失《そうしつ》した廃人になってしまったんです」

「まア！」

頼子は、息をのんで、まじまじと、加瀬の秀麗な風貌を掩っている悲痛むざんな絶望の色を見まもった。

「僕は、幾度も、自殺をはかりました。そしてそのたびに、他人に発見されたり、死の恐怖に負けたりして、失敗しました。……還《かえ》って来てからの僕は、浮浪者の群に入ったり、横浜の風太郎になったり、テキヤのサクラになったり――うじ虫の生活を送りました。そうです。勿論、僕は、あの須美江をさがす積りなど毛頭ありませんでした。生きた屍《しかばね》を、むかしの恋人の前にさらすのなんぞ、この上もない恥辱ですからね。僕は、ただ、彼女が、どこかで、四年幸せな結婚をしてくらしていてくれることを祈っていたのですが、……皮肉なことに、四年あまり前に、渋谷の駅前で、G・Iにぶらさがっているパンパンが、まぎれもなく須美江であるのを目撃した時、僕は……思わず、くらくらっとなったものでした。……いや、声をかけもしなかったし……それっきり、二度とめぐり会いもしませんが——」

加瀬は、息苦しそうに、肩で呼吸すると、コップの水を、のみ干した。

「だから、……普通の男が、女性を待合にさそう意味では、僕は、奥さんをここへつれてくる資格なんかないんです。……つまり、僕はまったく、文字通りのステッキ・ボーイでしかありません。事情を知った太平洋サービス・クラブの経営者である黒木太平氏が、僕をやとってくれたことは、考えてみれば、皮肉な話ですよ。生きた屍《しかばね》も、ご婦人たちの散歩のお伴には、たしかに安全な存在ですからね。ははははは」

空虚な笑い声に、頼子は、ぞっとなって、目をそらした。

「ところで、奥さん！」

加瀬は、居ずまいを正した。

「この哀れな廃人が、奥さんを、ここへおさそいした理由は、別にあるのです。……奥さん、あなたは、この世で最も悲惨な人間を、ごらんになった。どうか、あわれんで下さる前に、ご自分が、どんなに幸せな身分であるか、ということをお考えになって下さい。太平洋サービス・クラブなどにおいでになって、浮気をしようなどという考えが、どんなにぜいたくなことか、反省して下さい。……いや、僕のような生きた屍《しかばね》に、説教する資格なんか、ありゃしない。ただ、僕は、黒木太平氏から命じられたことを、忠実に実行しているだけなんです。……奥さんは、幸福な家庭の主婦として、おすごしになるべきなのです」

「…………」

頼子は、なにかこたえようとしたが、あまりの異常な告白によってうけた衝撃が大きくて、言葉が見つからず、ただ、こくりと合点してみせるよりほかにすべがなかった。

加瀬は、フと立って、廊下へ出て、どこかへ行った。

頼子は、急に、ぐったりして、卓へ凭《よ》りかかり、ほっとふかい溜息をついた。

加瀬は、二三分で、すぐ戻って来た。そして、すっと頼子のそばへ寄ると、何事かをひくくささやいた。

「ええっ！」

頼子は、仰天して、さっと顔色を変えた。

加瀬のささやいたことは、たしかに、頼子を驚愕させるに充分な意外な事実だったのである。

加瀬は、やさしく微笑して、頼子の肩をたたいた。

「おわかりになりましたね。……では、どうぞ、つぎの間で、おやすみになっていてください。そうすることが、奥さんの義務なのですから――」

四

この待合『ますみや』の帳場の奥の居間では、この時、ようやく、亮作が、決意をして、腰をあげていた。あの醜い男は、もうどこかへ姿を消していた。

「どうぞ、こちらへ——」

女中に促されて、亮作は、廊下へ出た。

一歩一歩すすむにつれて、亮作の血は、かっかっと燃えた。皮膚が自分のものでないように、ひきつれていた。心臓が、おそろしい速さで高鳴っていた。この一瞬が、果して、現実か、夢魔《むま》のしわざかと、疑いたくなった。頭の芯が、ずきんと疼いた。

「ここで、ございます。……おやすみなさいませ」

とある部屋をしめして、女中は、ひそやかにつげると、一礼して去って行った。

——この中の暗闇《くらやみ》に、あの﨟《ろう》たけた美女が、寝ている！

亮作は、わが心に、もう一度云いきかせてみた。

そっと、襖へ手をかけて、一寸きざみに開いた。

まん中にのべられた牀《とこ》が、こんもりと盛りあがっている——その輪郭だけが、目に映った。

ついに——亮作は、その牀へ、臥した女のとなりへ、身を入れた。彼の生涯で、これ程すさまじい生命の火花の散った強烈な一瞬は、またとなかったし、将来もあろうとは考えられなかった。踊り狂う血のたぎりで、亮作は、おのれの呼吸も困難になるのではないかと、あやうんだくらいであった。

×

賢明な諸君は、すでにお気づきであろう。臥していたのは、あの美しい女将《おかみ》ではなかった。

頼子であったのだ。

意外、わが妻であったと知って、驚愕した亮作が、どういう態度をとったか、それは、エピローグをお読みになれば、自ずとおわかりになろう。

エピローグ

今日も晴天であろう。あかるい朝である。

河森邸の茶の間では、昨日と同じく、夫妻は、むかいあって食卓に坐っていた。

亮作は、新聞を読み、頼子は、リンゴをむいている。

沈黙が占めているのも、昨日と同様であるが、ちがっているのは、夫妻の顔が、どちらも、どことなく明るいことである。そして、なんとなく、くすぐったそうな色を泛《うか》べている。そのくすぐったさのために、二人とも無言でいるのであろうか。

「はい、リンゴ」

「うむ」

この会話も、昨日と変りない。しかし、その含んでいる心理の機微は、まったくちがっている。あたたかい、やさしさが、交流しているとみるべきである。

電話のベルが鳴った。

すぐ女中が出て、とりついだ。

「あの、旦那様、黒木太平さまと仰言《おつしや》るかたから、お電話でございます」

「ああ、よし――」

亮作は、立ち上った時、ちらと妻を見た。頼子も、ちらと見あげて、ぽっと顔を赧《あか》らめた。

「あ、もしもし……河森だ」

「やアどうだったね。……どうも、勝手なカラクリをしかけて、君にいっぱいくわせたのは、まことにもうしわけなかったが、……結果はどうだったか、それが、少々心配でね、こんな朝はやくかけてみたんだ」

「いや、有難う。君のおかげで、円満、和解したよ」

「そうか。よかったよかった。夫婦なんて、そうあるべきだ」

「君の友情には、お礼の言葉もない」

「太平洋サービス・クラブも、まんざらすてたものじゃないだろう。しかし、功徳をほどこしたのを機会に、こんなインチキ商売は、止めにするよ。但し、あの国際賭場だけは、当分つづけるがね、もう君はこない方がいいな。昨日、君が儲けた十万円ね、あれは、イカサマでわざと儲けさせた金だから、君の鞄から、こっそり返してもらっておいたよ」

「………」

「ところでね、ちょっと気がかりなことがあるんだ。君の奥さんのあとから、君の姪と称する勇敢無類のお嬢さんがやって来てね。恰度居合せた画家の参宮五郎ね、あの有名なドン・

ファンと出て行っちまったんだがね……」

この時、その摩利子が、なにやら恋でも知ったような、しおらしい面持で、廊下の端に、パジャマ姿をあらわした。

それを横目で見やりつつ、亮作は、云った。

「ああ、その娘なら、昨夜、私たちより一足さきに、ちゃんと戻っていたよ。……なアに、大丈夫だよ。……そうかんたんには……はははは。尤も、今日からのことはわからんが……」

日露戦争を起した女

もしクレオパトラの鼻がもう少し低かったら歴史は変っていたろう、と云った哲人の断想《パンセ》に倣って、もし袁世凱《えんせいがい》の鼻の下がもう少し短かかったら日露戦争は起らなかったろう、と考えられる秘録がここにある。

この秘録を私に提供してくれた古稀《こき》の老翁は、その当時、北京《ペキン》の日本公使館附武官であり、日露開戦に纏《まつわ》る両国ならびに清国の政治工作を、表裏ともにつぶさに見聞したのである。したがって、この秘録は、その大要を信ずるに足りるもの、と思ってもいいであろう。「クレオパトラの鼻」に対する骨相学的断想よりも「袁世凱の鼻の下」に対する心理学的解釈のほうを、歴史変革の「もし・たら」的可能性が濃いとする所以《ゆえん》である。すくなくとも、もしセルビヤの一学生ガリロ・プリンチプがあの日短銃《ピストル》を手に入れなかったら第一次大戦は起らなかったであろう、と断言できる程度の可能性が、である。

で――これから、この秘録を公開するわけであるが、四書五経によってつちかわれた古稀翁の文章を、ほぐしたり、もんだり、のばしたり、ちぢめたり、まるめたり、ちぎったりしたのは、習い性となった文士のかなしい悪癖ではなく、もっぱら、読者の便を考慮したにほかならぬ。

一

時は、明治卅六年九月一日のことである。

処は、北京。日本帝国公使館の裏手にある裳陰精舎《しょういんしょうじゃ》の日本座敷から、この秘録の幕がひらく。

裳陰精舎というのは、その名のしめす如く、日本政府が、支那官吏を、搦手《からめて》から――つまり紅灯緑酒の宴裡に、懐柔《かいじゅう》しようとする目的のためにつくっただけあって、日本建築の粋《すい》を凝らしてあった。

欄間《らんま》には、御家彫《おいえぼり》と称される元禄時代の金銀装飾の鍔《つば》をはめ込み、三方の襖には、金紋先箱供揃《ともぞろ》い美々しい大名行列が描かれ、二双屏風には、歌麿の「吉原年中行事」が、一九の詞書《ことばがき》とともに吾妻錦絵《あづまにしきえ》の優和な艶姿を浮きあがらせ、床の間には雄大な富獄、中床には絵風鈒《えふうしゅう》金《きん》の檳榔子塗《びんろうじぬり》の大刀が鹿の角に乗っている、といったあんばいであった。

そして、千坪の庭園には、この北京の壮麗な風物にふさわしいものとして、桃山風の広闊《こうかつ》な築造がなされ、本郷前田邸のそれを摸《も》し、泉池、巨岩、喬木《きょうぼく》等のたたずまいは深山の幽邃《ゆうすい》をしめしていた。

わずかに、ここが異郷であることを知らせるものといっては、広縁の花雪洞《はなぼんぼり》のわきにつるされた円筒状の鳥籠で、しきりにさえずっている梅花鳥《メイホワニヨウ》の、涼しげな細い啼声だけであった。

今、百畳敷の大広間には、公使館附の武官が、七八人、思い思いの恰好で、やすんでいた。「露国撃つべし！」の議論沸騰《ふっとう》したあとの静けさが、大広間におとずれていた。ここ幾月間か、公使館の人々は、この非常問題のため、全エネルギーを傾倒していたのである。

やがて、床の間の柱に凭《よ》りかかって、黙然と目蓋《まぶた》をとじていた青木大佐（この人が武官の長であった）が、不意に何かを思い決した鋭い表情になって、姿勢をあらためると、

「おい、みんなちょっと、席をはずしてくれ。河田中尉だけ残れ」

と命じた。

河田中尉は、遽《にわか》に、烈しい緊張をおぼえた。――いよいよ自分の番だ、と直感した。この半年あまりのうちすでに十数名の陸海軍の武官が、密偵《みってい》となって満洲に潜行して行ったからである。青木大佐は、二人きりになると、河田をじっと正視して、

「河田、袁世凱が天津《テンシン》から入京して来た。御前会議が開かれるに相違ない。袁の肚《はら》は、君にわかるか」

と、訊ねた。

「は――」

河田も、ほぼ見当がついた。

前年、日英同盟が成立し、日本は全力を挙げて満洲問題にあたるものと見てとった清朝政府が、ただちに秘密会議を開いた。その席上で、袁世凱の、奏上した外交方針三箇条を、河田も仄聞《そくぶん》していた。

㈠　支那は露国の撤兵を迫り東三省の主権を回復せざるべからず。

㈡　日露開戦は、その孰《いず》れが勝利を得るとしても支那の不利免《まぬが》る可からず。故に、開戦を極力防止すること。

㈢　もし開戦せば、支那は軍隊を集中して厳正中立の態度に出ず可きこと。

当時、ロシヤは、機会ある毎に百尺竿頭《ひゃくせきかんとう》一歩を進めんと、満洲からじりじりと北支一帯までを狙っていた。それにひきかえて、三国干渉のために遼東《りょうとう》半島を還付した日本は、寸尺の土地も支那に持っていなかった。

日露開戦の危機は、清朝にとって、前門の虎と後門の狼との睨み合いであった。

清朝政界にあっての二大勢力は、湖広総督張之洞《ちょうしどう》と直隷総督《ちょくれいそうとく》北洋大臣袁世凱である。しかし、満洲問題に関するかぎりでは、これと接壌《せつじょう》する直隷省の支配者たる袁世凱の意見が重視されたのである。西太后も慶親王も軍機大臣も外務尚書も、袁の外交方針三箇条を採《と》る意嚮《いこう》に傾いていた。

「袁世凱が、このたびの御前会議で、なんと奏上するか、おれには、手にとるようにわかるんだ」

青木大佐は、にやりとした。

袁世凱が、山東巡撫《じゅんぶ》になった時、彼の率いる兵三千を、洋式組織に訓練したのが、この青木大佐であった。はじめ袁世凱は、身体六尺以上、力百斤の青竜刀を振りまわす大男を選んで親衛兵として得意になっていた。袁世凱は血気邁往《まいおう》の気象をそなえると同時に、誇大な空想に耽《ふけ》るあまり足下の陥穽《かんせい》を見そこなう河南人種であり、悠揚を装いつつも虚栄の夢にあこがれる支那政治家の一典型であった。軍事顧問となった青木大佐は、これらの巨漢を、三人分の大食をし馬を乗り殺す虚飾的な存在だと難じて、すぐ廃してしまい、五尺五寸を標準とした敏活な壮丁を選び、その中からさらに俊秀をすぐって日本に留学せしめ、二年たたぬうちに、訓練、武器、武装ともに大陸随一の軍隊をつくりあげたのであった。

だから、その期間において、青木大佐は、袁世凱の人物を、ふかく洞察していたのである。

「袁は、西太后を説いて、どんな不利な条件でもいいからロシヤと撤兵条約をむすぶに相違ないのだ。つまり、撤兵協約は、日本に開戦の口実を与えないための手段で、勿論、袁は、ロシヤが東三省から兵を退くなどとは毛頭《もうとう》期待して居らん」

「しかし、その意見が通って、ロシヤと談判を試みるとして、はたして成功いたしますか？ロシヤは承知するでしょうか？」

「クロパトキンは、対日戦争の尚早説《しょうそう》を唱えて居る。すくなくとも三カ年は延したい意嚮なのだ。旅順の武装もまだ完全でない。大石橋、遼陽、奉天、鴨緑江《おうりょくこう》の防備も不充分だ。三カ年たつと、満洲は金城湯池《きんじょうとうち》となる。だから、それまで、開戦を避けるためには、たかが反故《ほご》同然の撤兵協約を結んで、日本の鋭鋒を躱《かわ》すのは、老獪者《ろうかいしゃ》のレッサル公使として、北叟笑《ほくそえ》むところだろうじゃないか」

「成程――」

河田は、青木大佐の炯眼《けいがん》に敬服した。では、この自分に命じられるであろう特別任務とは、いったいなにか。満洲潜行でないことだけは、はっきりした。

「しかしだ、おれがいま云った袁の肚の裡は、あくまでおれ一個の推測でしかない。内田閣下（公使）も列国の公使も、袁の入京は、開戦必至と見ての局外中立維持に関する意見を述べることだ、と考えているのだ。……おれが知りたいのは、袁の秘密上奏の結果なのだ。もし、撤兵協約が談判されるとなれば――わが国の打つ手は、電光石火でなけりゃならん！」

そう云いはなってから、青木大佐は、いったんかたく口を緘《と》じた。

この時、河田の胸のうちは、青年将校の中から特に自分が見込まれて、この重大事を打ち明けられた感激で大きく波うち、如何なる虎口にも飛び込んでみせる悲壮感が燃えあがってきた。

だが、――青木大佐が、次に叶《は》いた言葉は、河田のその悲壮感に、水をあびせるものであった。

「河田！　君の女房をおれに呉れぬか！」

と、ずばりと云いはなったのである。

二

一時間後、河田中尉は、帰路にあった。

北京の太陽は、西山の間に落ちるまでギラギラと眩《めくるめ》く輝きをなげかける。その紅の落陽をおびた街衢《がいく》は、盂蘭《うら》盆会《ぼんえ》を二日後にひかえて、大変な賑いであった。

河田の通りぬけて行く天橋路は、戯迷《ぎめい》の都を代表する民衆娯楽の中心地で、銅鑼《どら》、胡弓、拍板、呼び声、犬の声に、露店から流れ出る豚汁と韮《にら》にんにくの臭気が綯《な》いまざり、その喧騒をあびて、両側の紅鬼火《べにほおずき》のような門提灯がユラユラゆれていた。

河田は、わざとこのどよめきたつ歓楽街に踏み込んだのであったが、心中の烈しい惑乱を喧騒でうち消すことは出来なかった。戯院に入りかかっては急に身をひるがえし、酒を欲して横町に曲りかけてはまた思い直し、いつか、東へ抜けて、ふらふらと暁市《シャオシー》（泥棒市）のうすぎたない通りを歩いていた。

青木大佐の要求は、河田にとって、あまりにも苛酷無慙《むざん》であった。

青木大佐は、河田の妻の尚江《ひさえ》を、袁世凱の妾にしようというのである。袁世凱が、無類の漁色家《ぎょしょくか》であることは有名であり、一妻多妾主義を、支那大陸はもとより、朝鮮、南方、西洋からも、美女を漁《あさ》って、実行する男であった。勿論、袁は大和撫子《やまとなでしこ》も、わが手中にすることを熱望して、天津の日本商人に交渉したことがあった。身代《みのしろ》金六千毎月手当二百五十金という条件で贈られたその芸妓は、すでに東京から九州、そして京城へと流れわたったしたたか者で、流石《さすが》に袁は一カ月で抛り出してしまった。ついで、袁は、フランスの娘を欲しいと云い出し、軍器売込みの競争激しかった折柄、フランスの商人は、しめたとばかり、上海から淫売婦を呼び寄せて、さし出したが、その商人の武器売込みが失敗したところをみると、袁は、その女の正体を見破ったに相違なかった。

このチャンスをのがさず、こんどこそ純粋無垢な、気品と美貌とういういしさとおだやかさをそなえた日本の若い女性を与えたならば、袁は、どんなに歓喜するか、と思いついた青木大佐は、敵の腹中をさぐる間者に、河田の妻の尚江をえらんだのである。

青木大佐は、しかし、ただ、河田にむかって、「君の女房をおれに呉れ」と暗示をかけただけで、袁世凱の妾にするとは云わなかった。

河田が不意を打たれて、茫然となっていると、青木大佐は、一言、

「国家のためだ」

と、つけ加えた。そして、それ以上、説明しようとはせず、

「明日、おれのところへ寄越してくれ。たのむ！」

と、畳へ両手をついたのであった。

河田は数分間の息づまる沈黙の果てに、

「承知しました」

と、こたえて、さっと座を立っていた。

青木大佐は、河田の一変した形相を見あげて、思わず「待て！」と声をかけようとした。河田が妻を殺して自分も死ぬのではあるまいか、と不吉な想像が脳裡《のうり》を掠《かす》めたからであった。

——死ぬ者は死ね！

青木大佐は、咄嗟のおのれの動揺を抑えて、黙って河田を見送ったのであった。

河田は尚江を愛していた。幼年時代から兄弟のようにして育った仲であり、両家とも、四谷の伊賀町に、伊賀衆として寛永からつづいた旗本であった。その結婚は、なにひとつ障碍《しょうがい》の起り得べくもなく、すべての人々から祝福されたものであった。河田にとって少年期から、尚江以外の女性を妻にすることは考えられず、尚江もまた、河田のほかには良人にえらぶ男性はこの世になかったのである。式を挙げたのは、昨日のように思われる。新婚一年に満た

ない鴛鴦《おしどり》夫婦であった。

河田は、裳陰精舎の門を出て、老柳が地を払わんばかりに垂らした糸の彼方に、むらさきにけぶった西山を背に、景山の五亭と王宮の角楼が、金色にさんぜんとかがやいている壮麗な景色を目にとめたとたん、――ああ、なぜ、自分は、尚江を北京につれて来たのであろう、と骨を噛む後悔に切歯《せっし》したのであった。

どんなに妻を愛していようが、河田は、青木大佐の要求を蹴ることは出来なかった。旗本の血をひき、しかも軍人である河田は、自分の生命とともに家族の生命も、国家に捧げてある、という誓いを破るエゴイズムは持合せていなかった。

しかも、今、駐清公使内田康哉以下日本公使館全員はもとより在北京邦人は、上下協力一致、殆んど寝食を忘れて、日露開戦準備に、心身をたたき込んでいるのである。遼東還付に対する臥薪嘗胆《がしんしょうたん》の遺恨は、日本人一人一人の心魂に徹していた。如何なる犠牲をはらおうとも、ロシヤの機密を摑み、清朝の外交を制して一挙に起たんとする意気は壮烈であった。

ロシヤの戦闘準備が、着々として進められるにつれて流言飛説は盛んになり、袁世凱が買《ばい》収《しゅう》されたとか、ロシヤは勝利のあかつきには、朝鮮を呈上する、と清朝政府に約したとか、露清銀行は、内外蒙古王に巨額の無利無期貸出しをして相互援助協約を結んだとか、慶親王に五十万金を与えたとか――それらの情報は、内田公使をして、三度、主戦意見を小村外相に上申せしめる急迫した空気の中から生じたものに外ならなかった。

この秋《とき》にあたって、婦女子一個の貞操が、開戦の時機を決する露清秘密協約の真相を摑むことに役立つならば、躊躇《ちゅうちょ》の余地はない。

運命をのろいつつも、河田は、尚江を犠牲にする決意をかためたのであったが……。

わが家がその奥にある胡同《ホートン》に戻った河田は、夕映が真西からさしこめた通りに、人影もなく、瑠璃《るり》瓦の影壁《インピイ》が寂寞たる姿を横たえたあかるい風景の中で、一瞬、足を釘づけにして、

――尚江と刺しちがえて！

と、狂おしい想念に駆られた。だが、それは、背後から、いそぎ足で追いついて来る下駄の音でうち砕かれた。

ふりかえると、尚江のやさしい笑顔があった。おくれ毛ひとつない丸髷、地味な縞の明石《あかし》の絹上布《じょうふ》につつまれた姿態の美しさ、牡丹色の半衿《はんえり》に映えたうなじの透きとおる白さ。

「おかえりなさいませ。……今日は、ずいぶんお早いこと。……うれしい！」

より添ってにっこりするその顔だちは、先般ひきあわせた光緒帝づきの宮廷官吏が、

「わが国の理想的美人の性質をぜんぶそなえた素晴しい奥さんだ」

と感嘆した美しさであった。長く円曲した双蛾《そうが》の眉、切長の細い一重まぶた、よく動く盼《はん》たる黒い眸子《ひとみ》、桜桃の顆《つぶ》に比喩《ひゆ》してもいい唇のかたち、よく整頓された小さな雪白の歯、細く高い鼻梁の優しさ――その万人にすぐれた容貌は、しかし、今となっては、河田にとって、いっそのろわしいものであった。

「どうなさいましたの？　そんなにわたくしをじろじろごらんになって……怕《こわ》いお顔。……ほら、わたくしの顔より、これをごらんあそばせ」

尚江は、右手に携《さ》げた白蛇《はくだ》の精と青蛇の精を描いた法船をかたどった盆灯籠をかかげてみせた。

「これにね、亡くなった人の人形をつくって乗せてくれ、と商人が、わざわざ人形のつくりかたまで説明してくれましたのよ。わたくし、白蘭花《パイランホア》や玉簪花《ユイツアンホア》をどっさりのせて、流してやりますわ」

無心に、愉しげにささやく尚江の声をきいているうちに、河田の胸に、どっと熱いものがこみあげて来た。

河田は、無言で、あるき出した。

尚江は、はじめて良人の態度に気がついて、訝《いぶか》しげに眉をひそめながら、つつましく二歩の距離を置いて跟《つ》いて来た。

河田は、わが家に入ると、軍服も脱がず、南庭に面した窓辺に立って、しばらく、じっと、軒下に一列に植えられた玉簪花《ユイツアンホア》へ、うつろな眼眸《まなざし》を落していた。陽はすっかり落ち、西山の空は、荘厳な夕映を次第に消しつつあった。遠く巷の騒音が、きれぎれにつたわってきて、この庭の静寂をふかめていた。

ふと、顔を擡《あ》げると、澄んだあかね色の空を鋭角で切った屋根の上を、大きな蜘蛛《くも》の網でも風に吹き放されたかと思える長い糸が、静かに静かに、東南風に送られて、ゆらゆらと飛んでいた。その白い長い糸は、河田に、この北京にのこるむかしの童話をおもわせた。神聖な虫が、白い糸に乗って、風の流れるままに飛んできて、美しい女人の胸にとびこみ、可愛い子供を宿す、という童話を――。

それは、古い詞曲にも出てくる裊晴糸《ニアオチンスウ》であった。どこから、生れて、どこへ飛んで行くのか、誰人も知らない不思議な白い糸であった。

河田は、それを見送るうちに、心が鎮まるのをおぼえた。

「あなた、お茶を――」

と、呼ばれて、静かに自分の座へ就いた河田は、

「尚江」

と、愛情をこめて呼んだ。

「はい――」

「お前にたのみがある」

「はい――」

「死んでくれ！」

三

翌日、河田中尉は、死者のように蒼褪《あおざ》めた妻をともなって、裳陰精舎へ赴《おもむ》いた。

青木大佐は、尚江の前に坐すると、昨日河田にそうしたように、両手を畳について、

「奥さん、有難う。……よく、承知してくれました」

と、ひくく頭を下げた。

尚江は、青木大佐にも良人にもききとれない声を、口のうちで洩らした。彼女は、なにもきかされてはいなかった。ただ、貞操をすてて、清朝政府の外交方針の真相をさぐるのだ、とだけ教えられていた。何人のもとへ、どうやって送りこまれ、どのようにしてその真相をさぐるのか、それはこれから青木大佐に指示されるのであった。

河田が、青木大佐の目くばせで、立ちあがった刹那、尚江の視線が、電光のごとく彼を射た。

名状しがたいその眸子《ひとみ》の光は、河田の全身を顫わせた。

その光を断ち切ることは、妻との永遠の訣別《けつべつ》を意味した。

眩暈《めまい》にも似た決断で、座敷を出て、広い廊下をあゆみ出した河田は、

――自分も、遠からず死ぬ！

と、きっぱりわが心に誓っていた。

三日過ぎた。

尚江は、裳陰精舎から何処かへつれ去られたまま消息を絶ち、いっさいの手段は青木大佐の胸中にふかくひそめられ、河田にも告げられなかった。

その日、青木大佐は、河田一人をつれて公使館を出ると、馬車を、紫禁城へ向けて駆った。

「河田、君は、紫禁城に入ったことはまだなかったな」

「ありません」

「今日は、紫禁城内でも、乾隆《けんりゅう》帝以来封鎖されたまま、開かずの御殿になっている迷魂閣《めいこんかく》の

前庭を見物することになっているんだ。迷魂閣の門前に碣石《かっせき》が建っていて、ここは地獄の所在地なり、永遠に開放を許さず、と刻んであるがね。なんでも、乾隆帝が、梨嬢という美女を、迷魂閣内の四方硝子張りの水晶宮の閨房《けいぼう》に入れて、愛撫していたところが、これをかぎつけた皇后が、不意に多数の宦官《かんがん》をつれて乗り込んで来て、泣き叫ぶ梨嬢を素裸にして、梁《はり》に吊るして、無慚にも炙《あぶ》り殺した、とつたえられている。真か偽かわからんが、爾来《じらい》亡霊の祟《たたり》があるので、閉めたままにしてあるんだそうだ」

青木大佐は、馬車にゆられながら、いかにものんきそうに、そんな話をきかせたが、河田の重く澱《よど》んだ心には、なんの興味も惹き起さなかった。

だが、青木大佐は、つづけて話った。

「紫禁城に、亡霊が出現する噂は、義和団事変以来、いよいよさかんになっているのだ。君もきいているだろうが、日、英、米、独、仏、墺、伊の連合軍が北京を攻めた時、西太后は光緒帝と西安府に走ったが、その時、鳳輦《ほうれん》にとりすがってつれて行ってくれと泣きさけぶ宮嬪《きゅうひん》を、みんなふりすててしまったんだな。この時、光緒帝の最も愛していた珍貴妃も、ともに西狩《せいしゅう》にしたがわんことをねがったが、ゆるされないばかりか、西太后は、かねて珍貴妃が、光緒皇后よりも帝の寵を専《もっぱ》らにしているのを憎んでいたので、内監《ないかん》にひきわたしたんだ。内監は、太后の旨を察して、珍貴妃を後庭の井戸へ投げ込んでしまった。今、その井戸は胭脂《いんし》井《せい》と呼ばれているが……やはり、そこから亡霊が出るという噂だ。……いったい、あの紫禁城内にある多数の古井戸には、みんな、宮女が身投げしているんだ。おれは、事変の時、福島将軍にしたがって、城内をのこりくまなく調べたんだが実に怪しげな場所が多い。身の毛のよだつ妖怪談がかずかずあるのは、当然だと思ったものだ」

河田には、青木大佐が、なぜこんな話を長々と喋るのか、わからないままに、かすかな不快さえおぼえていた。

するると、青木大佐は、河田の不快を見破ったように、急にひややかな声音《こわね》になり、

「つまり……今日、おれが、袁世凱に亡霊を贈呈しようというわけなんだ」

と、云った。

河田は、悸《ぎょ》っとなって、青木大佐の顔を、まじまじと見据えた。

「おれは、一昨日、袁に会って、貴方も世界各国の女を妾にされたが、まだ亡霊を抱かれたことはあるまい、と云ってやったのだ。袁のやつ、憤然として、わしをからかうのか、と食ってかかったから、すかさず、おのぞみなら、紫禁城内でも最も麗艶にして無垢、静淑にして可憐な亡霊を贈呈しようではないか、と申出たんだ。亡霊の玉骨氷肌《ぎょくこつひょうき》が、どれぐらい、貴方を愉しませるか、ひとつためされるがよかろう、と笑ってやったら、流石の袁も、唖然としていたな。はははは……」

その笑いをおさめた時、青木大佐の眼光は異常な鋭さをしめした。

「君は、その亡霊を見る勇気があるか？」

河田は、そう訊かれて、咄嗟《とっさ》に息をのんだ。

「もし……ないのなら、ここで降りて、帰りたまえ」

「い、いや、あります！」

河田は、相手の挑《いど》みかかるような冷酷な語気をはねかえすように、きっぱりとこたえた。

それっきり――紫禁城内へ馬車が駆け入るまで、二人の間には、おのおのの感情を押し殺した重苦しい沈黙があった。

それから、二時間あまり後のことである。

直隷総督の豪華な軍服をまとった袁世凱の巨軀を先頭に、青木大佐、河田中尉、袁の幕僚数名、および皇宮の内監、宦者十余名は、はるかに、妃嬪《きひん》の居館である六宮の黄甍《こうぼう》をのぞむ西苑をあゆんでいた。

くっきりと碧空を切って浮き立った景山を背景《バック》にして、悠揚として聳《そび》えた黄甍の波、演戯台楼閣の鏤金《るきん》五彩、蓮池のほとりに立つ涼亭がひっそりと影淡《かげあわ》く水面に映した雕欄《ちょうらん》、大理石の華表、珊瑚《さんご》と瑠璃《るり》の廻廊のはしばしに双手をのべた大理石の裸像、絨毯《じゅうたん》のように芝生の敷きつめられた歩道、緑蔭に遮《さえ》ぎられつつチラチラと光る水晶の円門――光と影の入りみだれた華麗優美な西苑の景趣は河田を幻惑せずにはいなかった。古代の詩人が禁城の壮大を、天の紫微垣《しびえん》に象《かたど》った宮殿とうたったのはすこしも誇張ではなく、秦の咸陽宮が炎々として三カ月も燃えたという伝説も信じられるような気がした。

「閣下、あの窨井《ようせい》（水のない井戸）が、庚子《こうし》の変に珍貴妃を――」

と、宦者の一人が、袁世凱に、むこうの大きな円窓のくぐりを切った粉牆《ふんしょう》に囲まれた小さな院子とも見えるものを指さしてから、ちらりと意味ありげに青木大佐の方へ一瞥をくれた。

青木大佐は、このきっかけを待っていたごとく、つと二三歩前へ出て、無礼ともきこえる高声で、珍貴妃の死をいたむ宮詞を朗読した。

「趙家の姉妹共に恩を承《う》く、嬌小偏《ひとえ》に帰す永巷門、宮井波たたず風露《ふうろ》冷かなり、哀蟬《あいせん》落葉夜魂を招く――」

それをきく袁世凱の表情は、望洋《ぼうよう》としてとらえようもなく、羽虫が飛んできて、その半白の長髭《ちょうし》にたわむれても、払おうともしなかった。

「閣下、おきき下さい」

青木大佐がふりかえって、鋭く、袁世凱の注意を促《うなが》した。

一同は、はっとなって、耳をすました。

かっとまぶしく照りつけたこの幽邃《ゆうすい》の西苑内には、桂樹《けいじゅ》をへだてた彼方の池でしぶく噴水の音が、小止《おや》みないさざめきを送ってくるほかは、虫の音がきれぎれに、叢《くさむら》から洩れてくるばかりであったが……。

と――。

人々は、噴水の涼しげなひびきを縫って、かすかな、ほんのかすかな呻き声が、地の底から、つたわってくるのをきいた。

青木大佐の冷やかな眼眸は、袁世凱の黄色な斑点を浮かせた横顔に食いついてはなれなかったが、そのはれぼったい目蓋がぴくりと痙攣《けいれん》し、灰色の眸子に好奇の色が動いたと見てとるや、手をあげて宮監に合図した。

三名の宮監が、石径をつたって、土壇をのぼり院子の扉をひらいた。

袁世凱らも、歩を進めた。

呻き声は、たしかに、その中からきこえてくるのであった。

手順はととのっていたとみえて、宮監の一人が、すばやく、身体に綱を巻きつけると、卍字《まんじ》つなぎに組んだ井戸の石縁を乗り越えて、沈んで行った。二人の宮監がたぐる綱は、かなり長くのばされた。

やがて、引けの合図があった。

一同は、固唾をのんだ。なかんずく、河田の心臓は、異常な乱打をつづけていた。

顔面いっぱいに汗をしたたらせた宮監が、白い大きな麻の袋を抱きかかえてあがってきた時、袁世凱は、はじめて口をひらいた。

「面白い趣向だな、青木大佐」

皮肉を含んだその言葉を平然とききき流した青木大佐は、いきなり腰の刀を抜きはなって、石畳にそっと横たえられたその袋を、すうっと切りひらいた。

亡霊は――一糸まとわぬ、雪白の柔肌《やわはだ》をもった裸女であった。

白蠟のように軟かで滑かで肉の盈《み》ちた腕、肩、胴、腰、腿《もも》が、生れていまだ一度も他人に肌を見せたことのないはげしい羞恥に息づかいつつ、かたく前部をかくして俯伏したさまは、袁世凱の顔から、望洋たる仮面をはぎとるに充分であった。

「お受けとり下さい、閣下」

青木大佐は、鍔鳴りとともに刀身をおさめて、静かに云った。

「貴公は、わが朝《ちょう》のしきたりをよくわきまえて居るな」

袁世凱は、破顔して、二三度大きく頷いてみせた。

清朝のしきたりというのは――。

易世革命の多い支那にあっては、鴆毒《ちんどく》がさかんに用いられ、片時の油断もならず、後宮の美女に対しても決して気をゆるせなかった。何人の隠謀に荷担し、使嗾《しそう》されているかわからなかった。そこで、清朝にあっては、妃嬪を夜の伽《とぎ》に上すにあたって、細心の警戒を加えた。今宵、何某妃を上せよという命が下った時は、宮監はまず縁頭牌《えんとうはい》というお召の札を、その局《つぼね》の戸口に掲げる。すると当番の妃は、昼のうちから沐浴《もくよく》して、香を薫《くん》じ、髪を梳《くしけず》り、化粧を施して待つ。そこへ宦者が、大きな袋を持って迎えに来る。妃は、衣服を脱いで素裸になり、簪《かんざし》、笄《こうがい》まで取り除いて、その袋の中へ這い込む。それを宦者は、天子の御牀へ運ぶのであった。

「この亡霊に、一寸の害意のない証拠をお見せするためです」

「よし、有難く頂戴しよう」

青木大佐の仕組んだ芝居は、見事に成功した。

だがただ一人――。

河田中尉は、無我夢中で土壇を駆け下り、血走った双眼を、澄んだ宙の一点へ据えて、零下の水中から這い上ったもののように唇の色を変え、歯を切《せつ》して、おそろしい憤怒を、必死に怺《こら》えていた。

予期していたとはいえ、最愛の妻が、白日下に裸身を晒されるのを目撃した刹那、河田の全身を走ったのは、狂暴な殺気であった。

まず、抜く手を見せず青木大佐を斬り下し、かえす刀で、袁世凱の首を刎ね、さらに好奇と好色の眼を光らせている十余名の有象無象《うぞうむぞう》を、片っぱしから血祭りにあげたい衝動が、猛然と、河田のうちに起ったのであった。

——むごい！　あまりにも、むごい！

河田は、胸中で、絶叫した。

血涙がにじんで、彼方の楼閣を蔽う黄甍が、溶《と》け崩れた。

にも拘らず、河田を、不動尊のようにしばりつけて動かさなかったのは、いったいなんであったろう。

四

袁世凱は、そのまま北京にとどまって、天津《テンシン》に帰る気配はさらになかった。

朝廷にあっては、再三、秘密会議が開かれている模様であり、各省督撫《とくぶ》が急いで上京し、またあわただしく去る動きは、さらに頻繁となった。

旅順要塞の防備はいよいよ厳重を加え、大石橋、遼陽等の武装もまた着々と整えられた。

内田公使は、さらに幾名かの浪人を満洲へはなった。ロシヤは、表面傲慢不遜《ふそん》の態度を示し、あくまで日本を圧伏せんとする気勢をしめしたかと思うや、突如、山海関——営口間の軍隊を、さっと撤退してみせて、日本公使館を狼狽させた。

内田公使は、レッサル公使の表面一歩も譲らない強硬な態度を、目のあたり見ているだけに、開戦の急先鋒《きゆうせんぽう》であった。それだけに、袁世凱の動きに対しては、四方八方からその真実を摑もうと躍起となり、慶親王とレッサル公使が会合する気配はないかと、日夜間断なく警戒しつづけた。しかし、日はむなしく過ぎ、確たる真相を察知することは出来なかった。

そして、明治卅六年が、倉皇《そうこう》として暮れようとしたある宵——。

ついに、青木大佐は、河田中尉の妻尚江を、ひそかに裳陰精舎に迎い入れたのであった。

尚江は、やや蒼褪めてはいたが能面のように無表情であり、挙措《きよそ》に微塵も崩れたところをみせず静かに吾妻コートをぬいで、青木大佐の前に坐った。その不気味なまでの落着きが、すでに死を決しているもののそれであろうとは、流石の青木大佐も、昂奮のあまり、見ぬくことができなかった。いや、よしんば見ぬいたとしても、はたして彼女の決意をひるがえさせる努力をはらったかどうかは疑問である。

「奥さんどうですか？　わかりましたか？」

と、切り込むように訊ねて、じっと食い入る青木大佐の視線を、尚江は、硝子玉のように光をうしなった眸子で、またたきもせず受けとめると、

「はい、わかりました」

と、こたえた。

「わかった⁉　わかったか！　それは――慶親王は――？」

「はい、レッサル公使と会合し、仮協約を調印しました」

「やったか！　くそっ――」

「皇帝、太后両陛下の批准《ひじゅん》を待つまでの運びにいたりました」

「まちがいありませんな？」

「まちがいありません」

「貴女は……誰から、それをきき出しました」

尚江は、ふっと俯向いた。

その無言が、青木大佐を、はっとわれにかえらせた。

「貴女は……わしの、指図通りに……やったのですな！」

かすかな頷きがあった。

青木大佐の眼眸に、はじめて、この女性をいたましいものとして眺める色が湛《たた》えられた。

彼は、尚江に、袁世凱の幕僚のうち、実際に施政に参画している唐紹儀《とうしょうぎ》か蔡紹基《さいしょうき》か梁如浩《りょうじょこう》か、その三人のうちの一人を誘惑せよ、と命じて置いたのである。

もはや、その三人のうちの誰であるかを訊ねる必要もなかった。尚江は、やりとげたのである。

「ちょっと、待っていて下さい」

青木大佐は、座敷を飛び出すと、玄関に走り出て、部下に、内田公使を呼んで来い、と怒鳴った。

青木大佐が座敷へひきかえして来るまでは、ほんの二分と要しなかった。

しかし、襖をひらいた青木大佐は、そこに短剣で喉を突いて、俯伏した尚江の姿を見出さなければならなかった。

「しまった！」

仰天《ぎょうてん》して駆け寄った青木大佐は、扱帯《しごき》で膝をしばった覚悟のさまに、思わず息を引いた。

抱き起してみれば、かたくとじた目蓋から、ひとすじの泪《なみだ》が、頬をつたい落ちていた。

「ゆるして下さい、奥さん！」

青木大佐の両眼からも、どっと泪があふれた。

河田が、公使館からかけつけて来た時、尚江の死顔は、綺麗に血が拭きとられてあったけれど、苦悶の跡をありありととどめていた。

青木大佐のはからいで、河田は、遺骸と二人きりにされた。

河田は、滂沱《ぼうだ》と流れる泪もぬぐいあえず、ただ虚脱したように、長い長い間、妻の死顔を瞶《みつ》めていたが、やがて、そっと右手をのばして、その額を、目蓋を、頬を、ゆっくりとさすりはじめた。

幾分かの後、苦悶の跡は、そのつめたい皮膚のどこからも消えさっていた。

満洲撤兵の仮協約成る、の急報は、内田公使以下全員を仰天させた。公使は、大金庫を開いて、有金全部をつかみ出し、

「おい、仮協約を、この黄金弾でたたきつぶすんだ」

と、怒鳴った。

公使館員たちは、その金を摑んで、その夜のうちに、八方へ散った。

慶親王を押えるには、その愛子振貝子《しんばいし》を引き寄せなければならぬ。振貝子を味方にするには、その左右の侍臣を買収しなければならぬ。袁世凱にぶっつかって、日本の決意を納得せしめるには、その幕僚の内諾を得なければならぬ。将を射んとすればまず馬である。

買収運動が成功の最大の可能性を持っているということは、この危機にあって、どんなに日本公使館に活気ある躍動を与えたか知れない。しかし、それは、あくまで巧妙きわまる手段をもってしなければならなかった。支那大官くらい体面を飾るものはない。白刃で脅迫されても自己の弱点を示さず、清廉潔白の誇りを崩さない。曰く君子不思利《ふしり》、曰く聖人不夢黄金、曰く忠臣遠佞人《えんねいじん》。と取りつく島もない不愛想な態度で、どこ吹く風か、と空とぼける相手の懐中に、現ナマをねじ込むには、よほどの老練円熟の呼吸を要する。一皮むけば、彼らくらい、利を思い、黄金を夢み、佞者小人を近づける連中はいないのだから——。

不眠不休の奔走が、四日間つづいた。

そして——ついに、日本公使館は、ねらった馬も、将も、ことごとく射落した。慶親王には八十万、振貝には二十万、慶親王の相談役那桐には三十万が握らされた。

袁世凱は——袁世凱もまた、豹変《ひょうへん》した。自分から協約を主張した袁は、自分から協約の批准を、慶親王に延期するように勧告した。袁を豹変せしめたのは、天津探題伊集院不令《テンシンたんだいいじゅういんふれい》であった。伊集院に作戦をさずけたのは青木大佐であった。

袁世凱が、もし李鴻章であったならば、批准は成されたに相違なかった。いわゆる、袁世凱は、風眼俗頭《ふうがんぞくとう》の政治家でしかなかった。青木大佐の頭脳の前に、屈服した。

西太后の病気を理由に、協約批准の奏請《そうせい》がおくれることを通告されたレッサル公使は、憤然として、外務部を訪問した。慶親王は、事故をもって面会を辞し、代って応接した那桐は、ぬらりくらりとうけ流して、レッサル公使をいたずらに焦躁《しょうそう》せしめるだけであった。その直後、公使は、痼疾の症状が進み、間もなく、無念の思いを遺して逝ってしまった。

明けて、二月七日、わが水雷艇隊の旅順襲撃によって、日露戦争は、その火ぶたをきったのであった。

五

河田中尉が、祖国の犠牲《いけにえ》になってはかなく散りはてた妻を慕って、壮烈な戦死をとげたのは、奇《く》しくも、鴛鴦《えんおう》の家庭を閉じてから丁度一年目の、卅七年九月二日であった。

折から、黒木軍の中央縦隊は、遼陽を抜き、水光寺西北標高百三十一高地を占領すべく、黒英台西北高地饅頭《まんじゅう》山を目標として、じりじりと攻撃していた。

しかし、敵の砲兵陣地は、わが掩護砲兵の小倉砲兵聯隊の一枝隊に数倍し、前衛の村松枝隊（馬場聯隊）は、終日、高粱《コウリヤン》中にひそんで、夜に入るのを待って突撃を敢行、ようやく饅頭山を陥入れて、前面の百三十一高地に対陣した。

この陣地は、右に茨子山《しし》の敵重砲兵陣地を控え、左の高粱地にも七十門近くの野砲が集結し、主力はすでに山麓《さんろく》を圧し、三面を包囲されていた。

河田中尉は、この陣地の一隅にいた。

彼は、これまでの激闘で、つねに先頭に立って奮戦してきた。部下たちは、小隊長の勇猛ぶりに絶大な敬意と信頼をよせ、士気は他の小隊を圧して旺盛《おうせい》であった。ただ、下士官のうちには、河田の奮戦に対して、いくばくかの疑念を抱く者があった。

河田は常に酒気をおび、その力をかりて、あたかも死を欲するかのように斬り込んだからである。

「あまり、生命を粗末にしすぎるな、隊長は――」

そんな囁《ささや》きが、時に、そっと交されたものであった。

しかし、下士官のうちで、河田に忠告しようとする勇気を持つ者はいなかった。河田の面上にただよう暗い色は、戦闘の刺激によって生じた殺気の跡とは、どこかおもむきを異にした内心の苦悩から滲《にじ》んだもので、それが、理由は知らない部下たちにも不気味なものを感じさせていたからである。

夜が明けはなたれ、黄土いちめんを這っていた濃霧が、しだいに散りはじめた頃、まず前方高地から、砲煙があがり、凄じい唸りを発して、わが陣地の前に、黄色い土煙をふきあげた。それをきっかけに、彼我の砲弾が、轟然《ごうぜん》と火ぶたをきった。

土煙とともに、うすむらさきの光が、彼処此処で、ぱっぱっと張りはじめるや、兵士たちは、恐怖に挫かれまいと、黄塵《こうじん》にまみれた顔の中で、目玉ばかりをぎらつかせて、口々になにか、敵を罵倒していた。

河田は、ビールを口飲みしながら、一種物倦《う》げな細目で、じっと敵陣を眺めていた。

そのうち——云いあわせたように砲声が、ふっと止んで、奇妙な明るい静寂がおとずれた時、河田の眸子が、急に大きく瞠《みひら》かれた。

丁度、敵陣地の上空のあたりを、二丈も三丈も、いやもっと長い、白い糸が、微風に送られて、静かに、ゆらゆらと飛行しているのだ。竜のように、うねうねと波うたせながら来るもの、あるいは直角にまがったまま飛んでいるもの……どこへ行くのか、同じ速度で、敵陣上をかすめて、西北にむかって送られて行く。

それは、彼が、北京のわが家の窓から眺めたことのある裊晴糸《ニアオチンスウ》であった。じいっと見送っているうちに、不意に、河田の視覚が狂った。

その白い糸の幾すじかが描く形が、優美な裸体に見えてきた。あの紫禁城の西苑で、むざんにもむき出された妻の裸体そっくりに。

一瞬、河田の脳裡に、名伏しがたい狂おしい悔恨と灼けつくような恋慕が渦巻いた。土壕《どごう》からとび出して、饅頭山上に、すっくと仁王立ちになった刹那の河田は、もうなかば気が狂っていたものであろう。

「尚江っ！　尚江っ！」

喉を裂く絶叫の、その余韻が消えぬうちに、唸りをあげて飛来した一弾は、河田の身体を、かたちをとどめずに四散させていたのであった。

明治卅七年十月十六日附の東京二六新報に「遼陽戦に於る北越の鬼聯隊」という見出しで、饅頭山激闘の光景がくわしく報じられている。その一節に、

三日午前二時に至り、敵は又々第四回の逆襲を行い、歩兵中佐先頭に立ちて進軍喇叭《らっぱ》勇ましく太鼓など打立てつつ、ウラーウラーの鯨波《とき》を作って攻め寄せ、忽ち横隊となってわが饅頭山を包囲し、爆裂弾を投げかけ投げかけ襲来せり。時に我軍既に一発の弾丸なければ、最後の覚悟、腰間の剣を引抜いて凡一の斬死するのみと待かけしが、中でも、かの摩天嶺に敵十八人を斬り、又様子嶺に退路を扼《やく》して驍名《ぎょうめい》をうたわれし河田静吾中尉は、明晃々たる日本刀を振翳して、第一番に敵中に割って入り、縦横無尽《じゅうおうむじん》に切り廻りしが、流弾に打たれ一度び地に伏せし後、すっくと立ちて、天皇陛下万歳！　と三度び叫びつつ斃《たお》れし壮烈無比の最期こそ云々。

とある。

四谷伊賀町の河田家にも、聯隊長馬場大佐から、この記事とほぼ同じ最期《さいご》のさまを報せる長い手紙がとどいた。なお、尚江は、急病死として、さきに河田から通知されてあったので、

河田家では二人をひとつ墓に葬ることにした。

卅八年七月八日、輝く戦捷国《せんしょうこく》の全権として小村寿太郎が、横浜からミネソタ号で米国シャトルにむかって出発したその日、青山墓地の一隅に、比翼連理の墓碑が建てられた。

それから数日経て、青木大佐は少将に栄進して、凱旋して来たが、新橋駅からまっすぐに、青山墓地にむかった。

青木少将から長い長い黙禱をささげられた墓碑は、憎悪と呪詛《じゅそ》をこめてかすかにゆれうごいたであろう、と――そこまで臆測《おくそく》するのは、これは文士の悪癖であろう。

この秘録を提供してくれた老翁は、半年ばかり前にみまかった。いまいちど問い糺《ただ》すよしもない。

生首と芸術

一

一八四五年の秋のある宵のことであった。

パリのヴァノオ街の古風な邸宅の書斎で、著名な弁護士兼公証人ド・ラニアン氏は、黒の襟飾《ネクタイ》を解き、カシミヤの胴着をはだけて便々《べんべん》たる太鼓腹をむき出して、褥椅子《しとねいす》に寝そべっていた。

ド・ラニアン氏は、十九世紀中葉における屈指の法律家で、彼が法廷でふるった真摯《しんし》敢為の気象を溢れさせた名演説は、「傷つける獅子の咆哮」と形容されて、後世につたえられた。私生活も清廉潔白、研学と信仰に富んでいた。

その日も、汗だくの三時間余の熱弁をふるって来たド・ラニアン氏は、書斎に戻りつくと、流石《さすが》にどっと疲れが出て、着換えも億劫《おっくう》なままに、茫然自失のていであった。

そこへ、召使いが怯々《おずおず》と顔をのぞけ、

「旦那様。どなたか、是非お目にかかりたいと申されて、下にお見えになっていますが」

「用件は？」

「遺言《ゆいごん》証明らしうございます。臨終の方のおたのみだそうで——」

「私は疲れているよ」

ラニアン氏は、物倦《う》げにこたえた。

「いえ、手前もそう申上げたのでございますが、使いの方は、お目にかからぬうちは、ここを一歩も動かぬと……、なんですか、おそろしい形相《ぎょうそう》で――」

ド・ラニアン氏は、しばらくそのまま動かなかったが、やがて、のっそり立って、階下へ降りて行った。

面会者は、玄関の燭台《しょくだい》の下に佇《たたず》んでいた。下男風の容貌は決して険悪なものではなかったが、不安と困惑を必死に押しかくそうとしているせいで、極度に強張《こわば》った表情であった。

男は、非常に鄭重《ていちょう》に不躾《ぶしつけ》を詫びたが、しかし梃子《てこ》でも動かぬ必死の気配をしめした。

ド・ラニアン氏は、ふた言み言交《かわ》した時、不意に、何故とも知れず、名状しがたい悪感を背筋におぼえた。すると、男の方もまた、どうしたわけか、ぶるぶるっと身を顫《ふる》わせて、衝きあげて来た恐怖をもうかくそうともせず、

「あ、あなたさまが、遺言をきいて下さらねば、病人は、安心して死ねません！」

と、殆ど喚《わめ》くように口走って、拝まんばかりに握り合せた両手を突き出した。

「私は、しかし、司祭ではない」

「いいえ、病人は、司祭など必要ではないのです！　あなたです、あなたをもとめているんです！」

男は、いきなり、その場へ跪《ひざまず》いた。

「おねがいします！」

数分後、ド・ラニアン氏は、男とともに外へ出た。

待たせてあった馬車へ乗り込むと、いま一人、闇の中に、白髪を浮かせた老人が、ひっそりと坐っていて、無言で会釈《えしやく》し、席を空けた。その身振《ジエスト》は、貴族につかえる家令特有の、優雅さをしめした。

しかし、霧のこめた静かな鋪道を、馬蹄《ばてい》と車輪を音高くひびかせて、馬車が走り出した時、老人は、つと黒い布を、ド・ラニアン氏へさし出したのである。

「どうぞ、目かくしを――」

ド・ラニアン氏は、老人の片手に、きらっと光るものが握りしめられているのを見た。氏は、黙って、黒い布でわが目をしばった。異常の光景に遭う覚悟は、承諾した時すでに肚《はら》に出来ていた。

馬車は、道順を悟られないために、急にまがったり、くるりとひきかえしたり、絶えず速度を変えながら、ものの四五十分も走りつづけたろうか。

やがて、馬車が停《と》まると、重々しく門扉《もんぴ》の軋《きし》る音がした。走り入った馬車は、ドームの下でも抜けるのか、異様な反響を呼んだ。

ド・ラニアン氏が、黒い布を解かれたのは、建物の奥ふかく手びきされてからであった。

視覚の狂った眸子《ひとみ》をこらして、ぐるりと見まわしたド・ラニアン氏は、かなり豪奢な広間であることをみとめた。礬水《どうさ》をひいた壁紙が張られ、窓には古代ダマス織りの重い垂帳《とばり》が垂れていた。だが、どうしたというのであろう、調度品は何ひとつ置かれていず、がらんとしていた。壁には、ドラクロワの石版のハムレットが、たった一枚かけてあるのみだった。

白髭《ひげ》の老人は、その挙措《きよそ》に完璧な家令の典型たることをしめしながら、

「あなたさまを無理におつれするためにとった非礼きわまる暴力を何卒お宥《ゆる》し下さいまし……。病人は、私の主人でございますが、その臨終が、想像もおつきにならない程異常でございますので、やむを得ず、こうした仕儀《しぎ》に相成りました……。遺言をおききとどけ下さいまし」

「承知しました」

動悸《どうき》を抑えて、老人の手のさし示す小屋《カビネ》へ、一歩踏み入ったド・ラニアン氏は、一瞥《いちべつ》、覚悟していたとはいえ、思わずあっと息をのんだ。臨終者は、大きなセメント樽にすっぽりとからだを沈めて、首だけをのぞけていたのである。その傍には、すでに黒塗りの立派な柩《ひつぎ》が用意されてあった。そのほかに、なんのためか、彫刻の材料と道具が揃えてあった。

首は、美貌《びぼう》の青年であった。しかも、その若い容貌は、あきらかに病人のものではなかった。まばたきもせずに瞠《みひら》かれた褐色の眼眸《まなざし》は、多少狂的ではあるが生気に満ち、汚れない透徹を示していた。皓歯《こうし》をちらりとのぞかせた朱い唇は、かすかな微笑でも泛《うか》べているようなやさしさを湛えていた。頰は天鵞絨《びろうど》のように柔かい、淡紅の色を散らせていた。

――重症患者の陰惨な羸弱《るいじやく》の色もなく、自殺者の悽愴な無表情もない！　いったい、これはどうしたというのだ？

「あなたは……臨終とききましたが――」

ド・ラニアン氏は、怪訝《かいが》に堪えず、そう訊ねないではいられなかった。

「そうです。僕は、臨終です」

と、こたえた声も、若々しく、張りがあった。

それから、三時間あまり後のことであった。

ふたたび、黒い布で目かくしをされて、羊腸《ようちょう》の迷路を馬車ではこばれたド・ラニアン氏が、口早な感謝の言葉とともに降されたのは、サン・ルイ島アンジュウ河岸十七番地の、人影もない路上であった。

往きとちがっているのは、ド・ラニアン氏の右手に、白い布でつつんだかなり大きな品もの が、重そうに、そして大切そうにかかえられていることであった。

「ここだな――」

と、ド・ラニアン氏がふり仰いだのは、王侯の豪奢をきわめた部屋をいくつも所有する、古くして名にし負《お》うピモダン館であった。

ド・ラニアン氏は、二階へのぼり、とある部屋の扉をノックした。

すぐに、慎《つつ》ましそうな下僕があらわれた。

「シャルル・ボオドレエル氏にお会いしたいのですが――」

「生憎《あいにく》、主人は、この時刻には、フェルナン・ボワッサアル様の〝ハシィシャン・クラブ〟にいるのでございます」

ド・ラニアン氏は、下男のうしろの古代風の美飾を施された瀟洒《しょうしゃ》たる部屋を見おさめてから、辞去した。

幾許《いくばく》かの後、ド・ラニアン氏は、フェルナン・ボワッサアル邸の、ルイ十四世式の広大なサロンの戸口に立っていた。

ピレネエ山産の縞瑪瑙《しまめのう》大理石で作られた炉棚の上に、傲然と巨脚をふまえた金色燦爛《さんらん》たる一頭の象。ウッドリイかデポルトの手になるとおぼしい狩猟の主題を取扱った綴織《つづれおり》で蔽われた肱掛椅子や長椅子。まさに豪華の二字につきるこのサロンこそ、神魂恍惚たる夢幻をさそうハシィシュ（鴉片《アヘン》の一種）の秘義を究めるクラブであった。主人のフェルナン・ボワッサアルは、非常に天賦《てんぷ》ゆたかな——爪の先まで芸術家であった。画家としては「ロシヤ退却の挿話」と題する名作によって名高く、音楽家としてはヴィオロンを弾《ひ》き、絃楽四重奏団を組織し、文学者としては、愛すべき十四行詩《ソンネ》を作り、学者としては七カ国の言語をわがものとしていた。しかし、その鬼才ゆえに、創造者たる前に、意志を散乱するディレッタントと化していた。

この富裕にして、明識と才華をそなえたディレッタントのサロンに、有名無名の芸術家がつどい寄ったのは当然であろう。

幸か不幸か、ド・ラニアン氏がその戸口に立った時、広大なサロンには、珍しく主人と若きシャルル・ボオドレエルが向いあっていただけであった。

『悪の華』の詩篇のなかばを書きあげながらも、まだ一篇も発表して居らず一介の無名の蕩《とう》児《じ》でしかなかったダンディーは、この時、もう麻薬を混《ま》ぜた熱いコーヒーを幾杯かあおっていたので、異様に拡大した双眸《そうぼう》を宙に据え、歯の裏側へめり込むようにひきつけた唇を時折り烈しく痙攣《けいれん》させていた。

「シャルル・ボオドレエル氏と仰言いますね？」

「そうです」

「あなたに、是非御批判を賜りたい品を持参いたしました。ある青年の遺言によりまして――」

「どうぞ――」

ド・ラニアン氏は、かかえた品を、そうっと、卓上へ置き、ゆっくりと包みをといた。

あらわれ出たのは、大理石の乙女《おとめ》の胸像であった。あのギリシャの水くみ女を摸《も》したとおぼしく、肩に水壺をのせて、右腕で支えていた。ゆたかな乳房が、半分で断たれているのをのぞけば、ごくありふれた胸像と思われた。事実、胸像を眺めたとたん、主人のボワッサアルは、これが立像として作られたのを、わざと乳房のまん中から切りはなしたものだな、と見てとり、どうしてそうしたのか、その疑念に小首をかしげたのであった。

だが、ボオドレエルの方は、そうではなかった。彼の霊的にして沈痛なスペイン煙草の色彩をもった双眼《そうがん》は、たちまち、食い入るように、ブロンズの面を凝視《ぎょうし》したのであった。

その凝視があまりに長くつづくので、ボワッサアルも、つられて、真剣に鑑賞する気になった。

ド・ラニアン氏は、固唾《かたず》をのんで、ボオドレエルの批判を待った。

ハシィシュは、ただでさえ強烈な詩人の個性を倍加させていた。

ボオドレエルの、審美精神は、大理石の面に、ありありとマドンナの神秘を発見したのである。そして、波のようにゆれはじめた霊感は、この像が、自分の憂愁を掃《はら》うために、そうだ……いまに、燦《きらら》なる泪を滲《にじ》ませて、あえかな微笑を泛べるような錯覚に酔いはじめたのであった。清浄無垢《むく》のその乙女の像は、けだし、詩魂を魅する幽《かそ》けき寂寥を湛えていたのである。

と――。

急に、官能的で反語的な、変り易い紆曲《うきよく》を隠したボオドレエルの唇が、挑《いど》みかかるように冷酷にひき歪《ゆが》められ、片頰に、彫刻家の最後の指の一押しのような笑靨《えくぼ》が、つよく刻まれたとみるや、彼の両手は、わななきつつ、胸像へさしのべられた。

「あ――。いけません。手をふれてはいけません！」

なぜか、ド・ラニアン氏は、ひどく慌てて、その手をさえぎろうとした。

しかし、もう、ボオドレエルのてのひらは、素早く、冷たい乙女の頰をはさんでいた。

ド・ラニアン氏が、もはや尋常でないボオドレエルの狂暴な眼光に、ぞっと戦慄して、胸像を抱き上げようとし、そうさせまいとボオドレエルの両手に力がこめられた刹那――。

乙女の肩の水壺が傾き、ばさっと真紅のしぶきが、とび散ったのである。

ボオドレエルが、われにかえった時、胸像は、ド・ラニアン氏とともにサロンから消え去っていた。

ボワッサアルは、静かに、ボオドレエルを、壁にかけた鏡の前へつれて行った。

ひろい雪白の額にも、華奢で繊細な鼻にも、女性のように白い頸にも、印度マドラス織の襟飾にも、トヨッキの上衣にも、いちめん、べっとりとしたたり散っているのは、なまぐさい真紅の血汐であった。

「どうしたんだろう、僕は――」

「君は、あの稀代《きたい》の傑作を辱《はずかし》めようとしたんだ。その罰があたったんだね」

翌朝、ボワッサアルとボオドレエルは、大きな興味を抱いて、ド・ラニアン氏に面会を乞うた。

しかし、ド・ラニアン氏は、胸像を見せることを、頑《かたく》なに拒絶した。まして、なぜ、水壺に鮮血が湛《たた》えられていたかということなど、一語も説明する筈がなかった。

二

七十年の月日が流れた。

パリの美術学校《エコール・ド・ボーザール》の学生ジャック・ラロンは、古物商が軒を並べたジャコブ町の狭い横丁を、ぼんやり歩いていた。

春の黄昏《たそがれ》である。店の奥では、ランプの青白い灯が、光を増していた。この横丁は、白昼はいっそ睡っているように薄暗く静かだが、灯が入るとともに、怪しげな活気をおびる模様である。剝製《はくせい》の猿や梟《ふくろう》や錦蛇は、いまにも声を立てたり目玉をきょろつかせたりうごめき出すかとも見え、中世紀の皿や支那の花瓶やエジプトの傀儡《くぐつ》などは、その巧緻《こうち》な色彩の妖しい美しさをいちだんと増すようであったし、カリブ海の海賊の太刀や古代印度の砂時計やジャンヌ・ダルク頃の聖体盒《ごう》や得体《えたい》の知れぬ悪党面《づら》した肖像画なども、いずれも夜の光と影を受けて、積った埃をはらい、大いに活躍した当時のねうちをかがやかせるかに思われた。

ジャック・ラロンは、それらの骨董品には一向に興味もない面持で、ぶらぶら通り過ぎようとしていたのだが、ふと——とある店の飾窓へ、何気ない一瞥をくれた刹那、はっと足を釘づけにした。

その飾窓は、ほかとくらべて、数段見すぼらしく、恐らくは二足三文のがらくたばかりが雑然と埃にまみれていたのだが、それら実用をなさぬ台所道具、錆《さ》びた匕首《あいくち》、欠けた七宝浮彫の壺、破れた壁掛や毀《こわ》れた提琴に交って、ひしゃげた地球儀を枕にしてころがっている大理石の乙女の胸像があった。ジャック・ラロンは、その乙女の横顔《プロフィル》に、ひきつけられたのである。

水壺を肩にかついで仰向けに、しんとなって動かぬその横顔には、なんともいえない清純なあどけなさがあふれているように思われた。

すこしひらき加減のくちびる、円みをおびて上向いた繊細な鼻、遠くを想う瞳……それらをつつむ、優雅な輪郭。

このおり、ジャックが、ふっと、日頃愛唱する『悪の華』のひとふしを思い泛《うか》べたのは、ただの偶然であったろうか。

君が眼眸《まなざし》はさながらに狭霧《さぎり》籠めたる風情《ふぜい》かな、
交々に、優しと見れば、夢みがち、はた刻薄の、
神秘《くしび》なる眸《め》に（そは青か、はた灰色か、さ緑か）
大空の懶《ものう》き状《さま》と蒼白さ、影を宿せり。

嘗ても知らぬ苦しみに掻《か》き擾《みだ》されて捩《ねじ》られて
鋭く醒めし神経の、睡れる精神《こころ》を嘲《あざ》む時、
胸もそぞろの人々を涙さめざめ泣かしむる、
かく白くして、生温《なまぬる》き、曇れる日々に似たる君。

——あれだ！　僕のもとめていたものは、あれだ！

ジャックは、自分が今まで制作した様々のトルソを、全部泥溝《どぶ》へたたき込みたい衝動に駆られた。同時に、あの大理石像を、自分のアトリエに据えて、ゆっくりと鑑賞したい欲求で、からだ中が火をつけられたように熱くなった。

けれども、ジャック・ラロンは、貧乏な学生であった。その胸像はおろか、そのそばになげ出されてあるつまらぬ壺ひとつ購う余裕すらない身分だった。

ものの十分も、じいっと凝視《ぎょうし》しつづけていたジャックは、ついに憑《つ》かれたように、ふらふ

らと店内へ足を入れていた。

「あれを……見せて下さい」

ジャックは、一匹の黒猫が瑪瑙《めのう》のような目玉を光らせて寝そべったテーブルのむこうに、居睡りでもしているかのように俯向《うつむ》いて、長椅子に身をかがめている小柄な老人に声をかけた。

「どれかな?」

老人は、痩せた顔を擡《もた》げ、狡《ずる》そうな冷たい目つきで、じろりと青年を見あげ、指さす品を探した。

「あれです、あの大理石の女人像を——」

「あれか、あれは、売れないよ」と、老人は、にべもなく首を振った。

「なぜです?」

「あれは、いかん。不吉だよ」

老人は、低いしゃがれ声で、手短かに、その理由を説明した。

胸像は、二十年あまり前、若い下男と心中したド・バリモン男爵夫人の家財売りたての時、買入れたものだった。今まで、二人ばかりの好事家《こうずか》の手に渡ったが、持主はいずれも奇妙な死をとげ、そのたびに、この店へ舞い戻って来たという。

「わしは、もう、売るつもりはさらにないよ。殊に、あんたのように、将来のある若者にはな——」

そう云いながら、老人は、やおら身を起して、飾窓から胸像を持って来ると、邪慳《じゃけん》に黒猫を突き落すと、テーブルへ据えた。

「さア、ようく御覧。……いかにも、清らかな優しい面立《おもだち》をしているようじゃが、もう一度、目を凝《こ》らしてみるがいい。これはな、どこか怖ろしい、悪魔的な……佯《いつわ》りの仮面という気がするぞ。わしは、これで、もう五十年も、あらゆる像を見て来ている。嘘はつかぬつもりだ」

そう云われて、ジャックも、あらためて、息をひそめて、穴があく程瞶《みつ》めた挙句《あげく》、

「僕には、悪魔的なものは、すこしも感じられませんよ」

「やれやれ……、若者というやつは、魔性の美に対して無《む》防禦《ぼうぎょ》すぎるわい」

「これは非常にすぐれた作品です。心をうつ芸術が、人間を不幸に堕《おと》すとは、僕は考えられない」

「わしもそう思うんじゃが……げんに、このわしは、この像の詛《のろ》いは受けて居らんからね。……しかし、それは、わしが、こいつにちっとも魅せられて居らんせいじゃろう。あんたは、あまり恍惚として居るんでな、少々心配だて——」

老人は、ぬらりくらりと言を左右にして、美術学生にあきらめさせようとしたが、おどろくべき執拗《しつよう》な悃願《こんがん》に、とうとう負けてしまった。

「よろしい。じゃ、この像を三箇月の間、あんたにタダで貸してあげよう。その間に、何か不吉な予感が起ったら、ただちに返して頂こう」

「もし、なにも起らねば？」
「あんたの云い値《ね》で売ってあげるよ」
老人は、慇《あわ》れむように、ジャック・ラロンを見まもりながら、意味ぶかい溜息《ためいき》を吐いた。
モンマルトルにあるうすぎたないアパルトマンの屋根裏部屋に、この水壺を掲げた乙女の
胸像をはこんで来た美術学生は、狂喜のために一種の錯乱状態にあった。
それから、三箇月間、昼も夜も、ジャック・ラロンは胸像を、凝視しつづけた。
冷たい乙女は、不思議な赫《かがや》きをはなって、貧寒な部屋に、故知れぬ妖気をたて罩《こ》めた。あ
りふれたこの胸像が、なぜこのような神秘な魅力をひそめているのか、青年には理解できな
かった。
彼は、学校へも出なかった。心配した友人たちが、訪ねてみると、神秘の乙女の摸造塑像
をつくろうと、なかば狂ったような熱中ぶりであった。
粗食と不眠と恍惚と懊悩《おうのう》で、額は病的な土気色に染まり、窪んだ両眼は絶えず酬いられな
い不安定な苦渋《くじゅう》の色を泛《うか》べ、頬は殺《そ》いだようにげっそり落ち、口中は、昂奮のために乾きき
っているのか、突き出たみにくい喉仏《のどぼとけ》が、絶えずごきっごきっと上下していた。破れ汚れた
シャツから覗く胸の、肋骨が一本一本かぞえられるまでに痩せ衰えたいたいたしさ。
全身を掩う狂気の翳《かげ》に、友人たちは、ただならぬ戦慄をおぼえた。

「おれには、出来ない。……おれには、出来ないんだ。……どうしても、出来ないんだ！」

ジャックは、友人たちを、悲しげな困憊《こんぱい》の視線で見まわしながら譫言《うわごと》のように呟いた。

そして、次の瞬間には、凄まじい形相《ぎょうそう》になると、

「さ、帰ってくれ。さっさと出て行ってくれ。……おれは、こうしてはいられないんだ。やらなけりゃならんのだ！」

と、怒鳴って、遮二無二、友人たちを外へ押し出すと、内側から鍵をかけてしまった。

像を、返すか、わが所有にするかを決する日が、数日後にせまるや、ジャックの部屋からは、呻《うめ》き声と脂土を床へたたきつける音が、四六時中ひきつづいた。

たまりかねた下宿の内儀《おかみ》は、学校へ出かけて行って、なんとかして欲しいと頼んだ。

教授と友人たちは、協議一決して、ジャコブ町へ出かけ、老いた骨董商をつれ出すと、急いでモンマルトルの下宿屋へむかった。

一同が、階下へ入った時、屋根裏から、石を砕く烈しい物音がひびいて来た。

不安にかられた人々は、われ勝ちに、階段を駆けのぼり、体あたりで扉を開いた。

ジャック・ラロンは、呻き、叫び、そして狂笑をあげながら鑿《のみ》をふるって、大理石像を、滅茶滅茶に破壊している最中《さいちゅう》であった。

水壺も、乙女の目も鼻も唇も、すんなりとした頸も腕も、半分断たれた乳房も、ことごとくむざんな鑿跡《のみあと》が食い入っていた。

一同が、握られた鑿に怖れをなして、出足をすくませていると、ジャックは、ぎょろっと

振り向き、ひと声高く吼えると、矢庭に、胸像を摑んで、彼らめがけて投げつけた。

像は、一同の頭上の戸枠へ、凄まじい音をたててぶっつかり、はねかえって、落ちる途中、漆喰《しっくい》で継《つな》いであったものか、ぱくっとふたつに割れ、その中から、黒い異形のものが、にぶい音たてて床へころがった。

人々は、それが、ミイラ化した人間の首であるのを認めるや、ジャック・ラロンを狂わせた神秘の実相の前に、一人として、心霊の怪奇な作用を疑おうとする者はなかった。

ミイラは男であった。剝き出した皓《しろ》い歯が、一通の封書をがっちりと銜《くわ》えていた。

それは、バ・サボアなる署名で成された遺言書であった。その日より五十年後のうちに、この遺言書を手に入れた者に、宏に莫大なる財産を与える旨が記されてあり、その期間が過ぎたならば、フランス美術発展のための諸施設へ分配寄附されるべきことになっていた。財産の管理は、ド・ラニアン弁護士に委託されてあった。勿論、ド・ラニアン氏の副署名もあった。

期間は過ぎて、すでに二十年を経ている。莫大なる財産が、はたして、フランス美術の諸施設へ分配寄附されたかどうか――それについて思いあたる者は一人もいなかった。

遺言書が読まれる間、ジャック・ラロンは、わけのわからぬ言葉をぶつぶつと呟きながら部屋をぐるぐる歩きまわっていた。しかし、そのやつれ果てた顔には、芸術家のみが味わい得る恍惚たる倖《しあわ》せな微笑が刷《は》かれていたのであった。

三

一九五〇年の夏——。

モンペリエ大学の十八世紀文学の権威、『ジャン・ラクロワとその時代』の著者ベルニ教授は、パリに所用で上り、わずかな閑暇を利用して、アナトオール・フランスが好んで散策したセーヌ河の古本屋《ブキニスト》を覗《のぞ》いて歩いた。

十九世紀末葉には、この河岸の石崖上の古本屋には、時として好事家《ビブリオフイル》や学者を狂喜せしめる稀覯本《きかんぼん》が——例えば、ナポレオンの署名入りのシイザアの『ゴオル遠征記』などが、発見されたものだが、今日では、もはやそんな幸運にめぐり会うのは皆無といってよい。

盛夏のパリは、まったく、閑散をきわめ、歩いている人影は殆どなく、かっとまぶしい陽ざしが、マロニエのうなだれた葉影を、パイプを銜《くわ》えて黙然たる牀几の店主の顔や背中へ、刺青《いれずみ》のように鮮やかに映していた。

「これはいくらかね?」

ベルニ教授は、十九世紀風の装幀の、羊皮紙のすりきれた本を把《と》りあげて、亭主に訊ねた。それは、実は、印刷本ではなく、こまかいペン字がぎっちりつまった日記であった。扉には、バ・サボア、と所有者の名が書かれてあった。

ベルニ教授は、ド・ラニアン弁護士の生涯を調べたこともあるし、また三十五年前のジャック・ラロン発狂事件も知っていたので、バ・サボアなる名を記憶していた。

「それですか。五十フランも頂ければ――」

「百フランで買おう」

教授は、その日記を手にして、まっすぐにホテルへ帰り、早速、読みはじめ――ついに、夜を徹したのであった。

この日記によって、ベルニ教授は、ド・ラニアン弁護士がまもった秘密――ボオドレエルを魅惑し、ジャック・ラロンを狂わせた胸像の謎を、解いて、公《おおやけ》にすることが出来たのである。

バ・サボア青年は、天涯孤独の百万長者の貴族であった。もし彼が、彫刻家たらんとする異常な執念をすてていたならば、その生涯は恐らく平穏無事、世人の羨望《せんぼう》裡《り》に幕を下したに相違ない。ミュウズに背を向けられたおかげで、彼の日記は、第一頁から、苦悩の文字がつらねられていた。

青年には、マルグリット・ド モントイユという美しい婚約者がいた。作品がサロン・ド・オウトンヌに入選すれば、結婚する約束であった。

愛情こまやかなこの娘は、菲才《ひさい》の恋人を、激励し、期待しつづけたが、その作品はことごとく失笑を買ったらしい。

百万長者であり貴族であるバ・サボアは、著名の芸術家たちと交る機会が多すぎた。それが、ますますいけなかった。

日記には、そのことが、堪えがたい悲痛な正直さで告白されてあった。

バ・サボアは、一年間アトリエに蟄居《ちつきょ》して、文字通り刻苦の像を完成した。その間に、マルグリットが、突如喀血《かくけつ》して牀《とこ》に臥《ふ》して再び起きあがれない不幸に遭ったが、見舞いに行くのさえ数回にとどめる精進であった。

『私は、こんどこそ、と自信に満ちて、この〝春の泉〟を下男に持たせて、ボワッサアル邸のサロンに入って行った。

丁度、そのおり、テオドル・ド・バンヴィルやテオフィル・ゴオティエやシャルル・ボオドレエルやエミイル・ドロワのほかに、珍しく「人間喜劇」の作者の肥満した姿が見えた。バルザックは、ボワッサアルとボオドレエルから、ハシィシュのおそるべき魔力について非常な貪婪《たんらん》さできき出していた。多分、その小説の中にハシィシュを食う人物を登場させる必要からであったろう。そのうちに、ボオドレエルは、百を聞くよりも、一度試すに越したことはないと云って、皮肉な微笑を泛《うか》べながら、印度大麻を煮つめた緑色のジャム状のかたまりを、コーヒーへ入れて、つと差出した。バルザックは、コーヒー茶碗を、いったん口のところへ持ってゆき、じっと考えていたが、「これは、たしか、意志を破壊する作用があったね?」と訊いた。ボオドレエルが肯定すると、バルザックは、黙ってコーヒー茶碗を卓上へ戻して、立ちあがっていた。ボオドレエルは、去り行くバルザックの巨体を、冷やかに見送ったのち、そのコーヒーを飲み干した。

ボオドレエルが、私の〝春の泉〟の前に立ったのは、その直後であった。彼の凝視《ぎようし》は、たった三十秒にも満たなかった。

ボオドレエルの口辺には、冷酷むざんな嘲笑が刻まれていた。

「バ・サボア君。……この素敵な肉体美の彫像が歩き出して、かりに、僕の寝台へ入って来ても、僕は、ぐっすりと朝まで熟睡できるね」

おお、これ以上、私を侮蔑《ぶべつ》した、肺腑《はいふ》をえぐる罵倒があったろうか！』


バ・サボアは、そのあとで、自殺を企てている。惨《みじ》めにもそれに失敗して、蹌踉《そうろう》として、病める愛人を訪れたのであった。

マルグリットは、バ・サボアの絶望の口調で語られた告白を、微熱で潤《うる》んだ明眸《めいぼう》をまたたきもさせずに、珊瑚のような朱唇をかたくむすんできき終ると、なにを思ったか、ゆっくりと起き上り、風にゆらぐ白百合の風情《ふぜい》で寝台の上に立ち、音もなくガウンを脱《ぬ》いだ。

不審と驚愕にバ・サボアの明眸が劇しく錯綜するうちに、マルグリットは、その清浄無垢《むく》の肉体から、最後のヴェールをも足もとにすべり落したのであった。

胸の痼疾《こしつ》ゆえに、白蠟のように冷たく冴えた処女の肌は、生れてはじめて異性の目にさらした羞恥のためにかすかにおののいた。

「わたくしのからだは、モデルになりませんかしら」

それをきくや、バ・サボアは、目眩《めくら》む感動にわななきつつ、溺れるものがすがりつくように、そのすんなりとした両脚をかき抱いて、神秘の真珠母《しんじゅぼ》をつつむ金色の藻《も》に、わが頰をぴったりと押しつけたのであった。

日記には、その日からの死にもの狂いの制作過程が——その苦悶、絶望、焦躁、奮起、瞑想、恍惚が、血の滲《にじ》むような切なさで書きつづられてあった。それにも増して、全裸のまま水壺をかかげて立ちつくしたマルグリットがけなげにも堪えた苦しみも、また想像を越えている。

ついに、「水壺を持てる乙女」の石膏《せっこう》原型が作られた。その日、マルグリットは、煌《きらめ》いて消える燭光のように世を去ったのである。

「悲しまないで。——わたくしは、あの像のなかに生きつづけます」

それが、臨終のことばであった。

バ・サボアは、孤独にとり残されてみて、自分が如何にふかくマルグリットを愛していたかを知った。

彼は、もう、その作品を、大理石像に完成する気力もなく、サロンに出すどころか、何人にも見せなかった。終日、居間にとじこもって塑像《そぞう》と化した愛人を見まもりつづけたのである。

ある夜、その裸像が、ふと、動いたような錯覚に、バ・サボアはとらわれた。

「いらっしゃい。いとしいひと。わたくしのなかにいらっしゃい。……この像は、あなたの生命との結合で、はじめて、崇高な美しさをかがやかせるのです。……わたくしは、あなたの生命をもとめています……」

バ・サボアは、その時、失心に近い状態にあったに相違ない。しかし、われにかえっても、その声は、はっきりと耳底《じてい》にのこっていた。

バ・サボアが、愛人の幽魂の囁《ささや》きを理解し、それを決行せんと覚悟をさだめたのは、それから十日後であった。その日から、彼は、文字通り寝食を忘れて、石膏原型をにらみつつ大理石塊に鑿《のみ》をふるった。そして、完成した優雅清純の裸像《らぞう》を、乳房のまん中からまっぷたつに切断し、更にその上部を前後に割って、内部を刳《えぐ》り取った。

そうしておいて、バ・サボアは、自分の肉体をも両断することにしたのである。首は、首の中へすっぽりとはめこみ、胴体は、胴体と抱き合されて、墓地へ――。

こうして、ド・ラニアン弁護士が、迎えられたのであった。勿論、氏も、思いとどまらせようと、言葉をつくしたが、徒労であった。

遺言書の作成が終了するや、バ・サボアは毒薬を嚥下《えんか》し、その遺言書の写しをがっちりと歯で銜《くわ》えて、こときれたのであった。

ただちに、彼の企ては、召使いたちによって忠実に実行された。生首《なまくび》をはさんだ大理石の胸像は、殆どわからぬように漆喰《しっくい》で継《つな》ぎ合わされ、水壺には、流れ出た血潮がたっぷり湛えられた。

ド・ラニアン氏が、遺言によって、その胸像を、シャルル・ボオドレエルに見せに行ったのは、けだし、バ・サボアに、こんどこそ、ボオドレエルを讃嘆せしむる自信があったからである。

神の悪戯

一

明治卅五年三月廿八日の夜のことである。

麴町区下二番町五九番地に住む印刷職工中島新吾の長男荘亮《そうすけ》（十一）が、継母のキクと一緒に近所の銭湯へ行った帰途、行方不明になった。

キクは、銭湯を出てから、荘亮に、二銭銅貨を与えて、六丁目の砂糖店へ走らせたのであった。荘亮は、その店で、たしかに、一銭五厘の砂糖を買い、五厘の釣銭をもらって、立去った。

それっきり、家へ戻らなかった。

十二時すぎになったので、あわてた両親は、隣家の人力車夫を呼んで、夜道へ捜しに出た。

やがて、犬のけたたましい吠声《ほえごえ》につられて、同町廿九番地差配人《さはいにん》遠藤某の家の勝手元と湯殿との間の小路に入った彼らは、そこに、死体となっている荘亮を発見した。

少年は、その夜、高縞双子筒袖《つつそで》の綿入、羽織をきて、メンネルの股引をはき、書生下駄をはいていたが、下駄の片方は、数十間《けん》はなれた家の窓下に、もう一方は、さらにそこから十余間へだてた魚屋の前に、ぬぎすてられてあった。加害者は、魚屋の前で、兇行を加えて、遠藤某家の小路まで、ひきずって行ったものらしかった。

その負傷は、酸鼻《さんび》であった。鋭利な刃物で、左のどを突かれ、左右の臀部《でんぶ》の肉をごっそり削《そ》ぎ取られていた。

しかし、死体解剖の結果、咽喉および臀部の負傷は、致命傷ではなく、窒息死《ちっそくし》にいたらしめられたことが判明した。

いずれにしても、少年のしり肉を切り取った奇怪な兇行は、世上にセンセイションをまきおこした。

麴町署では、両親を召喚《しょうかん》して、仮予審をひらいた。被害者の少年は、平素病気勝ちで、他の子供のように腕白ではなかったので、人からうらみをうけるようなことはある筈もなかった。継母とは、仲がむつまじかったので、その関係は疑う余地もなかった。

見込みは、鶏姦《けいかん》ではないか、ということになった。で——鶏姦に縁ふかい市井の悪書生についで、探偵の歩がすすめられた。

やがて、六月に入って、鹿児島県出身の木佐木直志という青年が、鶏姦を好んで、十一二歳の少年専門にねらっていることがつきとめられた。窃盗《せっとう》その他の前科数犯の男でもある。

警視庁では、木佐木の写真を手に入れて、八方へまいた。すると、横浜の寿《ことぶき》町警察署から、この写真の顔に酷似した男を、去月から浮浪罪で拘留《こうりゅう》していると通報があった。

警視庁では、直ちに刑事を出張させて、その男が木佐木に相違ないことをたしかめた。そこで、警視庁に拘留して、取調べをはじめたが、どうにも、この男が真犯人であるキメ手が発見出来ないままに、検事局へ送致した。木佐木は、二月から、ずっと横浜をうろついていて、東京へは出て来なかったといい、東京にいた、とくつがえす証拠がためはついに不可能だったのである。

結局、検事局では、木佐木を、証拠不充分として、釈放《しゃくほう》してしまった。

当時、少年の臀肉は、業病《ごうびょう》に効能があるという迷信があった。すなわち、荘亮少年を殺したのは、鶏姦魔の木佐木ではなく、迷信を信じた業病者のしわざではないか、という意見の方が、しだいに強くなったのである。しかし、その見込による捜索は、むなしく、日数を重ねたにすぎなかった。

明治卅八年五月十二日未明、高名なる漢詩人野口寧斎《ねいさい》が、麹町区下六番町六番地の自宅で脳溢血《のういっけつ》で死去した。享年《きょうねん》卅九。詩才、性格ふたつながら、俗流と異っていた。

当時、漢詩壇は、しだいに衰運にむかっていたが、森春濤《しゅんとう》の息槐南《かいなん》を先達とする漢詩壇革新の風雲児たちの集《つど》う星社は、隆盛であった。国府青厓、本田種竹、野口寧斎、関沢霞庵、宮崎晴瀾らであった。中でも、野口寧斎の三体詩の鬼才ぶりは、出色であった。

不幸にして、寧斎は、多年、癩《らい》を病んで病床にあったが、その業苦とたたかいつつも、吟《ぎん》詠《えい》を絶たず、つねに、たちどころに千言成るの天才ぶりを衰えさせてはいなかった。母に孝行、妹にはやさしかった、というのでも有名であった。

明治卅八年五月廿五日——すなわち、野口寧斎が死去してから十二日後の早朝、麴町区麴町四丁目八番地小西薬店の店主都築《つづき》富五郎が、昨日四時頃家出したきり、帰宅しないという捜索願いが、麴町署に出された。

この時刻、豊多摩郡代々幡村字代々木九三番地の山林で、商人ていの男が、縊死《いし》しているのを、通行人が発見して、新宿署に届出た。

検死したところ、懐中にした街鉄乗車券の裏に、小西薬店の捺印があった。

小西方では、富五郎の死体をひきとって、青山の共同墓地に埋葬した。

二

以上述べた麴町区内に起った三つの事件は、一見、なんの関係もないかのごとくである。

ところが、少年と詩人と商人は、一人の男の手によって殺されたのである。

商人の自殺をあやしんだ麴町署で、ひそかに探索した挙句、犯人として捕えた男は、野口男三郎（廿六）といい、詩人の妹婿であった。この男三郎が、義兄を殺し、少年を殺していたのである。

その犯行理由を、予審終結決定書にもとづいて、述べよう。

男三郎は、大阪市西区新町南通三丁目四三番地衡器《こうき》製造業武林祐橋の三男に生れた。

大阪の私立英語学校にかよっていたが、語学のマスターは東京でなければ駄目だと決心し、機をみて、上京して、麹町紀尾井町の理学博士石川千代松家へ寄宿して、飯田町の私立至誠学院に入学した。

そのうち、至誠学院内で、盗難事件が起り、嫌疑《けんぎ》が男三郎にかかった。男三郎は、憤然として弁解につとめたが、結局、退校させられ、石川家をも出なければならなくなった。

紀尾井町の下宿屋に移った男三郎は、東京外国語学校露語科に入学した。

男三郎が、清水谷公園で、野口寧斎の妹曾恵子《そえこ》と知合ったのは、その頃――卅三年の夏であった。男三郎は、白皙《はくせき》の美貌の持主であった。曾恵子もまた、天成の麗質であった。

当時の新聞記事によれば、「緑蔭の風すずしき清水谷公園において、艶麗花の如き女と、清妍《せいけん》月の如き男が、相見《み》ること数回、互にぬすみ見をなし居たる時代はすすみて、遂に目礼する程度になり、はては一言二言交す様になり」急速度で、交情こまやかになり、下宿であいびきするようになってから幾回目かに、なるようになってしまった。

それから、男三郎は、野口家へ出入するようになり、まず、その母親にとり入って、ついに入りびたりになった。

寧斎が癩を病んでいるのを知っても、男三郎は、一向におどろかず、おそれなかった。曾恵子を愛することの方が、強かったからである。

男三郎は、自らすすんで、野口家へ同居して、寧斎の門生となって、その悪疾とたたかうことを誓った。

はじめは、半信半疑、どうも男三郎の気質に狎《な》れそうもなかった寧斎も、男三郎が、外国語学校を退学して、図書館にかよい、薬物学による癩病根治法を研究しはじめるのをみて、心をひらいた。たしかに、男三郎の看護ぶりは、肉親でもおよばぬ親切がこもっていた。

ところが、男三郎の献身的看護にも拘らず、寧斎の症状が、卅四年暮あたりから、悪化して来た。

男三郎は、癩治療に関する古書をあさっているうちに、人肉が、かなりの効験があるということを、数冊の中に読んだ。

――よし！　実験してやる！

ほぞをきめた。決心したらやりとげずには置かぬ執拗《しつよう》な性向であった。上京したことも、曾恵子を射とめたことも、この性向によるものであった。

ねらいをつけたのは、近所の少年であった。この少年は、夜十時すぎに、母親と湯屋へ行き、母親があとから出て来るのを、外の小路《こうじ》で待っているのがならわしになっているのを、男三郎は、たしかめたのである。

その夜も、はたして、少年が、湯屋の前の露路塀《ろじべい》にもたれているのを見出した男三郎は、甘言《かんげん》をもって、どこかへつれ去ろうと、そっと近寄って行った。ところが、意外に早く、母親が出て来たので、男三郎は、あわてて、身を躱《かわ》さなければならなかった。

しかし、運命の神は、少年に対して、冷酷であった。

まるで、母親は、「さあ、殺されておいで」とばかり、少年をして砂糖を購《あがな》いに走らせたではないか。

しめた、とばかり、男三郎は、そのあとを尾《つ》け、砂糖袋をかかえて戻って来る少年を、背後から襲いかかって、口をふさいで、咽喉をしめあげた。

絶息したやつを、小脇にして、とある小路に入って、地べたへ横たえ、まず、短刀で、のどをひと突きにしておいて、ごろりと俯伏《うつぶ》させると、裾をめくって、左右の臀部を、横に長さ六寸、幅五寸あまりの不整長方形に、肉をえぐり取ったのである。

その夜は、何食わぬ顔で、野口宅へ帰り、翌日、銀座へ出て、陶製鍋《とうせいなべ》および焜炉《こんろ》を買い入れて、木挽町《こびきちょう》の貸舟店で櫓船《ろせん》を借りうけて、東京湾にこぎ出た。

浜離宮の樹木が、水面を暗くしているところへ、そっとこぎ寄せて、炭火をおこし、少年の肉を、ぐつぐつと煮こんで、この肉汁を濾過《ろか》して、壜詰《びんづめ》にして、残余はことごとく水中へなげすてた。

その帰途、赤坂の肉屋に寄って、鶏肉汁一壜を買入れて、夕刻野口家の玄関の敷居をまたいだのであった。

両種の肉汁は、一部は、寧斎が飲まされ、一部は、曾恵子が飲まされた。男三郎は、流石《さすが》に、口にする度胸がなかった。

曾恵子が妊娠《にんしん》したのは、それから一年後であった。

夏になって、薄着になると、もはや、曾恵子の腹は、目ざとい女たちにあやしまれる程度になり、男三郎は、まだ寧斎だけが気づいていないのをさいわいに、非常手段をとって、寧斎および親戚たちを、否応《いやおう》なく承諾させるよりほかはない、と曾恵子と相談した。というのは、親戚の中で、曾恵子を妻に、と強くのぞんでいる青年があり、寧斎も、内諾《ないだく》を与えている模様だったからである。

二人の駆落さきは、信濃であった。

寧斎が、男三郎から、詫びと承諾を乞《こ》う手紙を受けとった時、枕元には、親友の詩人上村売劒が、あそびに来ていた。

「ばかなやつらだ、駆落などせんでも、おれは、とっくに気がついていたんだ」

と、吐き出す寧斎の表情が、なぜか、自嘲でみにくく歪んだものだったと、売劒は、後に人に語った。それは、最愛の妹に裏切られたさびしさといった気色《けしき》ではなく、もっと陰惨な形相だったので、売劒の目の中に、深くのこったのである。寧斎はいまだかつて、一度もそんな凄じい顔つきをみせたことがなかったので、売劒は、ぞっと身顫いをおぼえたことだった。

忌《い》まわしい業病にとりつかれながら、寧斎は、友人知己に、その悲嘆苦悩を訴えたことは一度もなかった。絶望をおしかくすとか、虚無感をわざと明るいものにすりかえてみせるとか――そんな努力をはらって、そうみせかけているのではなく、天命を悟ったものの穏かな態度だったのである。

それだけに、売劒には、その時の寧斎の無慚《むざん》な形相に、慄然たらざるを得なかったのである。

「じゃ、君は、二人の結婚をゆるしてやるんだな」

「しかたがなかろう」

「僕が、むかえに行ってもいいぜ」

「たのもうか」

「よしひきうけた」

こうして、つれ戻された男三郎と曾恵子は、ぶじに結婚式を挙げることに成功した。野口家には、曾恵子のほかに卑属親《ひぞくしん》がなかったし、寧斎は妻帯が不可能であったので、曾恵子の子をもって、家督を相続せしめることに決定した。そこで曾恵子を分家して、若干《じゃっかん》の財産を頒《わか》ち、男三郎を入夫せしめたが、しかし、名義人曾恵子と雖《いえど》も、その財産を無断で処分することをゆるさぬような手配がとられた。

この問題について、寧斎と男三郎の間に、かなり烈しい口論が生じた。

いったんは、折れて、ひきさがった男三郎も、何かのきっかけで、またこの問題で、寧斎と争い、

「不服なら出て行け！」

「出て行くとも！」

と、騎虎《きこ》の勢いで、野口家をとび出してしまった。

男三郎は、多少の縁故をたよって、淀橋角筈の伊沢某の家に身を寄せてはみたが、ほかに

なすべき相当の策もなく、一時の激怒に駆《か》られて、とび出したのを後悔して、もう一度野口家へ帰りたいと図《はか》った。

曾恵子とはなれて、自分がいかにふかく彼女を愛しているかを、あらためて、男三郎はみとめたのである。

たしかに、曾恵子は、美しく、淑やかな女性であった。下田歌子も、彼女を、才色両全の淑女《しゅくじょ》と賞嘆している。

年を越して、春になると、男三郎は、麴町の下宿屋へ転じて、六番町の郵便受取所（いまの郵便局）の主人夫婦にたのんで、曾恵子とひそかにあいびきした。

曾恵子は、わが家に出入する女髪結に、その橋渡しをたのんで、日時をきめて、男三郎と、郵便受取所で、ほんの短い時間の逢瀬《うせ》をつづけたのである。

男三郎は、兄の竜橋の上京を乞うて、寧斎に説いてもらったが、寧斎は、頑として応じなかった。

やむなく、男三郎は、再度の駆落を企てたが、これも偶然のことから露見して、寧斎は、女髪結の出入を禁じ、曾恵子の外出を許さなくなった。

男三郎が、自殺を決意して、遺書を作ったのは、その時であった。この遺書を、たまたまおとずれた、さきの寄宿先の伊沢某の妻が発見して、不心得をさとすとともに、兄竜橋に打電して、再上京をうながした。

だが、竜橋が、この遺書を、野口家へ持参しての悃願《こんがん》も、徒労であった。

男三郎は、ついに、ここにいたって、寧斎殺害を決意した。

熟慮数日、毒物使用の方法に決した。

三番町の薬店で、硝酸《しょうさん》ストリキニーネのサック入を購入して、これを曾恵子に渡して、寧斎に飲ませようと計画したものの、曾恵子にそれをストリキニーネとさとらせずに、寧斎に飲ませることの至難をさとって、これを放棄《ほうき》せざるを得なかった。

その夜――。

男三郎は、短刀とストリキニーネを懐中にして、午前一時すぎ、野口家へ侵入し、奥の八畳の寧斎の寝所へふみ込んだ。

寧斎は、もとより、抵抗する体力はない。触覚の神経は、殆ど麻痺《まひ》状態であった。

男三郎は、矢庭に、掛夜具の上へ馬乗りになり、寝衣の襟《えり》をつかんで、その鼻孔と口をふさいだ。ものの三十分間も、そうしたままでいてから、ようやく立ち上り、証拠物をのこさぬように入念な注意をはらいつつ、窃《ひそ》かに、忍び出た。

翌日、主治医の木沢医士が曾恵子の急報でかけつけた時、死体はまだそのままになって居り、布団から外に乗出して、異常な苦悶の跡をとどめていたが、こうした業病による窒息死には、これくらいの苦悶をともなうのは当然であった。顔には、血を拭《ぬぐ》った痕があったが、日頃寧斎はしばしば鼻血を出していたので、これも怪しむべきことではなかった。

寧斎の死骸が、青山の墳墓から発掘された時は、男三郎が小西薬店主殺しの犯人として捕えられた後のことであり、すでに五十日以上を経過しているので、腐爛《ふらん》はなはだしく、明治の法医学をもっては、自殺他殺の明確な断定を下すことは不可能であった。

男三郎が、それから十二日後、小西薬店主都築富五郎を殺した目的は、金を奪うためであった。

寧斎が逝《い》った後、野口家で協議しなければならなかったことは、男三郎を復帰させるかどうかということであった。ところが、親戚多数の意見で、離婚に決定してしまったのである。

男三郎のこの不運に同情したのは、親戚中、土手二番町に住む手島某夫妻だけであった。夫妻は、かねてから、男三郎が、外語のロシヤ語科を出ているのだから、それを利用して、通訳官となって、従軍し、多少の時日を隔《へだ》てたならば、寧斎の心も融《と》けるのではないか、とすすめていたのである。

手島夫妻から、離婚決定を通報された男三郎は、はじめて、通訳官になる決心をした。日露戦争はすでに終結していたが、まだ、満洲にあっては、通訳官を必要とする仕事は山程あった。

それにしても、通訳官として海を渡るには、相当の旅費を用意しなければならなかった。

そこで、男三郎は、かねて懇意の小西薬店をおとずれて、主人の都築富五郎に、

「ある陸軍の将校が、戦地から金塊をこっそり持ち帰って、これを秘密に、廉価《れんか》でゆずり度いと、相談されたのだが、貴方は、買入れる気はないか」

と、たくみに勧誘《かんゆう》したのであった。

都築は、ふたつ返事で乗って来た。

そして、その日のうちに、都築は、麴町銀行から三百五十円を引出し、午後六時すぎに、その金を入れた折鞄《おりかばん》をかかえて、男三郎とともに、麴町三丁目の停留所から電車に乗り、青山線を経由して、墓地前で降り、練兵場をすぎて、淀橋の方へむかう途中、代々幡のとある林へさしかかった――。

この時、突如《とつじょ》、男三郎は、都築に躍りかかって、引倒し、路傍の荒縄をひろって、頸を絞めつけたのである。

都築には、兄と妹に精神病者があることを知っている男三郎は、彼が不意に精神錯乱《さくらん》して自殺したごとく装《よそお》わしめることにし、手ごろの栗木の枝へ、荒縄をかけ、縊首の際に、それが途中から切れたように苦心して作りあげた。

それから、折鞄をひろって、風のように駆け去ったのであった。

三

ところで――。

以上述べた予審終結決定書は、警視庁刑事が、言語に絶する凄じい拷問《ごうもん》によって白状せしめて作成したものであった。

奇怪なことに、三つの殺人を、野口男三郎がたしかに犯したという、逃れ得ぬ証拠は、何ひとつなかったのである。

男三郎が捕ったのは、まことにあやふやな嫌疑によるものであった。

すなわち、小西薬店主の死が、他殺ではないかと疑った麹町署では、二刑事に内偵させたところ、つぎのようなことが判明した。

最近、都築富五郎は、安い地所を買い入れようと奔走《ほんそう》して居り、これの周旋《しゅうせん》の労をとるために野口男三郎が、しばしば訪問していたこと。前日夕方にも、男三郎が、富五郎を呼び出して、おもてで、ひそひそと何か密語をかわしていたこと。そこで、その日の男三郎の行動をさぐってみると、何処をうろついたか瞭然《りょうぜん》とせず、同夜は下宿に帰っていなかったこと。そして、男三郎は、翌朝帰って来ると、いよいよ満洲へ渡って通訳官になるから、三日後に出発すると告げたこと。

そこで、刑事たちは、三日後の夕刻、男三郎が、知人数名に送られて、東京を去るべく飯田町停留場にやって来たところを、うむを云わせずとりおさえたのであった。

麹町署に連行して、懐中をしらべてみると、現金二百七十余円と、劇薬らしい散薬が出て来た。

「この金は、どこから盗んだ？」

「とんでもない。前から蓄《たくわ》えていた金ののこりです」

「では、この劇薬はなんのためだ？」

「自殺を考えていたので、すてかねて持っていました」

こんな返答は、ただ、嘲罵《ちょうば》をあびるだけにしか役立たなかった。男三郎は、都築から三百五十円を奪って、この三日間で八十円を蕩尽《とうじん》し、通訳官になると称して高飛びするこんたんであったのだ、ときめられてしまった。

で——、男三郎は、警視庁送りとなり、昼夜間断《かんだん》ない拷問をくわえられることになったのである。

しかし、男三郎が、都築富五郎とつれだって、青山方面へ行く姿を目撃した者は一人もなかった。都築の死体を発掘して、大学病院で解剖してみたが、殺されたと断定は下し得なかった。明白なことは、都築が銀行から引出した三百五十円が紛失していることだけであった。

しかし、それを男三郎が奪ったという証拠はなかった。

にも拘らず、警視庁では、男三郎の犯行と決定したのみか、野口寧斎をも殺し、また三年前の少年臀肉斬りも此奴《こやつ》のしわざに相違ないと意見を一致させたのであった。


野口男三郎の公判廷がひらかれたのは、翌明治卅九年三月十九日、控訴院《こうそいん》第三号法廷に於てであった。

男三郎の弁護人は、花井卓蔵、斎藤孝治、印東純一の三名であった。

黒斜子《くろななこ》三つ紋の羽織に銘仙の着物、仙台平《せんだいひら》の袴、頭髪をきれいに刈り、鼻下に八字髭をのこした風姿は、きわだった端麗《たんれい》さであり、傍聴人の中から（婦人たちであったが）露骨な溜息が洩れたという。

今村裁判長から、かたのごとく、被告の住所年齢身分が糺《ただ》されたのち、清水検事が立って、

第一の罪状（卅五年三月、少年臀肉斬事件）

第二の罪状（同年中、外国語学校卒業証書偽造の件）

第三の罪状（卅八年五月、野口寧斎絞殺事件）

第四の罪状（同年同月、小西薬店主殺害、所持金強奪事件）

の宣言がなされた。

裁判長の審問が開始され、被告の答弁は、よどみなく明瞭であった。

「お前が、野口曾恵と肉交したのは、いつ、どこだったか？」

「明治卅三年七月、日時は忘れました。清水谷公園のくさむらの中でした」

「曾恵は、いやがったのではないか」

「いえ、ただ、おとなしくして居りました」

「野口寧斎が、悪疾《あくしつ》にかかっていることを、その時知っていたか？」

「知って居りました。二松学舎に漢学を修業中、講師から、野口寧斎は天才だが不幸にして癩病だ、ときかされて居りました。私は、だからこそ——世人の厭がる癩病系統の娘だからこそ、一層憫《あわ》れをおぼえたのです。自分が妻にするのは、この娘以外にない、と決意いたしました」

「それで、自ら進んで、野口家に入ったのだな？」

「左様です」

「野口寧斎の癩病治療に精魂《せいこん》かたむけているうちに、古書によって、人肉の汁が効験あることを知ったのだな？」

「そういう迷信も書いてありました」

「そこで、お前は、中島新吾の息子荘亮を殺して、臀肉をえぐり取ったのだな？」

「それは、ちがいます。私は、そんな、むごたらしいことは、したおぼえがありません」

「しかし、お前は、予審では、ちゃんと自白して居るではないか。中立ては、事実と、ぴったり符合するぞ」

「符合する筈です」

「なぜだ？」

「これをごらん下さい」

男三郎は、いきなり、もろ肌をぬいで、背中を裁判長に向けた。無慚、無数の傷痕が刻まれていた。

「私は、言語に絶する拷問を受けました。私を、擲り蹴り、逆さにして鼻孔から水をそそぎ、小便壺に頭をつき込み、腐った飯と魚を食わせ、男根を火鉢の炭火に突き込ませた男は、宮内という警部です。しかし、私は、断乎《だんこ》として、身におぼえないことは、白状出来ないと拒絶しました」

男三郎は、狂ったように大声で叫んだ。

「私の予審調書は、全くの出鱈目《でたらめ》です！　警視庁が、勝手につくりあげたものです！」

「お前は、しかし、いま、断乎として自由を拒絶した、と云ったではないか」

「左様、拷問には、私は、負けませんでした。負けたのは、ほかの理由です。私は、妻の曾恵子が、兄を殺害した共犯者として捕われたということを知ったからです。私は、宮内警部から、曾恵子が私にそそのかされて、兄を毒殺した嫌疑で捕われた、ときかされた時、愕然《がくぜん》となって、否定しました。しかし、宮内警部は、せせら嗤《わら》って、曾恵子もまた、拷問を受けるだろう、と脅迫《きょうはく》しました。私は、曾恵子が、刑事たちのまん前で、全裸にされ、あらゆるはずかしめを受けるだろう、と想像すると、もういてもたってもいられなくなりました。……宮内警部自身の口から、婦人に対する拷問が、どんな残虐なものかを、きかされたのです。……わたしは、懊悩《おうのう》して、のたうちまわりました。この世で一番愛する妻を、そんな目に遭わせることは、自分が死刑になるのよりおそろしいことでした。……で、とうとう、私は、嘘の自白をしたのです。少年のしりの肉もはぎとったし、義兄をも殺しました、と」

「では、お前は警視庁から、東京監獄に移されてから、予審で、何故《なぜ》、自白は虚偽であったとくつがえさなかったのだ？」

「宮内警部は、予審でくつがえしたら、また妻の曾恵子を捕えるぞ、と脅迫いたしました。公判が開かれるまでは、警視庁け、どんな手段でもとる権利をもっているのだ、とうそぶいたのです。私は、ひたすら、妻が迫害されることをおそれたのです」

「では、お前は、外国語学校の卒業証書も偽造しないというのか？　みよ、これが偽造の証書だ。しかも、学校側では、これをお前に渡したおぼえはない、と確答して居るぞ。お前は、まちがいなく、中途退学して居るではないか！」

「その卒業証書を偽造したことにはまちがいありません」

ここで、はじめて、男三郎は、第二の罪状をみとめた。

「野口寧斎が、いったんお前と曾恵子を結婚させておき乍ら、なぜまた、お前を頑として遠ざけてしまったのか？　ただ、財産分配問題だけとは考えられないが、どうだ？」

「………」

「なぜ、こたえぬ？　寧斎は、お前が卒業証書を偽造したことが露見したので、お前の人柄を信じられなくなった、と人に語って居るが、お前は、そのほかにも、何か、寧斎に対して悪事を働いたのではないか？」

「絶対にそんなことはありません」

「では、何故、寧斎は、ああまで頑固に、子まである夫婦の間を裂いて、お前を憎んだのか？」

「私の方では、憎まれるようなことは、何ひとつして居りません。私が、外国語学校を中退したのは、義兄の癩症治療の研究をするためでした。私は、義兄に対しては、人間としてなし得るかぎりの献身をつくしました」

「だから、それ程つくされながら、何故、寧斎は、お前を憎んだのか、ときいているのだ。真相がある筈だ」

男三郎は、その執拗な審問に対して、長い間、沈黙をまもっていたが、やがて、ひくく、

「義兄の名誉のために、申上げられません」

と、こたえた。

裁判長は、これを逃げた、と受取った。

「寧斎は、はじめから、お前を憎んでいたのではないか？　曾恵子が妊娠したので、野口家から不義者を出すまいとして、一時の便法で結婚させたのではないか？　結婚させてから、正式に離婚させる、はじめからの予定だったのではないか？」

すると、男三郎は、急に、すさまじい表情になって、

「そんなことを、今更、当人が死んでしまっているのに、穿鑿《せんさく》してみても、はじまらないと思います」

と、たたきつけるように吐きすてた。

裁判長の方も、この機をのがさず、

「お前は、寧斎を殺したのだな？」

と、きめつけた。

「殺しません！」

憤然として、男三郎は、云いかえした。

「義兄が死んだことは、翌々日まで、夢にも知らなかったのです」

「では、寧斎を殺したのは、誰だと思うか？」

「私が知っている筈がありません。むしろ、おうかがいいたします。義兄は、本当に殺されたのですか？　殺されたという証拠があるのですか？」

裁判長は、それにこたえず、

「今までの事実の経過によれば、被告自身の外に、犯人は考えられぬではないか？」

「そうです、私らしいと考えられます。しかし断じて私ではありません」

「では、犯人は曾恵か？」

「バカな！　曾恵子が、兄を殺せるような女かどうか、そんなことは想像しただけで、曾恵子を侮辱するものです！　曾恵子のような純情な女は、日本中に一人もありません！　曾恵子は、義兄を憎みさえもしていませんでした。……曾恵子は、君子という子供の母親です。侮辱するのはやめて下さい！」

「お前は、寧斎を憎んだであろう」

「憎みました。殺したいぐらい憎みました。しかし、私は、殺しません」

「お前は、寧斎とその親戚から、あれだけ忌《い》み嫌われながらも、どうして、復帰の念を断たなかったのだ？」

「曾恵子と君子を愛していたからです。心から愛していたからです」

ここで、審問は、一転して、小西薬店主殺害事件に移った。

都築富五郎と被告との関係を糺したのち、裁判長は、

「お前は、都築富五郎を殺したことも、拷問によって警視庁が作りあげた出鱈目だ、と云うのか？」

と、きり込んだ。男三郎は、俯向いて、しばらく、こたえなかった。

「どうだ？　予審調書の中立を否定するか？　それとも、これを事実と認めるか？」

鋭く促《うなが》され、男三郎は、顔を擡《もた》げた。

「殺しました」

そうこたえた瞬間の男三郎の表情は、名状しがたい奇妙な薄ら笑いを浮べたものだった、という。

それから、殺害の顚末についての審問には、男三郎は、ひとつも否定しようとしなかった。事実の審問が終ると、裁判長は、厳粛《げんしゅく》な語調で、薬店主殺しは、初犯としてはあまりに大胆すぎる態度である、となじった。

第二回公判は、四月六日に開かれた。これは、証拠調べに終始したが、皮肉にも、どれひとつとして、男三郎を三つの殺害事件の犯人と断定し得る結果を得られなかった。

証拠調べを終って、裁判長が、弁護士にむかって申請を促すや、花井卓蔵は立ち上って、徹底的に、痛烈無比に検事論告を反駁《はんばく》したのであった。

何ひとつ証拠がない、ということは、弁護士にとって、これ以上の優勢はなかった。

花井は、

「むしろ、被告が、都築を殺した、と自白したのが、不審であり、何故自白したのか、その理由を、裁判長は聞くべきだった」

と、あざけったものだった。

男三郎の判決は、卅九年五月十七日に下された。

判　決

大阪市西区新町南通三丁目四十三番地
平民無職業
野口男三郎事
武林男三郎
明治十三年二月生

右の者に対する謀殺強盗殺人官印文書偽造行使被告事件に就き裁判所は清水孝蔵関与《かんよ》審理判決す。左の如し。被告男三郎を死刑に処す。但《ただ》し被告男三郎に対する中島荘亮殺害に関する左記第三の公訴、野口一太郎（寧斎）殺害に関する左記第四公訴については、被告は無罪。

もし、男三郎が、小西薬店主殺しも、断乎として否認していたとしたら、あるいは、ぜんぶ無罪となっていたかも知れない。

では、なぜ、男三郎は、小西薬店主殺しだけを、認めたのであったろう？

四

男三郎の死刑は、それから三年後の明治四十一年七月三日に執行された。

午前五時、看守長は、別房から男三郎をつれ出して、別室に伴い、司法大臣の命によって本日刑を執行する、と告げた。男三郎は、すでに覚悟ができていることとて、殆んど顔色をうごかさず、黙って、頷いた。

「べつに、遺言はないか？　遺言状が書いてあれば、預かろう」

「べつに、何も書いて居りません」

ただ、獄内で日数をかけて丹念につくりあげた観世縒《かんぜより》の煙草入を、娘の君子に、記念として贈りたいから、お届け下さい、とたのんだ。

房へ戻って、所持の書籍「洗心洞禅門法語」「聖書」その他廿余冊と、絽羽織《ろばおり》、縮緬《ちりめん》の兵児帯《へこ》、紬《つむぎ》の袷《あわせ》、ネルの単衣《ひとえ》、白毛布などを、それぞれ知人へ分配贈与のことを、書きおいてから、ふと思いついたように、看守にむかって、詩人の上村売劔氏に面会できないだろうか、と申出た。

急報をうけて、上村が、獄へおもむいたのは、その日の午《ひる》すぎであった。

特にゆるされて、別室で、二人きりでむかい合うと、男三郎は、しばらく、無言で俯向いていたが、やがて、ひくい静かな声で、

「先生にだけ、真相を告白して置きたいと思います」

ときり出した。寧斎の親友であり、男三郎と曾恵子の仲立をつとめた上村は、この瞬間、異様な緊張をおぼえた。

「先生！　じつは、私は、都築富五郎を殺してはいないのです」

まず、男三郎は、無表情で、そう云ったのであった。

「じゃ、君が、それを否認していたら――」

「ぜんぶ無罪になっていたじゃないか、と仰言るのでしょう。たぶん、そうだったかも知れません。……しかし、人間の心というやつは、奇妙な働きかたをするものです。私は、事実、犯した罪をふたつとも頑強に否認したあとなので、なんとなく疲れていたのです。それで、ふっと、全然やりもしない罪だけを、ひっかぶってみよう、という気になったのです。気まぐれというほかはありませんでした」

「君！　それじゃ、少年と寧斎は……」

「私が、たしかに殺しました」

はっきりとこたえて、男三郎は、いっそ、あかるい微笑を泛べてみせた。

上村は、愕然となって、息をのんだ。

判決は、少年殺しと寧斎殺しを無罪にし、薬店主殺しを有罪としたのに、それはまるっきり、逆だというのだ。

「先生、私は、曾恵子とは、夫婦の関係など、むすんではいなかったのです」

男三郎は、さらに、上村を啞然《あぜん》とさせることを、口にした。

「本当か？」

「数時間後に死んで行く者が、今更嘘をついてもはじまりません。みんな、ありのままを申上げます。私は、清水谷公園で、曾恵子と知りあった時、この娘を、女神のように愛そうと決心しました。また、本当に、女神のように愛しました。私は、曾恵子の指一本にもふれませんでした。だからこそ、曾恵子も、私を信じて、業病の兄に私を会わせもしたのです。私は、寧斎の病状はもう手のほどこし様もないとしても、曾恵子を、曾恵子を発病させてはならぬ、それを防がねばならぬ、と心にひそかに誓いました。曾恵子を、美しい姿のままにおわらせるためには、どんな残虐な行為も、あえてやってのけようと決意したのです。……そして、罪もない少年を殺して、臀肉を切り取り、その汁《ソップ》をつくったのです。寧斎にのませるのが目的ではなく、曾恵子にのませるためだったのです。……ところが、女神としてあがめる曾恵子が、意外にも、蔭では地獄の行為をしているのを、やがて、私は知ったのです。

先生、信じられますか、寧斎は、妹を犯していたのです！　一世の詩才と仰がれ、家の前を通る者たちに、あれが鬼才野口寧斎の雅房《がぼう》だ、とささやかれていた男が、業病の故に妻を持つことを断念しなければならぬのろわしさくやしさにもだえて、とうとう、女神のような曾恵子を、獣慾の犠牲にしてしまったのです。曾恵子は、右を向けと命じられれば、三年でもそちらを向いているようなおとなしい女です。兄の脅迫をこばむ力はなかったのです。

で――、曾恵子は、当然の結果として、妊娠してしまいました。狼狽《ろうばい》した寧斎は、やむを得ず、私を利用するよりほかに方法がないことを知って、私に、あらいざらいぶちまけて、いかにも、私と曾恵子が密通したふりをして、駆落してくれ、とたのんだのです。私は、承諾しました。しかし、この時、寧斎は、私に、曾恵子へ一指もふれてはならぬ、と約束させました。やがて、何も知らぬ先生が、むかえに来て下さって、私と曾恵子は、正式に結婚しました。ところが、結婚第一夜さえも、私たちは、同じ牀に寝ることはゆるされなかったのです。寧斎は、まるで、悪鬼のように、私たちの部屋を監視したのです。そればかりか、やっぱり、十日に一度は、深夜になって、曾恵子を自分の居間に呼びつけたのです。そのうち、寧斎は、それさえも我慢出来なくなって、私を追い出してしまったのです。寧斎は、私を追い出す口実は、ちゃんと、あらかじめ、考えていたのです。私たちの結婚をゆるす際、私が外国語学校をちゃんと卒業していなければ、野口家の体面にかかわるから、と云って、私にむりやり卒業証書を偽造させたのです。その贋証書を親戚一同にみせて、こんな詐欺漢《さぎかん》を野口家の婿にしておくわけにいかぬ、と高言したことは、先生もおききおよびの筈です。みんな寧斎の狡猾なカラクリだったのです。それまでにふみつけられながらも、私が、なおも、野口家へ戻りたがったのは、いかに、曾恵子を深く愛していたか——自分で自分が堪《た》えがたいくらいでした。私は、自分くらい、女性を純粋に愛しぬくことのできた男はいない、と今でもひそかに誇っています。重ねて断言いたします。私は、曾恵子とは全く肉体関係はなかったのです。……ついに、私は、野口の屋敷へ忍び入って、寧斎を殺しました。こんどこそ、私は、曾恵子を、自分のものにできると、信じました。曾恵子も、兄が亡《な》くなれば、周囲の反対をおしきって、それまでの私の献身と苦悩にむくいるにちがいない——。しかし、駄目でした。曾恵子は、やっぱり、弱い女でした。親戚の意見にかぶりをふる勇気はなかったのです。それでも、私は、曾恵子をふびんとこそ思え、憎みもうらみもしませんでした。私は、辛抱づよく、時節の来るのを待つことにしたのです。

先生、皮肉なものじゃありませんか。私は、それから十二日後に、何処の何者ともわからぬ人間に殺された都築富五郎を、この私が殺したという嫌疑で捕ったのです。全く、神さまは、途方もない意地の悪いいたずらをしたものです。私は、捕って、死ぬ目に遭わされながらも、心の隅では、なんだかバカバカしくてなりませんでした。そのバカバカしさは、判決を受けたとたん、絶頂に達して、私は、突然、大口をあけて、ゲラゲラ笑い出したくなったものでした。他人の目に映る真実なんて、こんなアヤフヤなものだ、と思うと、さっさとこの世におさらばしたいような気持になったものでした。いや、この気持は、いまでも変りはありません。ですから、私は、死刑になることは、すこしも怕《こわ》くはないのです」

告白し終ると、流石に、男三郎は、全身から力がぬけはてたように、ぐったりとうしろの壁に凭《よ》りかかって、まぶたをとじたことだった。

外へ出た上村売劒は、なんとも不快な暗澹《あんたん》とした当惑をおぼえつつ、足をはこんだが、そのうちに、男三郎の告白が、実は、とんでもない大嘘のような気がして、急に、腹が立って来た。しかし、次の瞬間には、さらにやりきれない当惑をおぼえて、これは、ともかく、一刻も早く、忘れすてる努力をはらうよりほかにすべはない、と自分に呟いたのであった。男三郎は、午後七時入浴の後、典獄が、特に好意を以て与えた価廿銭の上等弁当をきれいにたいらげた上、牛乳一合を飲みほした。それから、死後、見苦しくないようにと、灌腸《かんちょう》をおこない、便用をはたした。

九時、水色五つ紋の帷子《かたびら》に晒木綿《さらしもめん》の兵児帯をしめ、白足袋をはいた死装束で、二名の看守に伴われて、刑場にいたった。

逸見、西村の両看守長、および東京控訴院の小林検事の立会のもとに、しずかな足どりで、絞首台へのぼって行った。

あとがき

【『妃殿下と海賊』鱒書房コバルト新書版】

　小説ばかり書いていると、たまには、別の読物を書いてみたくなる衝動が起る。本書に収めた各篇は、折々に読みちらした材料をもとにして、私の勝手な潤色《じゅんしょく》を加えたものばかりである。したがって、作家にあらざるライターの書く所謂《いわゆる》「実話」とは、ややおもむきを異にする。

　私は、もともと、フィクションとノン・フィクションを、劃然と区別するのはおかしいと思っている。いかなる小説も、作家の目あるいは耳に入った素材が土台になっている。ただ、その素材の使用量の多少のちがいにすぎない。いかなる実話も、筆者の想像が加えられない筈はない。そしてまた、遺された記録もそうであるとすれば、それを写すことは必ずしも真相をつたえることにはなるまい。

　いってみれば、本書の各篇は、実話的小説乃至は小説的実話ということになりそうである。したがって、「これは本当にあったことか」と訊ねられては当惑するし、反対に、「まるっきり出鱈目《でたらめ》なんだろう」ときめつけられるのも困る。

　雑誌に発表した時、かなり多くの手紙を頂いたが、頭から事実ときめかかって厳重抗議される向きが多かった。作者たるもの、沈黙をまもらざるを得なかった。

ここで敢えて、返答するならば——。

明治年間に、無名の平凡な夫婦が幾百万組も存在したことが事実としても、それは殆んど無意味であるかわりに、かの貫一お宮が架空の人物であるにも拘らず、実在した以上の意味をもっているということを、私は、疑わないのである。

一九五六年

柴田錬三郎

(『妃殿下と海賊』より　鱒書房　一九五六年)

編者解説

日下三蔵

柴田錬三郎は《眠狂四郎無頼控》シリーズで知られる剣豪小説、時代小説の大家である。忍者小説の傑作『赤い影法師』、異色の捕物帳『岡っ引どぶ』、大河ロマン『運命峠』、伝奇小説『異常の門』、《柴錬立川文庫》シリーズ、《柴錬三国志》シリーズなど、眠狂四郎もの以外の作品も、時代小説が圧倒的に多い。

この傾向は、一九五六（昭和三十一）年にスタートした眠狂四郎が大ヒットして以降に顕著で、この時期にも『チャンスは三度ある』『今日の男』『図々しい奴』『若くて、悪くて、凄いこいつら』『おれは大物』『おれの敵がそこにいる』などの現代小説はあるものの、作品の大半は時代小説になっていく。

だが、昭和二十年代以前には、時代小説は数あるレパートリーのうちのひとつで、純文学から大衆小説、随筆、評論、少年少女向けの作品まで、柴田錬三郎は才気にまかせて多種多様なジャンルを手がけていたのだ。その中には、ミステリやサスペンスに分類される作品も数多い。

シバレンの現代ミステリの代表作といえば、五九年の一月から十二月まで「オール讀物」に連載され、翌年二月に文藝春秋から刊行された全十二話の連作『幽霊紳士』だろう。初刊本以来、角川小説新書（61年）、光風社（63年）、東京文芸社トーキョーブックス（66年）、光文社カッパ・ノベルス（66年）、春陽文庫（71年）、集英社コンパクトブックス（76年）、廣済堂文庫（85年）、集英社文庫（90年）、創元推理文庫（14年）と、何度も再刊されている傑作である。

創元推理文庫版の解説者である末國善己さんは、その末尾に、こう書いている。

柴田錬三郎には、『夜の饗宴』『第8監房』『盲目殺人事件』など、ミステリの名作も数多い。本書の刊行を切っ掛けに、柴錬のミステリ作家としての評価が上がり、埋もれたミステリの復刊が続くことを願ってやまない。

まったく同感で、本書は当初、このうちの『第8監房』（63年10月／光風社）と『盲目殺人事件』（57年9月／桃源社／推理小説名作文庫3）を合本にするつもりで編集作業を進めていた。この二冊は「第8監房」と「銀座ジャングル」が重複しており、『第8監房』にしか入っていない「拳銃物語」「帝国ホテル」「仏蘭西の男」、『盲目殺人事件』にしか入っていない「平家部落の亡霊」「盲目殺人事件」「三行広告」をすべて収めた全八篇の作品集にしようと思っ

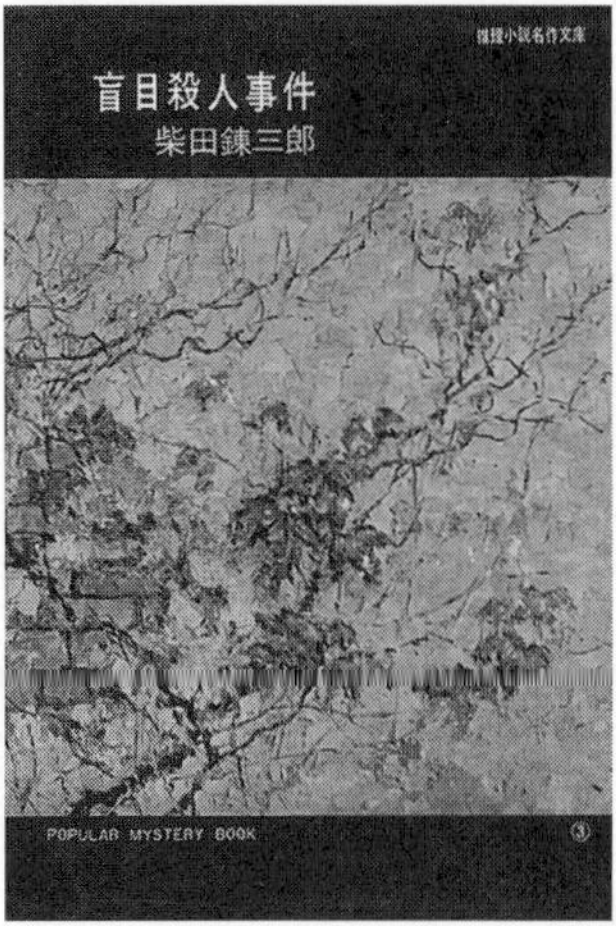

（左）『盲目殺人事件』（1957 年 9 月
桃源社　推理小説名作文庫 3）
（下）『 第 8 監 房 』（1963 年 10 月
光風社）

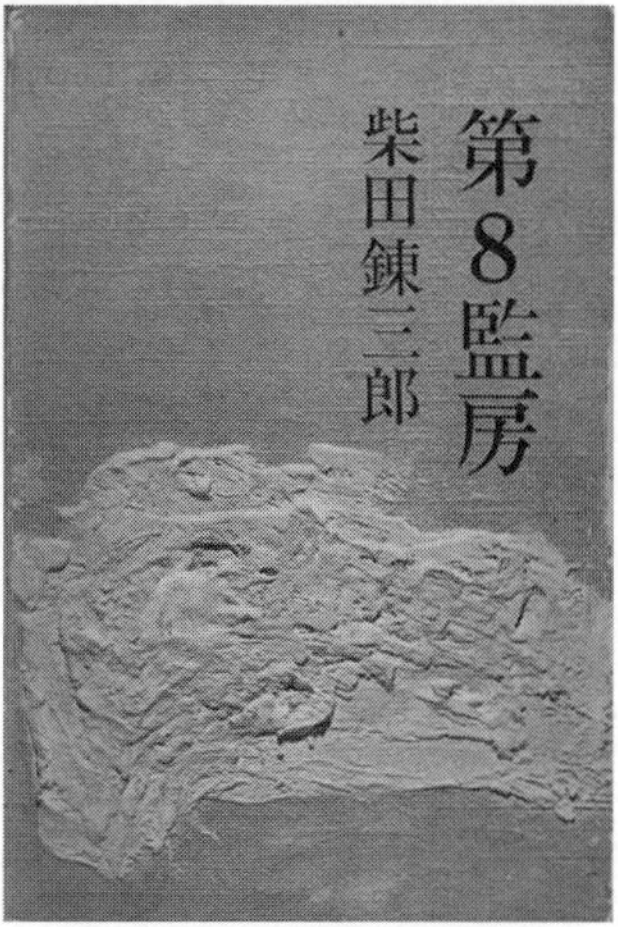

ていたのである。

しかし、活字を組んでみたところ、計算よりページ数が多くなってしまった。そこで、定価を千円以内に抑えるために、作品を差し替えることになり、検討の結果、より珍しい『盲目殺人事件』の五篇を残すことにした。本書の前半五篇は、桃源社版『盲目殺人事件』を、そのままの配列で収めたものである。

つまり、タイトルは『第８監房』なのに内容は『盲目殺人事件』ということになってしまった訳だが、『第８監房』にしか収められていない三篇も、次の機会を見つけて復刊したいと思っているので、ご容赦いただきたい。

さらに細かいことを言えば、『盲目殺人事件』では「第八監房」とタイトルが初出と同じく漢数字になっているが、本書では後から刊行された光風社版の表記を踏襲した。

本書に収めた作品の初出は、以下の通り。

平家部落の亡霊　「小説倶楽部」56年6月号
盲目殺人事件　「オール讀物」57年9月号
銀座ジャングル　「小説春秋」56年6月号
第８監房　「小説倶楽部」55年11月号
三行広告　「小説と読物」55年5月号
日露戦争を起した女「オール讀物」54年2月号

生首と芸術　　初出不明
神の悪戯　　「別冊文藝春秋」56年10月号

後半の三篇については、前述した創元推理文庫版『幽霊紳士／異常物語』の末國さんの解説で、カップリングの連作『異常物語』に触れた個所を見る必要がある。

『異常物語』は、一九六一年刊の光風社『柴田錬三郎選集　第五巻』（『幽霊紳士』とのカップリング）と一九九〇年刊の集英社『柴田錬三郎選集　第十五巻』（二作のみの抄録）に収録されただけで、単独の単行本としては一度も上梓されていない。

この説明は、半分正しく、半分間違っている。まず、『異常物語』は「生きていた独裁者」「妃殿下の冒険」「5712」「名探偵誕生」「午前零時の殺人」「妖婦の手鏡」「密室の狂女」「異常物語」の全八話の連作として、『幽霊紳士』の光風社版とカッパ・ノベルス版にも収められている。光風社版『幽霊紳士』は六三年版以降、六五年版、七一年版、七六年版、七九年版があることが分かっているが、いずれも同じ紙型を使った新装版である。集英社『柴田錬三郎選集　第十五巻』に採られたのは、「異常物語」と「生きていたヒットラー」の二篇。

次に、『異常物語』として刊行されたことは、確かに一度もないのだが、他のタイトルで少なくとも二回刊行されている。最初は五六年三月に鱒書房の新書判叢書《コバルト新書》

から出た『妃殿下の冒険』である。この本には以下の九篇が収められていた。

午前零時の殺人
妃殿下の冒険
海賊キッドの謎の記号（5712）
密室の狂女
生きていたヒットラー（生きていた独裁者）
妖婦の手鏡
日露戦争を起した女
生首と芸術
異常物語

「5712」と「生きていた独裁者」のタイトルが違うが、こちらが初出の題名である。さらに二篇を加えて五七年十月に光風社から刊行された『罠をかけろ』が、この連作の最終形ということになる。ここで、判明している限りの初出データを掲げておこう。

生きていた独裁者「講談倶楽部」54年８月号　※「生きていたヒットラー」改題
妃殿下の冒険　「オール讀物」55年２月号

5712　「オール讀物」55年10月号　※「海賊キッドの謎の記号」改題
名探偵誕生　「オール讀物」56年5月号　※「名探偵ホームズ誕生」改題
午前零時の殺人　初出不明
妖婦の手鏡　「オール讀物」55年4月号
神の悪戯　「別冊文藝春秋」56年10月号
日露戦争を起した女　「オール讀物」54年2月号
密室の狂女　「オール讀物」54年9月号
生首と芸術　初出不明
異常物語　「小説公園」54年4月号

つまり『異常物語』は、同一の設定があったり、共通する登場人物がいるような本来の意味での「連作」ではなく、短篇集『罠をかけろ』から八篇を抜粋し、短篇「異常物語」を表題として連作と称したものに過ぎないのだ。

もっとも、考えてみればシバレンの作品は、異常なシチュエーションや異常な心理を描いたものばかりなのだから、『異常物語』というタイトルは、この一連の短篇だけでなく、柴田錬三郎の（特にミステリ系の）小説全体に当てはまるとも言える。

そこで本書には、『罠にかけろ』の十一篇から『異常物語』で省かれてしまった三篇を収めた。ぜひ、創元推理文庫版『幽霊紳士／異常物語』と併せて読んでいただきたい。

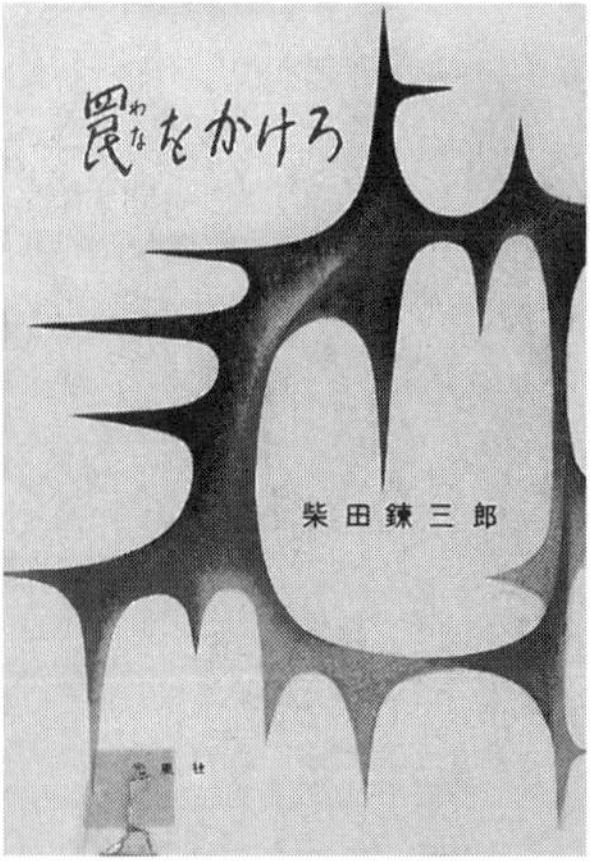

『罠をかけろ』（1957年10月　光風社）

『妃殿下と海賊』（1956年３月　鱒書房　コバルト新書）

なお、本書には鱒書房コバルト新書版『妃殿下と海賊』の「あとがき」を再録した。ここにあるように、『異常物語』シリーズの多くは、「実話的小説乃至は小説的実話」であり、小さな史実を核に小説的な想像力を膨らませてストーリーを構築していく柴田錬三郎の小説作法が、はっきりと見て取れる作品群になっている。

本書に収めた作品は、いずれも昭和二十年代後半から昭和三十年代前半にかけて発表されたものであるため、作中に登場する語句や表現、登場人物たちの人権感覚などにも、当然ながら、執筆当時のものが反映されている。時代の変化によって、現在では不適当とされるものも多く、特に癩病（ハンセン病）の描写については、科学的に誤りであると判明しているので、その旨ご留意いただきたい。語句の改変は行っていないので、発表年代を考慮しながら、ストーリー自体の面白さを楽しんでいただければ幸いである。

・本書はちくま文庫のためのオリジナル編集です。底本については左記の通りです。
平家部落の亡霊　『盲目殺人事件』（桃源社　一九五七年九月）
盲目殺人事件　『盲目殺人事件』（桃源社　一九五七年九月）
銀座ジャングル　『第8監房』（光風社　一九六三年十月）
第8監房　『第8監房』（光風社　一九六三年十月）
三行広告　『盲目殺人事件』（桃源社　一九五七年九月）
日露戦争を起した女　『罠をかけろ』（光風社　一九五七年十月）
生首と芸術　『罠をかけろ』（光風社　一九五七年十月）
神の悪戯　『罠をかけろ』（光風社　一九五七年十月）
本文中で明らかに促音と判断されるものは小字としました。
・本書のなかには、今日の人権感覚に照らして差別的ととられかねない箇所がありますが、作者が差別の助長を意図したのではなく、故人であること、執筆当時の時代背景を考え、該当箇所の削除や書き換えは行わず、原文のままとしました。

命売ります　三島由紀夫

自殺に失敗し、「命売ります。お好きな目的にお使い下さい」という突飛な広告を出した男のもとに、現われたのは？（種村季弘）

三島由紀夫レター教室　三島由紀夫

五人の登場人物が巻き起こす様々な出来事を手紙で綴る。恋の告白・借金の申し込み・見舞状等、一風変ったユニークな文例集。（群ようこ）

コーヒーと恋愛　獅子文六

恋愛は甘くてほろ苦い。とある男女が巻き起こす恋模様をコミカルに描く昭和の傑作が、現代の「東京」によみがえる。（曽我部恵一）

七時間半　獅子文六

東京―大阪間が七時間半かかっていた昭和30年代、特急「ちどり」を舞台に乗務員とお客たちのドタバタ劇を描く隠れた名作が遂に甦る。（千野帽子）

悦ちゃん　獅子文六

ちょっぴりおませな女の子、悦ちゃんがのんびり屋の父親の再婚話をめぐって東京中を奔走するユーモアと愛情に満ちた物語。初期の代表作。（窪美澄）

笛ふき天女　岩田幸子

旧藩主の息女に生まれ松方財閥に嫁ぎ、四十歳で作家獅子文六と再婚。夫、文六の想い出と天女のような純真さで爽やかに生きた女性の半生を語る。

青空娘　源氏鶏太

主人公の少女、有子が不遇な境遇から幾多の困難にぶつかりながらも健気にそれを乗り越え希望を手にする日本版シンデレラ・ストーリー。（山内マリコ）

最高殊勲夫人　源氏鶏太

野々宮杏子と三原三郎は家族から勝手な結婚話を迫られるも協力してそれを回避する。しかし徐々に惹かれ合うお互いの本当の気持ちは……。（千野帽子）

カレーライスの唄　阿川弘之

会社が倒産した！　どうしよう。美味しいカレーライスの店を始めよう。若い男女の恋と失業と起業の奮闘記。昭和娯楽小説の傑作。（平松洋子）

せどり男爵数奇譚　梶山季之

せどり＝掘り出し物の古書を安く買って高く転売することを業とすること。古書の世界に魅入られた人々を描く傑作ミステリー。（永江朗）

沈黙博物館　小川洋子
「形見じゃ」老婆は言った。死の完結を阻止するために形見が盗まれる。死者が残した断片をめぐるやさしくスリリングな物語。（堀江敏幸）

星間商事株式会社社史編纂室　三浦しをん
二九歳「腐女子」川田幸代、社史編纂室所属。恋の行方も友情の行方も五里霧中。仲間と共に「同人誌」を武器に社の秘められた過去に挑む!?（金田淳子）

つむじ風食堂の夜　吉田篤弘
それは、笑いのこぼれる夜。——食堂は、十字路の角にぽつんとひとつ灯をともしていた。クラフト・エヴィング商會の物語作家による長篇小説。

通天閣　西加奈子
このしょーもない世の中に、救いようのない人生に、ちょっぴり暖かい灯を点す驚きと感動の物語。第24回織田作之助賞大賞受賞作。（津村記久子）

この話、続けてもいいですか。　西加奈子
ミッキーこと西加奈子の目を通すと世界はワクワク、ドキドキ輝く。いろんな人、出来事、体験がてんこ盛りの豪華エッセイ集！（中島たい子）

君は永遠にそいつらより若い　津村記久子
22歳処女。いや「女の童貞」と呼んでほしい——。日常の底に潜むうっすらとした悪意を独特の筆致で描く。第21回太宰治賞受賞作。（松浦理英子）

アレグリアとは仕事はできない　津村記久子
彼女はどうしようもない性悪だった。すぐ休み単純労働をバカにし男性社員に媚を売る。大型コピー機とミノベとの仁義なき戦い！（千野帽子）

まともな家の子供はいない　津村記久子
セキコには居場所がなかった。うちには父親がいる。うざい母親、テキトーな妹。まともな家なんてどこにもない！　中3女子、怒りの物語。（岩宮恵子）

こちらあみ子　今村夏子
あみ子の純粋な行動が周囲の人々を否応なく変えていく。第26回太宰治賞、第24回三島由紀夫賞受賞作。書き下ろし「チズさん」収録。（町田康／穂村弘）

さようなら、オレンジ　岩城けい
オーストラリアに流れ着いた難民サリマ。言葉も不自由な彼女が、新しい生活を切り拓いてゆく。第29回太宰治賞受賞・第150回芥川賞候補作。（小野正嗣）

冠・婚・葬・祭　中島京子

人生の節目に、起こったこと、出会ったひと、考えたこと。冠婚葬祭を切り口に、鮮やかな人生模様が描かれる。第143回直木賞作家の代表作。（瀧井朝世）

とりつくしま　東直子

死んだ人に「とりつくしま係」が言う。モノになってこの世に戻れますよ。妻は夫のカップに弟子は先生の扇子になった。連作短篇集。（大竹昭子）

虹色と幸運　柴崎友香

珠子、かおり、夏美。三〇代になった三人が、人に会い、おしゃべりし、いろいろ思う一年間。移りゆく季節の中で、日常の細部が輝く傑作。（江南亜美子）

星か獣になる季節　最果タヒ

推しの地下アイドルが殺人容疑で逮捕⁉ 僕は同級生のイケメン森下と真相を探るが――。歪んだピュアネスが傷だらけで疾走する新世代の青春小説！

ピスタチオ　梨木香歩

棚（たな）がアフリカを訪れたのは本当に偶然だったのか。不思議な出来事の連鎖から、水と生命の壮大な物語「ピスタチオ」が生まれる。（管啓次郎）

図書館の神様　瀬尾まいこ

赴任した高校で思いがけず文芸部顧問になってしまった清（きよ）。そこでの出会いが、その後の人生を変えてゆく。鮮やかな青春小説。（山本幸久）

マイマイ新子　高樹のぶ子

昭和30年山口県国衙。きょうも新子は妹や友達と元気いっぱい。戦争の傷を負った大人、変わりゆく時代、その懐かしく切ない日々を描く。（片渕須直）

話虫干　小路幸也

夏目漱石「こころ」の内容が書き変えられた！ それは話虫の仕業。新人図書館員が話の世界に入り込み、「こころ」をもとの世界に戻そうとするが……。

包帯クラブ　天童荒太

傷ついた少年少女達は、戦わないかたちで自分達の大切なものを守ることにした。生きがたいと感じるすべての人に贈る長篇小説。大幅加筆して文庫化。

うれしい悲鳴をあげてくれ　いしわたり淳治

作詞家、音楽プロデューサーとして活躍する著者の小説&エッセイ集。彼が「言葉」を紡ぐと誰もが楽しめる「物語」が生まれる。（鈴木おさむ）

吉行淳之介ベスト・エッセイ　吉行淳之介　荻原魚雷 編

創作の秘密から、ダンディズムの条件まで。「文学」「男と女」「紳士」「人物」のテーマごとに厳選した、吉行淳之介の入門書にして決定版。（大竹聡）

田中小実昌ベスト・エッセイ　田中小実昌　大庭萱朗 編

東大哲学科を中退し、バーテン、香具師などを転々とし、飄々とした作風とミステリー翻訳で知られるコミさんの厳選されたエッセイ集。（片岡義男）

山口瞳ベスト・エッセイ　小玉武 編

サラリーマン処世術から飲食、幸福と死まで。——幅広い話題の中に普遍的な人間観察眼が光る山口瞳の豊饒なエッセイ世界を一冊に凝縮した決定版。

色川武大・阿佐田哲也ベスト・エッセイ　色川武大／阿佐田哲也　大庭萱朗 編

二つの名前を持つ作家のベスト。文学論、落語からタモリまでの芸能論、ジャズ、作家たちとの交流も。もちろん阿佐田哲也名の博打論も収録。（木村紅美）

開高健ベスト・エッセイ　開高健　小玉武 編

文学から食、ヴェトナム戦争まで——おそるべき博覧強記と行動力。「生きて、書いて、ぶつかった」開高健の広大な世界を凝縮したエッセイを精選。

中島らもエッセイ・コレクション　中島らも　小堀純 編

小説家、戯曲家、ミュージシャンなど幅広い活躍で没後なお人気の中島らもの魅力を凝縮！　酒と文学とエンターテインメント。（いとうせいこう）

文房具56話　串田孫一

使う者の心をときめかせる文房具。どうすればこの小さな道具が創造力の源泉になりうるのか。文房具の想い出や新たな発見、工夫や悦びを語る。

ぼくは散歩と雑学がすき　植草甚一

1970年、遠かったアメリカ。その風俗、映画、本、音楽から政治までをフレッシュな感性と膨大な知識、貪欲な好奇心で描き出す代表エッセイ集。

快楽としてのミステリー　丸谷才一

ホームズ、007、マーロウ——探偵小説を愛読して半世紀、その楽しみを文芸批評とゴシップを駆使して自在に語る、文庫オリジナル。（三浦雅士）

超発明　真鍋博

昭和を代表する天才イラストレーターが、唯一無二のSF的想像力と未来的発想で〝夢のような発明品〟129例を描き出す幻の作品集。（川田十夢）

ねぼけ人生〈新装版〉　水木しげる
戦争で片腕を喪失、紙芝居・貸本漫画の時代と、波瀾万丈の人生を、楽天的に生きぬいてきた水木しげるの、面白くも哀しい半生記。（呉智英）

「下り坂」繁盛記　嵐山光三郎
人の一生は、「下り坂」をどう楽しむかにかかっている。真の喜びや快感は「下り坂」にあるのだ。あちこちにガタがきても、愉快な毎日が待っている。

向田邦子との二十年　久世光彦
あの人は、あり過ぎるくらいあった始末におえない胸の中のものを誰にだって、一言も口にしない人だった。時を共有した二人の世界。（新井信）

旅に出る ゴトゴト揺られて本と酒　椎名誠
旅の読書は、漂流モノと無人島モノと一点こだわりガンコ本！　本と旅とそれから派生していく自由な思いのつまったエッセイ集。（竹田聡一郎）

昭和三十年代の匂い　岡崎武志
テレビ購入、不二家、空地に土管、トロリーバス、くみとり便所、少年時代の昭和三十年代の記憶をたどる。巻末に岡田斗司夫氏との対談を収録。

本と怠け者　荻原魚雷
日々の暮らしと古本を語り、古書に独特の輝きを与えた「ちくま」好評連載「魚雷の眼」を、一冊にまとめた文庫オリジナルエッセイ集。（岡崎武志）

増補版 誤植読本　高橋輝次編著
本と誤植は切っても切れない!? 恥ずかしい打ち明け話や、校正をめぐるあれこれなど、作家たちが本音を語り出す。作品42篇収録。（堀江敏幸）

わたしの小さな古本屋　田中美穂
会社を辞めた日、古本屋になることを決めた。倉敷の空気、古書がつなぐ人の縁、店の生きものたち……。女性店主が綴る蟲文庫の日々。（早川義夫）

ぼくは本屋のおやじさん　早川義夫
22年間の書店としての苦労と、お客さんとの交流。どこにもありそうで、ない書店。30年来のロングセラー！（大槻ケンヂ）

たましいの場所　早川義夫
「恋をしていいのだ。今を歌っていくのだ」。心を揺るがす本質的な言葉。文庫用に最終章を追加。帯文＝宮藤官九郎　オマージュエッセイ＝七尾旅人

品切れの際はご容赦ください

誘拐 本田靖春
戦後最大の誘拐事件。残された被害者家族の絶望、犯人を生んだ貧困、刑事達の執念を描くノンフィクションの金字塔！（佐野眞一）

疵 本田靖春
戦後の渋谷を制覇したインテリヤクザ安藤組の大幹部、力道山よりも喧嘩が強いといわれた男……。伝説に彩られた男の実像を追う。（野村進）

宮本常一が見た日本 佐野眞一
戦前から高度経済成長期にかけて日本中を歩き、人々の生活を記録した民俗学者、宮本常一。そのまなざしと思想、行動を追う。（橋口譲二）

新 忘れられた日本人 佐野眞一
佐野眞一がその数十年におよぶ取材で出会った、無私の人、悪党、そして怪人たち。時代の波間に消えて行った忘れえぬ人々を描き出す。（後藤正治）

占領下日本（上・下） 半藤一利／竹内修司／保阪正康／松本健一
１９４５年からの７年間日本は「占領下」にあった。この時代を問うことは、戦後日本を問い直すことである。多様な観点と仮説から再検証する昭和史。

現人神の創作者たち（上・下） 山本七平
日本を破滅の戦争に引きずり込んだ呪縛の正体とは何か。幕府の正統性を証明しようとして、逆に「尊皇思想」が成立する過程を描く。（山本良樹）

東京の戦争 吉村昭
東京初空襲の米軍機に遭遇した話、寄席に通った話。少年の目に映った戦時下・戦後の庶民生活を活き活きと描く珠玉の回想記。（小林信彦）

ワケありな国境 武田知弘
メキシコ政府発行の「アメリカへ安全に密入国するための公式ガイド」があるってほんと!? 国境にまつわる60の話題で知る世界の今。

週刊誌風雲録 高橋呉郎
昭和中頃、部数争いにしのぎを削った編集者・トップ屋たちの群像。週刊誌が一番熱かった時代を貴重な証言とゴシップたっぷりで描く。（中田建夫）

増補版 ドキュメント 死刑囚 篠田博之
幼女連続殺害事件の宮﨑勤、奈良女児殺害事件の小林薫、附属池田小事件の宅間守、土浦無差別殺傷事件の金川真大……モンスターたちの素顔にせまる。

考現学入門　今和次郎　藤森照信編
震災復興後の東京で、都市や風俗への観察・採集からはじまった〈考現学〉。その雑学の楽しさを満載し、新編集でここに再現。（藤森照信）

路上観察学入門　赤瀬川原平／藤森照信／南伸坊編
マンホール、煙突、看板、貼り紙……路上から観察できる森羅万象を対象に、街の隠された表情を読みとる方法を伝授する。（とり・みき）

TOKYO STYLE　都築響一
小さい部屋が、わが宇宙。ごちゃごちゃと、しかし快適に暮らす、僕らの本当のトウキョウ・スタイルはこんなものだ！　話題の写真集文庫化！

自然のレッスン　北山耕平
自分の生活の中に自然を蘇らせる、心と体と食べ物のレッスン。自分の生き方を見つめ直すための詩的な言葉たち。帯文＝服部みれい（曽我部恵一）

バーボン・ストリート・ブルース　高田渡
流行に迎合せず、グラス片手に飄々とうたい続け、いぶし銀のような輝きを放ちつつ逝った高田渡の酔いどれ人生、ここにあり。（スズキコージ）

素敵なダイナマイトスキャンダル　末井昭
実母のダイナマイト心中を体験した末井少年が、革命的野心を抱きながら上京、キャバレー勤務を経て伝説のエロ本創刊に到る仰天記。（花村萬月）

青春と変態　会田誠
著者の芸術活動の最初期にあり、高校生男子の暴発するエネルギーを、日記形式の独白調で綴る変態的青春小説もしくは青春的変態小説。（松蔭浩之）

官能小説用語表現辞典　永田守弘編
官能小説の魅力は豊かな表現力にある。本書は創意工夫の限りを尽したその表現をピックアップした、日本初かつ唯一の辞典である。（重松清）

増補　エロマンガ・スタディーズ　永山薫
制御不能の創造力と欲望で数多の名作・怪作を生んできた日本エロマンガ。多様化の歴史と主要ジャンルを網羅した唯一無二の漫画入門。（東浩紀）

いやげ物　みうらじゅん
水で濡らすと裸が現われる湯呑み。着ると恥ずかしい地名入Tシャツ。かわいいが変な人形。抱腹絶倒土産物、全カラー。（いとうせいこう）

USAカニバケツ 町山智浩
大人気コラムニストが贈る怒濤のコラム集！ スポーツ、TV、映画、ゴシップ、犯罪……。知られざるアメリカのB面を暴き出す。（デーモン閣下）

戦闘美少女の精神分析 斎藤環
ナウシカ、セーラームーン、綾波レイ……「戦う美少女」たちは、日本文化の何を象徴するのか。「おたく」「萌え」の心理的特性に迫る。（東浩紀）

映画は父を殺すためにある 島田裕巳
〝通過儀礼〟で映画を分析することで、隠されたメッセージを読み取ることができる。宗教学者が教える、ますます面白くなる映画の見方。（町山智浩）

無限の本棚 増殖版 とみさわ昭仁
幼少より蒐集にとりつかれ、物欲を超えた〝エアコレクション〟の境地にまで辿りついた男が開陳する驚愕の蒐集論。伊集院光との対談を増補。

死の舞踏 スティーヴン・キング 安野玲訳
帝王キングがあらゆるメディアのホラーについて圧倒的な熱量で語り尽くす伝説のエッセイ。「２０１０年版へのまえがき」を付した完全版。（町山智浩）

間取りの手帖 remix 佐藤和歌子
世の中にこんな奇妙な部屋が存在するとは！ 間取りと一言コメント。文庫化に当たり、間取りとコラムを追加し著者自身が再編集。（南伸坊）

大正時代の身の上相談 カタログハウス編
他人の悩みはいつの世も蜜の味。大正時代の新聞紙上で１２９人が相談した、あきれた悩み、深刻な悩みが時代を映し出す。（小谷野敦）

日本地図のたのしみ 今尾恵介
地図記号の見方や古地図の味わい等、マニアならではの楽しみ方も、初心者向けにわかりやすく紹介。「机上旅行」を楽しむための地図「鑑賞」入門。

旅の理不尽 宮田珠己
旅好きタマキングが、サラリーマン時代に休暇を使い果たして旅したアジア各地の脱力系体験記。鮮烈なデビュー作、待望の復刊！（蔵前仁一）

国マニア 吉田一郎
ハローキティ金貨を使える国があるってほんと⁉ 私たちのありきたりな常識を吹き飛ばしてくれる、世界のどこか変てこな国と地域が大集合。

ちくま文庫

第《だい》8監房《かんぼう》

二〇二二年一月十日　第一刷発行

著　者　柴田錬三郎（しばた・れんざぶろう）
編　者　日下三蔵（くさか・さんぞう）
発行者　喜入冬子
発行所　株式会社　筑摩書房
東京都台東区蔵前二―五―三　〒一一一―八七五五
電話番号　〇三―五六八七―二六〇一（代表）
装幀者　安野光雅
印刷所　明和印刷株式会社
製本所　株式会社積信堂

ISBN978-4-480-43785-3 C0193